KB042043

전략

알베르 카뮈 전집 03

La Chute

전락

김화영 옮김

Albert Camus

책세상

차례

* 이 책은《전락》(1989)의 개정판이다. 번역 대본으로 *Œuvres complètes*, Tome III (Gallimard, 2008)을 참조했다.

서문

　《전락》에서 말을 하고 있는 남자는 계산된 고백에 몰두한다. 운하와 써늘한 빛이 가득한 도시 암스테르담에 물러나 은자 혹은 예언자 노릇을 하며 살아가는 이 전직 변호사는 어느 수상한 바에서 자기의 말에 호의적으로 귀를 기울여 줄 말 상대가 나타나기를 기다린다.

　그는 현대적인 마음의 소유자다. 다시 말해서 남에게 심판받는 것을 견디지 못한다. 그래서 그는 서둘러 자기 자신을 비판한다. 그러나 그것은 남들을 더 마음껏 심판할 수 있기 위해서다. 그는 자기의 모습을 비춰보던 거울을 결국 다른 사람들 얼굴 앞으로 내민다.

　어디서부터가 고백이고 어디서부터가 고발인가? 이 책에서 화자는 자신의 재판을 벌이는 것인가 자시 시대의 재판을 벌이는 것인가? 그는 예외적 인물인가 아니면 우리 시대의 주인

공인가? 어찌 되었든, 이 용의주도한 거울 놀이에서 단 한 가지 진실은 다름 아닌 고통, 그리고 그 고통이 약속하는 미래다.

알베르 카뮈

전락

1

선생님, 폐가 되지 않는다면 제가 좀 도와드려도 될까요? 이 업소를 운영하는 저 귀하신 고릴라한테는 선생의 말이 통하지 않을 것 같아서요. 사실, 저 사람은 네덜란드말밖에 못 하거든 요. 제가 당신의 의중을 대변하도록 허락해주신다면 몰라도, 당신이 진을 주문하고 싶다는 걸 저 사람은 알아차리지 못할 겁니다. 됐어요, 내 말을 알아 들은 걸로 믿어도 되겠네요. 머리를 끄덕하는 건 내 주문에 응하겠다는 뜻이니까요. 과연 그럴 모양이군요. 딴은 서두른다는 것이지만 여유만만한 몸놀림이지요. 당신은 운이 좋으신 편입니다. 주인장이 툴툴거리진 않았잖아요. 시중들 기분이 아니다 하면 그냥 한번 으르렁대고는 끝이에요. 누가 뭐라든 알 바 아니에요. 제 기분 내키는 대로 한다, 이게 바로 덩치 큰 동물들의 특권이지요. 그럼 저는 이만 물러가겠습니다, 선생님. 도와드릴 수 있어서 다행입니

전락

다. 아, 감사합니다, 방해가 되지 않는 게 확실하다면 받아 마시겠습니다만. 이거 황송해서 원. 그럼 제 잔을 선생의 잔 옆에 놓도록 하겠어요.

옳은 말씀입니다. 저 사내의 무언증은 귀가 피곤해질 지경이에요. 그야말로 목구멍까지 차 오르는 원시림의 침묵이지요. 저 과묵한 친구가 문명된 언어를 저토록 고집스레 거부하는 걸 보고 나도 가끔 놀란답니다. 암스테르담의 이 바에 무슨 까닭인지 '멕시코시티'라는 간판을 걸어놓고, 이 세상 온갖 국적의 뱃사람들을 맞아 상대하는 게 바로 저 친구의 직업이지요. 직업상 맡은 일이 그런 것인데 저렇게 무지렁이라면 어지간히도 불편하겠구나 싶겠지요, 안 그래요? 크로마뇽인이 바벨탑에 하숙하고 있다고 한번 상상해보세요! 그는 아무래도 낯이 설어 괴롭겠지요. 그런데 천만의 말씀, 저 친구는 전혀 귀양살이라 느끼지 않는 거예요. 그저 제 할 일만 하면서 오불관언 천하태평이에요. 혹시 어쩌다가 그가 입에 올리는 드문 말

---

* 선원들의 단골인 이 바는 바르무스트라트Warmoesstraat 91번지에 위치하고 있었다. 카뮈는 1954년 10월 암스테르담을 잠시 방문했다가 이곳에 들린 적이 있었던 것 같다. 여러 사람의 증언에 따르건대 당시 그 업소의 주인은 네덜란드말 밖에 할 줄 모르는 다소 거친 인물이었다고 한다. 말이 잘 통하지 않는 이 인물의 밑그림은 1937년에 이미 산문집 《안과 겉》의 〈영혼 속의 죽음〉에서 낯선 프라하 식당의 "제복을 입은 거인 같은 남자 종업원"의 "무표정한 큰 얼굴"로 등장한 바 있다.

전락

가운데 내가 들은 한 마디는 '지니고 있을까 버릴까'라는 말이었어요. 도대체 뭘 그냥 지니고 뭘 버린다는 것일까요? 아마자기 자신을 두고 하는 말이겠지요. 솔직히 말씀드려서, 저렇게 투박한 통째 위인들을 보면 마음이 끌리지 않을 수 없어요. 직업 또는 천성 때문에 인간에 관하여 깊이 생각해본 사람이라면 영장류靈長類에 대한 향수를 느끼는 때가 있지요. 그들에겐 말이죠, 복잡한 뒷생각 같은 게 없거든요.

하기야 솔직히 말하자면 이 집 주인장은, 비록 겉으로 드러내진 않지만, 몇 가지 품은 뒷생각이 있긴 해요. 남들이 눈앞에서 지껄이는 말을 도무지 알아들을 수가 없다 보니 의심이 많은 성격이 된 거예요. 경계를 늦추지 못하는 저 심각한 태도는 바로 거기서 생긴 거예요. 사람들 사이에 뭔가 껄끄러운 문제가 있지 않은지 의심하는 것 같거든요. 마음가짐이 그렇다 보니 자기 직업과 관련된 것 외에는 대화가 쉽지 않아요. 가령 말입니다, 주인장 머리 위 저 안쪽 벽면을 좀 보세요. 네모난 공간이 비어 있지요? 어떤 그림을 떼어낸 자국입니다. 아닌 게 아니라 저기엔 그림이 한 장 걸려 있었어요. 각별하게 흥미로운 진짜 걸작품이었지요. 그런데 말입니다. 주인장이 그걸 입수할 적에도, 또 그걸 양도할 적에도, 나는 그 현장에 있었어요. 그런데 두 번 다 몇 주일 동안 이리저리 생각을 해보고 나서도 여전히 경계하는 태도였지요. 그 점에 관한 한, 솔직 담백하던 저 사람의 천성을 사회가 다소 변질시켰다는 걸 인정하지 않을 수 없어요.

하기야, 내가 그를 비판하는 건 아니에요. 아시겠어요? 나는 그의 경계하는 태도에 근거가 있다고 봐요. 보시다시피 붙임성 좋은 내 천성 때문에 그럴 수 없긴 하지만 나도 대체로 그의 경계심을 이해하는 편이에요. 유감스럽게도 나는 말이 좀 많답니다! 그래서 누구하고든 쉽게 친해지지요. 적절한 거리를 유지할 줄은 알지만, 어떤 기회가 주어지기만 하면 놓치지 않아요. 프랑스에서 살 적에는요, 재치 있다 싶은 사람을 만나면 즉시 그를 친구로 만들어놓지 않고는 못 배겼으니까요. 아이고, 제가 접속법 반과거 시제를 쓰는 게 귀에 거슬리는 것 같군요. 솔직히 말해, 그 시제뿐만 아니고 대체로 멋진 어법이라면 안 쓰고 못 배기는 게 바로 제 약점이죠. 나 스스로도 그 약점을 자책하고 있어요. 정말이에요. 하기야 고급 내의를 즐겨 입는 사람의 발이 반드시 더러운 건 아니라는 걸 나도 잘 알아요. 하지만 말입니다. 멋진 어법은 포플린 천과 같아서 그 속에 무좀을 감추고 있는 경우가 많거든요. 나는 이런 생각을 하며 자위하지요. 눌변인 사람이라고 해서 반드시 마음이 깨끗한 건 아니라고 말입니다. 아, 좋지요, 진을 좀 더 마십시다.

암스테르담에는 오래 머물 예정인가요? 아름다운 도시지요, 안 그래요? 매혹적이라구요? 그야말로 오랫동안 듣지 못했던 형용사로군요. 파리를 떠난 이후 처음 들어요. 벌써 여러 해 전 일이지요. 그렇지만 마음의 기억이란 것이 따로 있는 것인지 우리나라의 그 아름다운 수도, 그 강변길들, 어느 것 하나 잊지 않고 있습니다. 파리는 그야말로 한 폭의 착시화錯視畵, 400만의 실루엣들*이 살고 있는 기막힌 무대 장치지요. 최근 인구 조사에 의하면 500만에 근접했다고요? 자, 그러니까 그새 새끼를 쳤군요. 놀라울 것도 없지요. 나는 언제나 이런 느낌이었어요. 우리 파리 시민들이 미치도록 몰입하는 게 두 가진데 하나는 사상이고 또 하나는 간통이다, 이거죠. 말하자면 분별없는 마구잡이 몰입이죠, 하지만 그들을 욕하지는 맙시다. 그게 어디 파리 시민들뿐인가요? 온 유럽 사람들이 다 그렇지요. 가끔 나는 후세의 역사가들이 우리를 두고 뭐라고 말할지 상상해보곤 해요. 현대인에 대해서는 그저 한 마디면 족할 겁니다. 그들은 간통을 했고 신문을 읽었도다라고 말입니다. 이런 확실한 정의를 내리고 나면, 감히 말씀드리거니와 더 이상 말할 거리가 없어진다 이런 생각입니다.

네덜란드 사람들요? 아, 아니죠, 그들은 훨씬 덜 현대적이에요! 여유가 있는 사람들이죠. 저 사람들을 잘 보세요. 뭘 하고 지내지요? 에 또, 저 남자분들은 저 여자분들이 일해서 버는

* 카뮈는 1947년에 이렇게 적었다. "우리는 어떤 사람을 적으로 간주하면 그때마다 그를 추상적인 존재로 만들어버린다. 그를 멀리 밀어내 버리는 것이다. 그가 웃을 때면 너털웃음을 웃는다는 것 따위는 더 이상 알고 싶지 않은 것이다. 그는 '실루엣'이 되어 버린다."(《작가수첩 2》, 287쪽)

수입으로 먹고살지요. 저들은 게다가 사내건 계집이건 극히 부르주아적인 인종들로, 늘 그렇듯 허장성세 아니면 어리석음 탓에 이곳으로 찾아든 거지요. 요컨대 상상력 과잉이나 상상력 결핍 때문이라고나 할까요. 가끔 이곳 남자분들이 칼이나 권총을 휘두르기도 하지만 꼭 그러고 싶어서 그러는 건 아니랍니다. 그저 맡은 역할이 그것이라 어쩔 수 없이 그러는 것뿐이죠. 그래서 마지막 탄창이 다 비도록 쏴대고 나면 공포에 질려 뻗어버리는 거예요. 그런데, 내 생각으로는 가정생활로 조금씩 조금씩 소모시켜 사람을 잡는 다른 작자들보다는 이들이 더 도덕적인 것 같아요. 당신은 우리네 사회가 그런 식의 청소작업을 목적으로 조직되어 있다는 사실을 알아차리지 못했나요? 당신은 물론 브라질 강물 속에 사는 매우 작은 물고기들 얘기를 들어보셨겠지요? 부주의한 사람이 강에 들어가 수영이라도 하게 되면 수천 마리 씩 떼지어 달려들어서 그 작고 잽싼 주둥이로 삽시간에 청소를 마치고 깨끗한 뼈만 추린다는 그 물고기들 말입니다. 그런데 저들의 사회조직이란 바로 그런 거예요. "깨끗한 생활을 원하시나요? 누구나 다 그러듯이요?" 당신은 물론 '네 그렇소' 하고 대답하지요. 어떻게 아니라하겠어요? "좋아요. 당신을 깨끗이 청소해드리지요. 자, 여기 직업과 가족과 잘 조직된 여가생활이 있소." 이러고 나면 조그만 이빨들이 달려들어 살을 발라 먹고 뼈만 남기는 겁니다. 하긴 내말에 어폐가 있군요. 저들의 사회조직이라고 할 것이 아니지요. 따지고 보면 그건 바로 우리의 사회조직이니까요. 누가 먼저 상대를 깨끗이 청소하느냐를 두고 경쟁하는 세상이지요.

드디어 우리가 주문한 진이 오는군요. 당신의 성공을 위해 건배. 그래요, 고릴라가 입을 벌리고 나를 박사님이라고 부르는군요. 이쪽 나라들에서는 모두가 다 박사 아니면 교수예요. 이 사람들은 마음이 착해서, 그리고 겸손해서 남을 존중하는 걸 좋아하죠. 여기서는 적어도 악의가 국가적 제도는 아니지요. 요컨대, 나는 의사가 아닙니다. 구태여 알고 싶으시다면, 이곳에 오기 전에 나는 변호사였어요. 그런데 지금은 재판관 겸 참회자랍니다.

그럼 허락하신다면 제 소개 말씀을 올릴까 합니다. 불초 소생, 장바티스트 클라망스라고 합니다. 친히 뵙게 되어 기쁘게 생각합니다. 선생은 아마도 사업을 하는 분이신 것 같은데요? 대충 비슷하다구요? 탁월한 대답입니다! 적절한 대답이기도 하고요. 우리는 만사에 대충 비슷한 정도밖에 안 되죠. 어디 탐정 흉내를 좀 내봐도 괜찮을지요? 선생은 나와 대충 비슷한 동년배이신 것 같고, 대충 비슷하게 산전수전 다 겪은 40대 특유의 물정 밝은 눈초리에다가 대충 비슷하게 쭉 뽑아입은, 다시 말해서 프랑스에서나 뽑아 입는 복장에, 그리고 두 손이 다 반질반질하시니, 그러니까, 대충 비슷하게 말해서 부르주아시군요! 그러나 세련된 부르주아지요! 과연 접속법 반과거가 귀에 거슬린다는 것은 선생이 교양 있는 분이라는 이중의 증거예요. 왜냐하면 우선 그게 접속법 반과거라는 걸 알아차렸으니까 그렇고, 다음으로는 그게 귀에 거슬리게 느껴졌으니까 그렇지요. 그리고 끝으로 당신은 나라는 사내를 재미있다고 여기시는데 그걸 보면, 제 자랑은 아닙니다만, 당신이 개방적인 정신의 소유자라는 걸 알 수 있어요. 그러니까 대충 비슷하게 말해서 선생은 … 사실, 아무러면 어떻습니까? 나에게는 직업보다 그 사람이 어떤 종파에 속하는 인간이냐가 더 흥미롭습니다. 두 가지만 질문하도록 허락해주십시오. 그리고 실례가 되지 않는다고 생각하실 경우에만 대답을 해주십시오. 선생은 재산이 많으신가요? 어느 정도 있다구요? 좋아요. 그 재산을 가난한 사람들과 나누어 가진 적이 있나요? 없으시다. 그러면 선생은 내가 '사두개파*'라고 칭하는 부류겠군요. 성서를 즐겨 읽지 않았다면 저의 이런 말이 이해에 도움 될 리 없겠지요. 아니 이해에 도움이 된다고요? 그럼 선생은 성서를 잘 알고 있군요? 이거 정말, 재미있는 분이시네요.

　나로 말할 것 같으면… 에 또, 선생께서 스스로 판단해보시죠. 키나 어깨나 남들이 흔히 거칠다고 평하는 이 얼굴로 미

---

* 그리스도가 반대한 두 종파, 바리세인과 사두개파 가운데서 카뮈는 여기서 후자를 택했다. 모세의 율법을 믿을 뿐 부활, 내세, 보상 따위를 믿지 않는 부유한 계층 보수파 유대인들인 사두개파가 작가의 종교관에 더 가깝고 이쪽 표현이 덜 모욕적이기 때문이다.

전락

루어 봐서 나는 오히려 럭비선수 같은 인상일 터인데, 안 그래요? 그러나 대화를 해보고 나면 내게 다소 세련된 면이 있다고 인정해야겠죠. 내가 입은 외투의 털을 제공한 낙타는 옴이 올랐었는지 닳아 빠졌지만 반면에 내 손톱은 깨끗이 다듬어져 있어요. 나도 물정에 밝은 사람입니다. 그렇지만 나는 당신의 외모만 보고서 조심도 않은 채 속을 털어놓고 있어요. 요컨대, 아무리 태도가 점잖고 말투가 고상하다 해도 나는 그저 제이데이크** 거리 선원 바의 단골손님에 불과하지요. 뭐, 그 이상 캐어 볼 필요 없어요. 요컨대 인간이 다 그렇듯 내 직업이 이중인 것 뿐이죠. 이미 말씀드렸듯 나는 재판관 겸 참회자예요. 내 경우 오직 한 가지 분명한 사실은 가진 것이 아무것도 없다는 거죠. 네, 옛날에는 부자였어요. 맞아요, 남들에겐 아무것도 나누어 준 적이 없어요. 그게 뭘 의미하느냐고요? 나 역시 사두개파였다는 사실을 의미하죠…. 아! 항구의 사이렌 소리가 들리세요? 오늘 밤 자위데르제이***엔 안개가 끼겠군요.

벌써 가시려구요? 이거 오래 붙잡아두어서 죄송합니다. 괜

** 암스테르담의 중심부에 위치한 거리 이름. 오늘날 차이나타운으로 알려진 이 거리는 1990년대의 대대적인 재개발 이전에는 주로 선원들이 거주하는 우범지역이었다.

*** 남쪽 바다를 의미하는 이 지명은 네덜란드의 북중부의 만을 가리키는데 지금은 자위데르제이 방조제 건설사업에 의하여 거대한 민물 호수 에이설호로 변했다.

전락

찮으시다면 계산은 제가 하겠습니다. '멕시코시티'에 오신 이상 선생은 내 손님이시니 여기서 모실 수 있어서 대단히 기쁩니다. 여늬 밤들과 마찬가지로 저는 내일도 틀림없이 여기로 나올 테니 초대해 주신다면 기꺼이 응하겠습니다. 돌아가시는 길 말입니까? 가만있자… 이렇게 하면 제일 간단하겠는데, 제가 항구까지 바래다 드리면 어떨까요? 거기서 유대인 구역을 끼고 돌아가면 꽃을 가득 실은 전차들이 요란스러운 음악 소리를 내면서 달리는 멋진 가로들이 나옵니다. 선생의 호텔은 그중 하나인 담라크대로에 있어요. 아니, 먼저 나서시지요. 나는 유대인 구역에 살아요. 아니, 히틀러파의 우리 형제들이 그 구역을 싹 쓸어내기 전까진 그렇게 불렸어요. 엄청난 대청소였죠! 7만 5000명의 유대인이 추방 내지 학살당했으니 가히 진공청소라 할 만한 것이지요. 그 열의, 그 방법적 인내심은 정말 탄복할 만해요! 강한 성격을 못 가졌거든 뚜렷한 방법이라도 체득해야지요. 여기서는 그 방법이 경이로운 위력을 발휘한 겁니다. 그러니까 나는 역사상 최대의 범죄들 가운데 한 가지가 자행된 장소에 살고 있는 거지요. 아마도 그 덕분에 나는 고릴라와 그의 경계심을 이해할 수 있게 되었나봐요. 또 그렇게 해서 나는 남들과 너무 쉽게 공감하는 이 천성에 맞서 싸울 수도 있게 되고요. 초면인 사람을 보면 내 마음속에서 무엇인가가 "위험! 천천히!" 하고 경보를 울려요. 심지어 극도로 강한 공감을 느낄 때도 나는 방심하지 않아요.

우리 마을에서 레지스탕스 소탕 작전 중에 있었던 일을 아세요? 한 독일군 장교가 어느 노파한테 정중하게 청하기를, 두 아들 중에서 누구를 인질로 삼아 총살하면 좋을지 선택하라고 했어요. 선택이라니 상상인들 할 수 있는 일입니까? 형 쪽을 택할까요? 아니면 동생 쪽을. 그러고는 그가 끌려가는 모습을 보는 겁니다. 그 이야긴 이쯤 해둡시다. 하지만 정말이지, 선생, 온갖 어처구니없는 일이 다 일어날 수 있는 거예요. 옛날에 내가 아는 사람 가운데 남을 의심하는 것을 싫어하는 순수한 마음씨의 사내가 있었답니다. 그는 평화주의자에다가 절대자유주의자여서 전 인류와 동물들을 똑같이 사랑했어요. 정선된 영혼의 소유자지요, 네 그래요. 그건 분명해요. 그런데 지난번 유럽에서 발발한 종교전쟁 때 그는 시골로 피신했습니다. 그는 자기 집 문간에다가 이렇게 써 붙여 놓았어요. "어디서 오시는 분이건 들어오십시오. 환영합니다." 그래 이 갸륵한 초청에 응한 것이 누구였을 것 같아요? 민병대였어요. 그들은 마치 제 집 들어가듯 들어가서는 주인의 배 창자를 훑어냈답니다.

아, 실례했습니다, 마담! 하긴 프랑스말로 했으니 저 여자가 알아들었을 리 없지. 사람들이 이렇게 많다니, 이런 밤늦은 시간에. 여러 날 동안 그치지 않고 비가 내리고 있는데! 천만다행으로 진이 있으니. 이 암흑 속에서는 진이 유일한 광명이죠. 진을 마실 때 선생은 뱃속에 금빛 같기도 하고 구릿빛 같기도 한 광채를 느끼시나요? 나는 진의 열기 속에서 밤거리를 걸어다니는 걸 좋아해요. 밤새도록 걸어 다니며 몽상에 잠기지요.
아니면 끝 없이 혼잣말을 하지요. 네, 오늘 저녁처럼 말입니
다. 그런데 내가 너무 떠들어서 얼떨떨하지 않은가요? 감사합
니다. 너그럽게 이해해주셔서. 하지만 이건 그야말로 과잉 상
태라서. 그저 입만 열면 말이 쏟아져 나오는 거예요. 하긴 이
고장이 부추기는 거에요. 나는 이곳 사람들이 좋아요. 집들과
운하들 사이의 좁은 틈바구니에 꼭 끼여 웅크린 채, 안개, 싸늘
한 땅, 그리고 빨래처럼 김이 무럭무럭 나는 바다에 에워싸인
채 길바닥에서 우글거리는 저 사람들이 나는 좋다고요. 왜냐
하면 저들은 이중적 존재들이니까요. 여기에 있으면서도 또한
딴 곳에 가 있어요.

   암 그렇고 말고요! 질척한 포도 위에 울리는 그들의 둔탁
한 발소리에 귀를 기울이거나 금빛으로 번쩍이는 청어며 낙
엽 빛깔의 보석들이 가득한 상점들 사이로 무거운 걸음을 옮
기는 모습을 바라보면서 당신은 오늘 밤 그들이 이곳에 있다
고 여기겠지요, 아마? 선생도 역시 다른 사람들과 다를 바 없
이, 이 선량한 사람들은 돈 계산을 하면서도 천국에 가서 영생
을 얻을 기회를 엿보고, 차양 넓은 모자를 덮어쓰고 이따금 해
부학 강의를 듣는 것을 유일한 낙으로 삼는, 동업조합원들이
나 장사꾼들 족속쯤 된다고 여기시는 거죠?* 그건 잘못 생각하
신 겁니다. 그들이 우리 옆에서 걷고 있는 건 사실입니다. 하
지만 그들의 머리가 어디에 잠겨 있는지 한번 보세요. 붉고 푸

른 간판들에서 흘러내리는 네온과 진과 박하의 저 안개 속에 잠겨 있어요. 선생, 네덜란드는 한갓 꿈이에요. 황금과 연기로 된 꿈. 낮에는 연기같이 더욱 칙칙하고 밤이면 금빛으로 더욱 빛나지요. 그리고 밤이나 낮이나 그 꿈속에선 로엔그린**이 살고 있어요. 마치 핸들이 높직한 검은 자전거를 타고 꿈꾸듯이 지나가는 저 사람들처럼 말입니다. 그들은 마치 불길한 흑조黑鳥떼처럼 바다 주위로, 운하들을 따라, 온 나라를 그칠 줄 모른 채 빙글빙글 도는 거예요. 그들은 구릿빛 구름 속에 머리를 묻은 채 꿈을 꾸고, 원을 그리며 빙빙 돌고, 몽유병자처럼 안개의 금빛 향香 속에서 기도를 드리고 있으니, 그들은 여기에 있는 게 아닙니다. 수천 킬로미터나 떨어진 머나먼 섬 자바로 떠나고 없는 겁니다. 그들은 인상을 찌푸리고 있는 인도네시아 신들을 진열장 마다 장식해놓고는 거기에다 대고 기도를 드립니다. 그 신들은 지금 우리 머리 위에서 떠돌고 있지만 머지않아 사치스러운 원숭이들처럼 간판이나 나선형 계단이 달린 지붕에 가서 매달려 저 향수에 젖은 식민지 출신 네덜란드인들에게 네덜란드가 그냥 상인들이 사는 유럽일 뿐 아니라 바다

---

* 렘브란트의 그림 〈포목상 조합의 이사들〉(1662), 〈니콜라스 툴프 박사의 해부학 강의〉(1632)에 대한 암시.
** 중세의 서사시로, 이야기 속에 백조로 변한 인물, 백조가 끄는 배가 등장한다. 바그너는 이 설화를 바탕으로 오페라 〈로엔그린〉(1848)을 작곡했다.

전락

라는 것을 시팡고*로, 그리고 사람들이 미칠 듯한 행복에 취하여 죽는다는 저 섬들로 인도하는 바다라는 것을 상기시켜 주는 겁니다.**

아니 내가 너무 정신없이 떠들어대고 있네요, 변호사 때의 버릇이라! 용서하십시오. 습관 때문이랍니다, 선생. 소명의식 때문이랄까요. 이 도시를, 만물의 중심을 선생께 이해시키고 싶은 욕심 때문이기도 하고요! 사실 우리는 지금 만물의 중심에 와 있으니까요. 혹시 동심원을 그리며 배치된 암스테르담의 운하들이 지옥도의 테두리들과 흡사하다는 사실을 주목해보았는지요? 물론 악몽으로 가득한 부르주아의 지옥이지요. 외부로부터 와서 도심으로 접근할 경우, 이 둥근 테두리들을 하나씩 하나씩 거치면서 삶은, 즉 삶의 죄악들은 더욱 깊고 더욱 어두워집니다. 지금 우리가 있는 곳은 마지막 테두리 속이지요. 이게 무슨 테두리인고 하니….*** 아! 선생께서도 그걸 알고 계시던가요? 이거 정말이지, 선생은 점점 분류하기가 어려워지는 분이시군요. 그렇다면 이것도 이해하시겠군요. 우리가 대륙의

---

* 마르코 폴로가 《동방견문록》에서 "일본국日本國"을 표준 중국어로 음역 표현한 지명. "금과 진주와 보석 및 향료가 풍부한" 열도로 소개되어 있다.
** 카뮈 《작가수첩 3》, 1954년 10월 6일 카뮈의 네덜란드 방문 인상 참조.
*** 단테의 《신곡》에서 마지막, 즉 아홉 번째 동심원 권역은 배신자들의 권역이다. 자신의 가족 친지, 나라, 주인, 은인을 배신한 자들이 가는 곳이다.

전락

맨 끝에 와 있는데도 불구하고 왜 내가 여기는 만물의 중심이라고 하는지를 말입니다. 민감한 사람은 이런저런 괴이한 것들도 이해하는 법이니까요. 하여간, 신문 애독자들과 간음 상습자들은 이 이상은 더 갈 곳이 없습니다. 그들은 유럽의 각지로부터 모여들어서 내해의 연안 퇴색한 모래밭에서 발길을 멈춥니다. 그러고는 사이렌 소리에 귀를 기울이고, 안개를 뚫고 혹시나 배들의 실루엣이라도 보일까 하고 부질없이 찾다가는 이윽고 다시 운하들을 지나 비를 맞으며 돌아갑니다. 주눅이 든 모습이 되어 그들은 '멕시코시티'로 찾아들어 온갖 나라말로 진을 주문하지요. 바로 거기서 나는 그들을 기다립니다.

그럼 내일 뵙겠습니다, 선생, 그리고 우리 반가운 고향분. 아네요, 이젠 가실 길이 보일 겁니다. 이 다리쯤에서 이만 헤어지겠어요. 난 밤엔 절대로 다리를 건너지 않아요. 어떤 맹세를 하고 나서부터 그렇게 하고 있습니다. 어쨌든, 어떤 사람이 물속으로 몸을 던진다고 가정해보세요. 두 가지 중 하나죠. 쫓아 들어가서 그 사람을 건져내주든가, 하지만 추운 계절엔 선생 자신이 최악의 사태를 각오해야죠! 아니면 못 본채 버려두는 것인데, 뛰어들어야 할 걸 그냥 꾹 눌러 참고 나면, 가끔 온몸이 이상하게 여기저기 쑤시게 되거든요. 그럼 안녕히 주무십시오. 뭐라고요? 저 쇼윈도 뒤의 여자들 말입니까? 꿈이랍니다, 선생. 저렴한 비용으로 꿀 수 있는 꿈, 인도로 떠나는 여행이지요! 저들은 몸에다가 향료를 뿌리고 있어요. 선생이 저 안

전락

으로 들어가면 여자들이 커튼을 닫고, 그러고는 항해가 시작되지요. 신들이 벌거벗은 몸뚱이들 위로 내려오고 섬들이 종려나무의 헝클어진 머리칼을 휘날리면서 광란 상태로 표류합니다. 어디 연습 삼아 한번 해보시죠.

2

재판관 겸 참회자가 뭐냐고요? 아, 그 이야기에 뭔가 미심쩍은 데가 있었군요. 무슨 우롱하는 뜻을 담아서 한 말은 아니니 믿어주세요. 좀 더 분명하게 설명할 수도 있어요. 어떤 의미에서는 그렇게 하는 것이 내가 맡은 임무이기도 하니까요. 하지만 우선 몇 가지 사실을 말해 둘 필요가 있어요. 그러면 선생께서 내 이야기를 더 잘 이해할 수 있게 될 겁니다.

몇 년 전까지 나는 파리에서 변호사로 일했어요. 사실 말이지 상당히 이름난 변호사였답니다. 물론 앞서 제가 말씀드린 건 내 본명이 아닙니다. 내게는 전문분야가 있었는데, 바로 고귀한 소송이었죠. 과부와 고아들을 위한 변론을 그렇게들 부르는데 나도 그 이유는 모르겠어요. 따지고 보면 세상에는 못된 과부들도 있고 흉폭한 고아들도 있으니 말입니다. 그렇지만 일단 피고인에게서 조금이라도 희생자의 냄새를 맡기만 하면 즉시 내 변호복의 옷소매가 춤을 추기 시작합니다. 이만저만한 춤이 아니지요! 마치 폭풍과도 같죠! 심장이 옷소매에서 고동치는 겁니다. 정말이지 정의가 밤마다 나와 잠자리를 같이한다고 믿어질 정도였어요. 내 어조의 정확함, 내 감정의 적절함, 내 변론의 설득력과 열정, 통제된 분노, 이런 걸 선생께서 직접 목도했으면 분명코 감탄해 마지않았을 겁니다. 용모의 면에서 남부럽지 않게 타고났고 애쓰지 않아도 고결한 태도가 저절로 배어났어요. 더군다나 두 가지의 솔직한 감정이 나를 지탱하고 있었어요. 법정에서 내가 옳은 편에 서 있다는 만족감과 재판관 일반에 대해서 느끼는 멸시의 감정이 그거죠. 따지고 보면 그 멸시의 감정이 아마도 그렇게 본능적인 것은 아니었을 겁니다. 지금 생각해보면 거기엔 그 나름의 까닭이 있었다는 걸 알 수 있어요. 그러나 겉으로 보기엔 차라리 그것은 어떤 정열과도 흡사했어요. 적어도 지금으로서는 재판관이란 게 필요하다는 것을 부인할 수 없지 않겠어요? 그렇지만 한 인간이 그런 놀라운 직무를 수행하기 위하여 자진해서 재판관이 된다는 것을 나는 이해할 수가 없었어요. 눈앞에 버젓이 존재하고 있으니까 재판관을 인정은 했지요. 그러나 그건 눈앞에 있는 메뚜기들의 존재를 인정하는 것과도 좀 비슷한 것이어요. 하기야 이 직시류直翅類 곤충들의 내습은 내게 단 한 푼의 이득도 가져다준 적이 없지만 나는 내가 멸시하는 사람들과 주고받는 대화로 생계를 유지했다는 차이점은 있지만 말입니다.

어쨌든 나는 옳은 편에 서 있었고, 그것만으로 내 양심의 평화를 누리기에 충분했습니다. 내게 권리가 있다는 느낌, 내가 옳다는 만족감, 자기존중에서 오는 기쁨, 이런 건 말이죠, 선생, 강력한 원동력이어서 인간에게 자신감을 심어주고 인간을 전진하게 합니다. 반대로 이런 것을 빼앗아버리면 인간들은 침을 질질 흘리는 개나 다름없어져요. 단지 자신에게 과오가 있다는 사실이 견딜 수 없어서 저지르는 범죄가 얼마나 많습니까! 예전에 내가 아는 어떤 사업가는 모든 사람이 다 칭찬하는 완벽한 아내를 두고 있으면서도 그 아내 몰래 바람을 피웠어요. 이 사내는 자기 쪽에 잘못이 있다는 것, 품행 보증서를 받을 수도 없고 스스로 만들어 가질 수도 없다는 것 때문에 문자 그대로 미칠 지경이었어요. 아내가 완전하게 보이면 보일수록 그는 더욱 화가 치미는 거예요. 결국 자신의 잘못됨이 그에게는 더 이상 견딜 수가 없어졌지요. 그래서 그가 어쨌을 것 같습니까? 아내를 속이고 바람피우는 짓을 그만뒀을 것 같아요? 천만에요. 아내를 죽여버렸어요. 바로 그렇게 해서 나는 그의 변론을 맡게 된 겁니다.

내 입장은 더욱 부러워할 만한 것이었지요. 범죄자들의 진영에 합류할 위험이 없을 뿐만이 아니라(특히, 나는 독신이었으므로 아내를 죽일 가능성은 전혀 없었죠) 나는 더군다나 그들의 변호까지 맡고 있었잖아요. 단 미개인에도 선한 미개인이 있듯이 그들이 착한 살인자이기만 하면 나는 변호를 맡았어요. 그리고 변호를 진행하는 방법 그 자체가 아주 내 맘에 들었어요. 나는 내 직업 생활에 있어서 정말이지 어디 하나 나무랄 데가 없었거든요. 절대로 뇌물을 받지 않는 것은 물론이려니와 결코 비굴하게 손을 써서 교섭하는 법이 없었어요. 더 드문 일이긴 하지만, 내게 호의적으로 나오게 하려고 신문기자의 비위를 맞추거나 친해두면 쓸모가 있을 듯한 관리에게 잘 보이려고 애쓰는 짓은 절대로 하지 않았지요. 심지어 레지옹 도뇌르 훈장을 탈 기회가 두세 차례 있었지만 티 내지 않고 점잖게 거절했습니다. 이렇게 함으로써 나는 진정한 보상을 받는 기분이었으니까요. 끝으로, 나는 가난한 사람들한테는 일전 한푼 사례비를 받지 않았고 그걸 동네방네 떠벌리고 다닌 적도 없습니다. 그렇지만 선생, 내가 이런 모든 얘기를 자랑으로 떠벌린다고 생각하진 마세요. 나의 공덕이랄 것은 전혀 없었으니까요. 우리 사회에서 야심 대신 기승을 부리는 탐욕을 나는 늘 가소롭게 여겼답니다. 나에게는 더 높은 목표가 있었던 거예요. 나에 관한 한 그 표현이 적절하다는 것을 곧 아시게 될 겁니다.

그러나 우선 내 만족감이 어떠할지 가늠해보십시오. 나는 나 자신의 타고난 천성을 즐겼어요. 우리는 그게 바로 행복이란 걸 알아요. 하기야 우리는 피차 마음 편하고 싶어서, 가끔 그런 즐거움을 에고이즘이라며 비판하는 체하기도 하지만 말입니다. 나는 적어도 내 타고난 천성의 어떤 일면을 즐겼어요. 과부나 고아들을 보면 어찌나 정확한 반응을 보이는지, 그 일면은 실전 경험을 거듭한 끝에 결국은 내 생활 전체를 지배하기에 이르렀어요. 가령, 나는 장님이 길을 건널 때 도와주는 것을 아주 좋아했지요. 아무리 멀리서라도 어떤 장님 지팡이가 인도의 모퉁이에서 주춤대는 광경이 눈에 띄기만 하면, 나는 즉시 달려가 때로는 간발의 차이로 남보다 앞서 구원의 손길을 뻗치고 내 것 아닌 그 어느 손에서건 그 장님을 가로채는 동시에 부드럽고도 확실한 손길로 교통 장애물들을 헤치고 횡단보도를 통하여 건너편 보도의 안전한 피난처로 그를 인도한 다음 상호간의 감동을 맛보며 헤어지는 것이었어요. 그와 마찬가지로 나는 길거리에서 지나가는 사람들에게 길을 가르쳐주고 담뱃불을 빌려주고, 너무 무거운 짐을 끄는 수레꾼을 거들어주고, 고장난 자동차를 밀어주고, 구세군 사관이 파는 신문을 사주고, 몽파르나스 공동묘지에서 훔쳐 온 것인 줄 뻔히 알면서도 꽃장수 노파에게서 꽃을 사는 것을 좋아했습니다. 그리고 또 나는, 아! 이건 말씀드리기 좀 곤란합니다만, 나는 남에게 적선하기를 좋아했어요. 독실한 기독교 신자인 내 친구 하나는 거지가 자기 집으로 다가오는 걸 볼 때 가장 먼저 느끼게 되는 감정은 불쾌감이라고 실토하더군요. 그런데 내 경우는 말입니다. 그보다 더 지독했어요. 나는 기뻐서 어쩔 줄을 모르는 거예요. 자, 이 이야기는 이 정도 해둡시다.

그보다는 내 예의 바른 생활 태도를 이야기해보기로 하지요. 나의 예의 바름은 널리 알려져 있었고 그러면서도 논의의 여지가 없었지요. 사실 예의가 내겐 큰 기쁨의 원천이었어요. 가령 어느 날 아침에 내가 운 좋게 버스나 지하철 안에서 어디로 보나 양보 받을 입장이다 싶은 사람에게 좌석을 양보하거나, 어떤 노파가 무심코 떨어뜨린 어떤 물건을 집어서 내겐 익숙한 미소를 지어 보이며 그녀에게 건네줄 수 있게 되거나, 혹은 그저 나보다 더 급해보이는 사람에게 택시를 양보할 기회를 얻게 되면 그날 나의 하루는 온통 환하게 볕이 드는 것이었어요. 심지어 대중교통이 파업을 하는 날조차 내겐 기쁨이었다는 걸 말씀드리지 않을 수 없군요. 그럴 때 나는 버스 정류장에서 귀가하지 못한 채 난감해하는 내 불쌍한 몇몇 이웃 시민들을 내 차에 태워줄 기회를 얻게 되니까 말입니다. 끝으로, 극장에서 함께 온 부부가 나란히 앉을 수 있도록 자리를 바꿔주거나, 여행 중에 젊은 아가씨의 트렁크를 그녀의 손이 미치지 않는 높은 선반 위에 올려놓아 주는 것은 내가 누구보다 자주 실천했던 쾌거들입니다. 왜냐하면 나는 남들보다 더 열심히 그런 기회들을 주시했고, 또 거기서 얻는 만족감을 더 잘 음미할 줄 알았기 때문이지요.

나는 또 너그럽다고 알려져 있었고 실제로도 그랬습니다. 공적으로나 사적으로나 남에게 많은 것을 주었거든요. 그러나 지니고 있던 물건이나 얼마간의 돈을 내놓아야 할 때 괴롭기는커녕 언제나 변함없는 기쁨을 맛보았습니다. 그중에서 이렇게 기부를 해보았자 소용없어, 아마도 배은망덕밖에 얻는 게 없을 거야, 라고 생각할 적에 가끔 맛보는 일종의 비애도 무시하지 못할 즐거움이었지요. 심지어 나는 남에게 주는 것을 어찌나 좋아했던지 기부를 강요당하는 것은 아주 질색이었어요. 금전 문제의 정확성에 질린 나머지 그걸 따져야 할 때면 늘 불쾌했어요. 나 스스로 너그러움의 주인이 되어야 성이 찼으니까요.

이런 것은 사소한 측면들이지만 이런 것들로 미루어 내가 생활 속에서, 특히 직업적으로 하는 일에서 끊임없이 맛보는 즐거움들을 이해할 수 있게 될 것입니다. 예를 들어, 오로지 정의감이나 동정심에서, 다시 말해 무료로 변호를 해주었던 어떤 피고의 아내가 법원 복도에서 나를 붙잡고 이토록 애써주신 은혜를 어찌 갚아야 할지 모르겠다고 나직한 목소리로 말할 때 극히 당연한 일을 했을 뿐인걸요, 누구든 이 정도는 했을 겁니다, 하고 대답하면서 심지어 장차 닥쳐올 어려움을 이겨나가도록 도와드리겠다고 약속하고 나서, 지나친 감정의 토로를 제지하여 적절한 여운이 남도록 그 가련한 여인의 손에 입을 맞춰주고 그 정도에서 대화를 끊어버린다든가 하는 것은 말입니다, 선생, 그것이야말로 저속한 야심가보다 일층 더 높은 경지, 그러니까 미덕이 오직 미덕 그 자체만으로 만족하는 경지에 도달하는 일입니다.

이 최고의 경지에서 잠시 발걸음을 멈춰봅시다. 이젠 선생
께서도 내겐 더 높은 목표가 있었다고 한 말의 뜻을 이해하시
겠지요? 난 바로 그 절정의 지점들, 내가 살아갈 수 있는 유일
한 지점들 얘기를 했던 것입니다. 그래요, 나는 사실 고도가 높
은 위치가 아니면 도무지 속이 편치 않았어요. 삶의 사소한 것
에 이르기까지 내겐 높은 곳에 있고 싶은 욕구가 있었어요. 나
는 지하철보다는 버스가, 택시보다는 마차가, 중이층보다는
옥상이 더 좋았어요. 하늘로 머리를 쳐들고 타는 경기용 비행
기 애호가인 나는 배에 올라서도 언제나 높직한 뒷갑판을 서
성대는 쪽이었지요. 산에서는 깎아지른 절벽 사이에 처박힌
골짜기들을 피해 고갯마루나 산꼭대기로 올랐습니다. 적어
도 준평원은 되어야 성이 차는 위인이었죠. 만약에 타고난 운
명 때문에 어쩔 수 없이 수공업 종사자가 되어 선반공과 지붕
수리공 중 하나를 택해야 했다면 말입니다, 여부가 있겠습니
까, 나는 단연 지붕일 쪽을 택해 아찔함과 친해졌을 것입니다.
선창이나 배 밑바닥, 지하도, 동굴, 움푹 파인 구렁은 질색이
었어요. 나는 심지어 동굴학자들에 대해서, 유별난 증오심까
지 가졌어요. 그들은 뻔뻔스럽게도 신문의 일면을 차지하지만
그들이 거둔 성과란 구역질 나는 것이었어요. 기를 쓰고 지하
800미터까지 내려가서 바위틈(그 정신나간 자들의 말로는 사이
펀이라든가!)에다 머리통을 처박는 모험을 하다니 이건 변태거
나 정신병자나 할 짓이 아니겠나 말이에요. 거기엔 반드시 범

전락

죄적 요소가 있었던 겁니다.

반면 해발 5, 600미터 높이에서 햇빛을 듬뿍 받은 바다를 굽어보는 자연의 발코니야말로 내게는 가장 숨이 탁 트이는 장소였어요. 특히 나 혼자서 개미 같은 인간들을 내려다볼 때는 말입니다. 결정적인 설교나 설법, 불꽃의 기적 같은 것들이 올 수 있는 높은 곳에서 이루어진 까닭을 나는 쉽게 이해할 수 있었어요. 내가 볼 때, 사람은 지하실이나 감옥의 독방에서는(높은 탑에 자리 잡고 있어서 시야가 넓게 트여 있다면 모르겠지만) 명상할 수가 없어요.* 그런 데서는 곰팡이가 스니까요. 나는 수도회에 입문했다가 자신의 독방이 기대했던 것처럼 광대한 풍경을 내다보는 것**이 아니라 벽을 보고 있다는 것을 알고 그만 환속해버린 사내의 심정을 이해할 수 있었어요. 나에 관해서는 염려 마십시오. 곰팡이가 슬지는 않았으니까요. 하루종일, 혼자 마음속으로건, 남들과 섞여 있을 때건, 나는 높은 곳으로 올라가서 그곳에다가 뚜렷하게 보이도록 불을 피웠지요. 그러면 기쁨에 넘친 환호의 목소리들이 나를 향해 솟아올

---

* 《이방인》(2부 2장)의 감옥이 위치한 공간은 주목할 만하다: "감옥은 도시의 꼭대기에 있어서 작은 창문으로 바다를 볼 수 있었다."
** 《시지프 신화》(〈부조리한 인간〉)에서 돈 후안이 유폐된 수도원은 "어느 언덕 위"에 자리잡고 있어서 "총안의 틈으로" 스페인의 고적한 평원이 내려다보인다.

전락

랐어요. 적어도 나는 이렇게 내 인생과 나 자신의 우월성을 만끽할 수 있었던 것입니다.

　내 직업은 다행하게도 이런 내 정상頂上 소명을 만족시켜 주었어요. 이웃에게 그 어떤 신세도 지는 일 없이 늘 친절을 베풀기만 하다 보면 그 이웃에 대해 실망할 때도 있게 마련인데, 직업 덕분에 나는 그걸 못 느꼈어요. 직업 덕분에 나는 판사의 머리 위에서 오히려 내가 그들을 재판했고, 또 피고의 머리 위에서 그가 내게 감사하지 않을 수 없게 만들었지요. 자 이걸 한번 생각해 보세요, 선생. 즉 나는 벌 받는 것과는 전혀 상관없이 살았으니 말입니다. 나는 그 어떤 판결에도 구애되지 않았어요. 나는 재판정의 무대 위가 아니라 천장 위의 어딘가에 올라앉아 있었던 겁니다. 마치 극 중에 가끔 기계장치를 타고 내려와서 사건에 변화를 주고 거기에 의미를 부여하는 신神들처럼 말입니다. 따지고 보면 남들의 머리 위에서 산다는 것은 가장 많은 사람들이 우러러 존경하도록 하는 유일한 방법이지요.

　내 마음에 드는 범죄자들 중 몇몇은 과연 바로 그와 똑같은 감정에 젖어 살인을 했어요. 그들이 처해 있던 딱한 처지에서는 신문을 읽는 것이 일종의 불행한 보상을 가져다주었던 모양입니다. 많은 사람들이 그렇듯 그들 역시 무명으로 사는 것을 더 이상 견딜 수가 없었고, 부분적으로는 그 조급한 불만 때문에 유감스러운 극단적인 결과에 이르고 만 것입니다. 유명해지고 싶으면 요컨대 자기가 사는 집의 관리인을 죽이는 것으로 족해요. 하지만 불행하게도 그런 명성은 덧없는 것에 지나지 않아요. 칼을 맞아도 싸고 또 실제로 칼을 맞는 문지기들이 수두룩하니까 말예요. 범죄 그 자체는 끊임없이 무대 전면에서 관심의 표적이 되지만 그걸 저지른 범죄자는 잠깐 얼굴을 비칠 뿐 금방 다음 사람에게 자리를 뺏겨버리지요. 요컨대 이런 짧은 한순간의 승리로는 대가가 너무 비싸요. 반면에 유명해지고 싶어 안달인 그런 불행한 사람들의 변호를 맡는다는 것은 결국 그들과 같은 때 같은 장소에서 진짜 명성을 얻게 되는 것을 의미하지요. 그것도 더 경제적인 방법으로 말입니다. 그렇기 때문에 나는 또한 그들이 가능한 한 최소의 대가를 치르도록 내 갸륵한 노력을 발휘할 수 있었던 겁니다. 그들이 치르는 대가는 어느 정도 나 대신 치르는 것이니까요. 그 대신 내가 쏟아내는 분노, 재능, 감동은 그들에 대한 나의 그 모든 부채를 덜어주는 것이었어요. 재판관들은 벌을 주고 피고들은 죄값을 치르고 있었지만, 모든 의무에서 자유로운 나는 그 어떤 제재나 처벌과 무관하게, 에덴동산 같은 빛 속에서 유유자적으로 군림할 따름이었지요.

중간에 끼인 것 없는, 삶과의 직접 접촉, 선생, 사실 그게 곧 에덴동산 아니던가요? 내 삶이 바로 그랬어요. 나는 사는 법을 배울 필요가 전혀 없었습니다. 그거라면, 나는 태어나면서부터 이미 다 알고 있었어요. 사람들로부터 자신을 지키는 것에, 아니 적어도 그들과의 문제를 해결하는 것에 우선적으로 매달려 사는 사람들이 있어요. 그런데 내겐 문제가 이미 해결되어 있는 거예요. 필요하다면 친근하게 대하고, 꼭 그래야 할 때는 침묵을 지키고, 정중할 줄도 소탈할 줄도 아는 나는 자유자재였어요. 그래서 내 인기가 어쩌나 대단했던지 사교계에서 내가 거둔 성공 건수는 일일이 헤아릴 수도 없는 형편이었지요. 생김새도 괜찮은 편이었던 나는 피로를 모르는 사교춤의 명수인 동시에 사려 깊은 석학이었고, 결코 쉬운 일이 아니건만, 여자와 정의를 동시에 사랑할 수 있었으며, 조형예술과 스포츠에 모두 능한, 요컨대… 아니 이쯤 해두죠. 자기도취에 빠져 있다고 오해를 하시면 곤란하니 말입니다. 그렇지만 어디 한번 상상을 해보세요. 남자로서 한창 나이에 완벽한 건강체겠다, 재능이 풍부하고, 신체 활동에건 지적 활동에건 다 같이 능란하고, 부자는 아니지만 가난하지도 않으며, 잠도 잘 자고, 자기 자신에 대해 깊이 만족하고 있지만 원만한 사교성으로밖에는 그걸 내색하지 않는 그런 남자, 자화자찬은 아닙니다만, 이만하면 성공한 인생으로 인정할 수 있겠지요.

그럼요, 나보다 더 자연스러운 사람은 거의 없었을 겁니다. 나와 인생과의 일치는 가히 완전한 것이었어요. 인생의 아이러니, 위대함, 그리고 인생이 주는 속박 어느 것 하나 마다하지 않고 좋은 것 싫은 것 있는 그대로를 받아들였습니다. 특히 육체와 물질, 한 마디로 말해서 형이하학적인 것은 사랑이나 고독의 면에서 숱한 사람들에게 당혹과 낙망을 맛보게 하는 것인데 나에게만은 전혀 억압으로 작용하지 않고 언제나 변함 없는 기쁨을 주었어요. 나는 육체를 써먹도록 태어났던 겁니다. 내게서 풍기는 이 조화의 분위기라든가 이 느긋한 자제력은 바로 거기서 오는 것이지요. 남들도 나의 그런 면을 느꼈는지 가끔 그 덕분에 살맛이 난다고 털어놓곤 했답니다. 그래서 사람들은 나와 어울리려고 애 썼어요. 가령, 초면에 대하는 사람들도 흔히 나를 전에 만난 적이 있는 것 같다는 것이었어요. 인생이, 인생의 내용이 되는 존재들과 선물들이 내게로 마중을 나오는 기분이었어요. 나는 호의적인 자부심을 가지고 그런 경의를 받아들였어요. 사실, 그토록 대단한 충만감과 단순함을 지닌 인간이다 보니 나는 자신이 어느 정도 초인超人이 된 것 같았습니다.

나는 평범하지만 보잘 것 없는 집안 태생이었어요(부친은 군인 장교였지요). 그러나 큰소리치는 건 아닙니다만 어떤 날 아침 같은 때 나는 자신이 왕자라고, 혹은 타오르는 덤불숲*이라고 느끼곤 했어요. 하지만 말입니다, 이건 내가 살면서 누구보다 더 똑똑하다고 느끼는 확신과는 다른 겁니다. 그런 확신은 어떤 바보라도 다 가질 수 있는 것이라, 가져봤자 별수 없는 것

---

* 구약 〈출애굽기〉에서 신은 불타오르되 재가 되어 소멸되지 않는 덤불숲에서 모세에게 그 모습을 드러낸다.

전락

이니까요. 그런 것이 아니라, 내놓고 말하긴 좀 민망하지만, 충족감을 맛보고 또 맛본 나머지 나는 선택받은 존재라고 느끼게 되었다 이겁니다. 오랫동안의 변함없는 성공을 거두도록 세상의 모든 사람 중에서 유독 혼자서만 점지되었다 이런 말입니다. 이건 따지고 보면 내 겸손함에서 생긴 결과라고 할 수 있어요. 나는 오직 내가 잘났기 때문에 그런 성공을 거둔 것이라고 믿기를 거부했습니다. 한 개인 속에 이토록 다양하고 극단에 가까운 자질들이 한데 모여 있는 것이 단순한 우연의 결과라고는 믿어지지 않았어요. 그렇기 때문에 나는 행복하게 살아가는 가운데서도 어쩐지 이 행복은 어떤 지상명령至上命令에 의하여 나에게 허락된 것이라고 느꼈던 겁니다. 나에게는 아무런 종교도 없었다고 말하면 선생은 이 확신에 범상치 않은 그 무엇이 있었다는 것을 더 잘 알아차릴 수 있을 겁니다. 범상하건 않건 간에 그 확신은 나를 평범한 일상의 저 위로 오랫동안 둥실 떠 있게 만들었고, 나는 여러 해 동안 문자 그대로 하늘 높이 떠다녔어요. 사실 지금도 마음속으로는 그때가 그립습니다. 그렇게 떠다니다가 어느 날 저녁 문득… 아니 이건 다른 문제이니, 차라리 잊어버리는 게 좋겠어요. 사실, 내 말이 좀 과장된 것 같아요. 나는 어디로 보나 마음이 편했죠, 사실이에요. 그렇지만 동시에 무슨 일에건 만족을 못 느꼈어요. 한 가지 즐거움을 맛보고 나면 이내 더 나은 다음 즐거움을 찾았죠. 그래서 환락에서 환락으로 전전했어요. 인간들과 삶에 점점 더 열광한 나머지 여러 날 밤 동안 계속해서 춤을 추는 일도 있었지요. 가끔, 이런 밤들의 이슥한 시간이면, 춤과 가벼운 술기운과 흥분상태, 고삐 풀린 사람들 저마다의 극단적 자기 방임은 나를 나른하면서도 동시에 충족감이 뒤섞인 무아지경 속으로 빠져들게 하는 것이었는데, 이 피로감이 극에 달한 짧은 한 순간, 나는 마침내 인간들과 세계의 비밀을 깨친 것 같는 느낌을 받았어요. 그러나 다음날이 되면 피곤이 사라지고, 그와 함께 비밀도 사라졌어요. 나는 또다시 덤벼들었지요. 그렇게 나는 항상 충족감은 느껴도 결코 포만감에 이르진 못한 상태로 어디쯤에서 멈춰야 할지 몰라 그냥 내처 달리고 있었는데, 그러던 어느 날, 아니 어느 날 저녁, 음악이 딱 멎고 불들이 꺼졌어요. 내가 행복감을 맛보았던 그 축제가… 잠깐, 죄송하지만 우리 고릴라 친구에게 주문을 좀 해야겠어요. 저 친구에게 감사의 표시로 머리를 한번 끄덕여 보이세요. 그리고 무엇보다 저하고 같이 한잔해요. 선생의 공감이 필요하거든요.

내 솔직한 말에 놀라시는군요. 아니, 선생께서는 문득 남의 공감이나 도움이나 우정이 필요해지는 때가 없었습니까? 있었지요, 물론. 나는 말입니다, 나는 그저 공감정도로 만족하는 법을 배운 거지요. 공감은 쉽게 얻을 수 있고 또 아무런 구속력도 없어요. "진심으로 공감합니다" 어쩌고 입으로는 말 하지만 속으로는 곧바로 "자, 그럼 이젠 딴 이야기를 하도록 해요" 하고 말하거든요. 이건 회의 때 의장의 감정이에요. 여러 재난들을

　　　　　　　　　　　　　　　　전락

겪은 뒤에 헐값으로 얻을 수 있는 게 이것이지요. 우정은 그렇게 간단하지 않습니다. 얻는 데 시간도 오래 걸리고 힘도 드는데, 일단 얻고 나면 떨쳐버릴 길이 없으니 마주 대하고 있을 수밖에 없지요. 친구들이, 마땅히 그래야 겠지만, 저녁마다 전화를 걸고 지금이 바로 선생께서 자살을 결심한 저녁이나 아닐지, 또는 그 정도는 아니더라도 그냥 말벗이라 필요한 것은 아닐지, 외출하고 싶은 기분은 아닐지 알고 싶어 한다고 생각진 마십시오. 천만의 말씀입니다. 그들이 전화를 건다면 그건 이쪽이 마침 혼자가 아니고 사는 것이 신나게 느껴지는 그런 저녁일 것입니다. 자살로 말하면, 친구들은 오히려 당신을 부추길 겁니다. 그래놓고는 선생이 마땅히 그럴만한 길을 택했다고 여기겠지요. 제발 친구들에게 너무 높이 비행기 태워지는 일은 없기를 빕시다요! 한편, 맡은 역할이 우리를 사랑하는 것인 이들, 다시 말해서 친척, 친지들(표현 한번 좋지요!)로 말하자면 그들은 또 나름대로 가관이죠. 그들에겐 나름대로 할 말이 있죠. 그러나 그 할 말이란 게 오히려 사람 잡는 총알이에요. 그들은 총을 쏴대듯이 전화를 걸어댑니다. 게다가 조준까지 정확해요. 아! 배신자들 같으니라고!

뭐라고요? 무슨 저녁요? 그 이야긴 곧 나옵니다. 좀 참고 기다리세요. 사실 지금 내가 말하는 친구나 친지들 이야기도 어느 의미에서는 그 문제와 관계가 있어요. 그런데 말이죠, 난 이런 이야기를 들은 적이 있어요. 어떤 한 사내는 자기 친구가 감옥에 갇히게 되자 사랑하는 자기 친구가 빼앗긴 안락이라면 자신도 누리지 않겠다며 매일 밤 자기 방 맨바닥에서 잠을 잤답니다. 그런데 선생, 생각 좀 해보세요, 도대체 누가 우리를 위해서 맨바닥에서 잠을 자주겠습니까? 나 자신은 그렇게 할 수 있냐고요? 글쎄요, 난 그러고 싶어요. 그럴 수 있게 될 겁니다. 그래요, 어느 날엔가 우리 모두 그럴 수 있게 될 겁니다. 그리하여 구원받는 날이 되겠지요. 하지만 그건 쉬운 일이 아네요. 우정이란 주의가 산만한 것이라서, 아니 적어도 무력한 것이라서 말입니다. 마음으론 그러고 싶지만 힘이 모자라는 겁니다. 하기야 따지고 보면 그러고 싶은 마음이 부족한 것이겠지요? 어쩌면 우리는 인생을 충분히 사랑하지 않는 게 아닐까요? 오직 죽음만이 감정을 깨어나게 한다는 생각을 해 보셨나요? 우리는 이제 막 우리 곁을 떠난 친구를 얼마나 사랑합니까? 안 그래요? 입안에 흙이 가득 들어차서 더는 말을 하지 못하게 된 스승들을 우리는 얼마나 존경합니까! 이때 존경에 넘치는 찬사가 너무나도 자연스럽게 흘러나오지요. 그 스승들이 어쩌면 일생을 두고 고대해왔을 그 찬사가 말입니다. 그런데 왜 우리는 언제나 죽은 사람들에 대해서 더 올바르고 관대한지 아십니까? 이유는 간단합니다! 죽은 사람들에 대해서는 이행해야 할 의무가 없기 때문이죠. 그들은 우리에게 자유를 줍니다. 우리는 얼마든지 시간적 여유가 있으므로 칵테일을 한 잔 하고 참한 여자를 만나는 사이사이에, 즉 한가할 적에, 찬사를 끼워 넣으면 되는 겁니다. 그들이 우리에게 의무를 지우는 게 있다면 그건 잊지 말고 기억해 달라는 것이겠는데, 우리의 기억은 무력해요. 정말이지, 친구들에게서 우리가 사랑하는 건 이제 막 죽은 친구, 아직 고통이 생생하게 느껴지는 죽음, 즉 우리의 감동, 요컨대 우리 자신이라고요!

내 쪽에서 대개 만나는 것을 피했던 친구의 경우가 바로 그 랬어요. 좀 따분한 친구로 도덕군자였지요. 그런데 그가 임종 때가 되어 또 나를 찾아낸 거예요. 하지만 염려 마세요, 나도 한나절을 공연히 빼앗긴 것은 아니었어요. 그는 내 두 손을 꼭 잡은 채 만족해하며 죽었으니까요. 또 어떤 여자는 나를 너무 도 귀찮게 따라다니고도 뜻을 이루지 못하더니 고맙게도 젊은 나이에 죽었어요. 그러자 금방 내 마음 한구석이 어찌나 허전 해지는지! 게다가 그게 자살이었으니! 아이고, 얼마나 달콤한 소동이었겠어요! 전화통엔 불이 나고, 감정을 주체할 수 없어, 일부러 말을 짧게 하지만 속에 담긴 마음이 미루어 짐작되고, 억누르는 고통, 그래요, 약간의 자책감까지도!

인간이란 이런 거예요, 선생. 두 가지 면이 있는 법이지요. 자신을 사랑하지 않고서는 남을 사랑할 수 없다 이 말입니다. 혹시라도 같은 아파트 안에서 갑자기 초상이 나게 되거든 이 웃사람들을 잘 관찰해보세요. 모두들 저마다의 소소한 일상생 활 속에 묻혀 잠이 들어 있는데 가령 관리인이 죽었다 칩시다. 그러면 즉시 모두가 잠에서 깨어나서, 부산하게 움직이며 어찌 된 영문인지 알아보고 가엾어하지요. 눈앞에 초상이 났으니 드디어 구경거리가 생긴 거지요. 비극에 굶주린 그들이니 그럴밖에요. 그게 곧 그들의 작은 초월이고 그게 곧 그들의 아페리티프죠. 그런데 내가 관리인 예를 든 것이 과연 우연일까요? 우리 아파트에도 관리인이 하나 있었는데, 정말 못돼먹고 심술궂기가 이를 데 없어서, 금욕적인 프란체스코 수도사라도 어떻게 하지 못할 하찮고 원한에 찬 괴물이었답니다. 나는 그자에게 더 이상 말도 붙이지 않았지만 그자의 존재만으로도 내 평소의 만족감이 훼손되는 느낌이었어요. 그런데 그가 죽었기에 나는 그의 장례식에 갔어요. 왜 그랬겠습니까?

장례식까지의 이틀은 사실 흥미진진이었지요. 관리인 마누라는 병이 나서 단 하나뿐인 방에 누워 있고, 그녀 옆 받침틀 위에는 관이 놓여 있었습니다. 주민들은 저마다 손수 우편물을 가지러 내려가야 했지요. 문을 열고는 "안녕하세요, 부인" 하고 인사를 건네고, 관리인 마누라가 고인을 손으로 가리키면서 늘어놓는 찬사를 경청하고 나서 우편물을 가지고 나오는 거예요. 거기에 재미있을 거라곤 아무것도 없지요, 안 그렇겠어요? 그런데도 온 아파트 사람들이 다 석탄산 냄새가 코를 찌르는 관리원 방으로 꾸역꾸역 찾아들었어요. 아파트 주민들은 도우미들을 보내지 않고 직접 횡재 만난 듯 그 구경거리를 보러오는 거였어요. 하기야 도우미들도 마찬가지였지만, 그들은 슬그머니 와서 기웃거렸지요. 장례식 날 관이 너무 커서 방문을 나가지 못했어요. "아이고, 당신은 몸도 크시지!" 관리인 마누라는 침대에 누운 채 대견하면서도 비통한 놀라움에 겨워 소리쳤어요. "염려 마십쇼, 부인. 모로 세워서 들어냅죠" 하고 우두머리 상여꾼이 대답했어요. 그리고 관을 세워서 들어낸 다음 다시 눕혔는데, 묘지까지 따라가서 놀랄 만큼 사치스럽다 싶은 관 위에 꽃을 던져준 건 나 혼자뿐이었어요(하긴 전에 카바레 종업원이었던 사내도 따라왔었는데 그는 저녁마다 고인과 페르노를 함께 마시던 술친구였더군요). 그 뒤, 나는 관리인 마누라를 찾아가서 비극 여주인공이 할법한 감사인사를 받았어요. 이 모든 일을 한 것에 무슨 이유가 따로 있었겠어요? 그저 아페리티프 한잔 하자는 것뿐이었지요.

나는 또 변호사협회에서 옛날부터 같이 일해오던 어떤 동료의 장례식에 간 적이 있었습니다. 모두들 우습게 아는 서기였는데 나는 언제나 그와 악수를 했어요. 하긴 내가 일하던 곳에서 나는 아무하고나 다 악수를 했어요. 그것도 한 번이 아니라 두 번씩 말입니다. 이런 친절 소박한 태도 덕분에 나는 힘들이지 않고 남들의 호감을 살 수 있었어요. 내가 흐뭇한 기분을 맛보자면 반드시 필요한 호감을요. 서기의 장례식에 변호사협회 회장이 일부러 찾아오지는 않았어요. 그런데 나는 갔어요. 여행 바로 전날인데도 말입니다. 그래서 이 점이 특히 주목되었지요. 사실 나의 참석으로 주목받고 호의적인 평판을 얻는다는 걸 나는 알고 있었죠. 그래서 그날은 눈까지 내렸지만 나는

마다하지 않고 갔어요.

뭐라고요? 아, 그 이야기는 곧 나올 테니 염려 마세요. 사실 이것도 벌써 그 이야기인 셈입니다. 그런데 그 전에 우선 앞서의 그 관리인 마누라 얘기를 해야겠어요. 애도의 감동을 좀 더 절실하게 맛보겠다고 십자가며 번들번들하고 화려한 참나무 관이며 은으로 된 손잡이 등으로 돈을 다 쓰고 파산 지경이 된 그 마누라는 한 달이 못 가서 목청 좋은 어느 난봉꾼과 붙어버렸다 이 말입니다. 사내가 계집을 두들겨 패서 끔찍한 비명이 들리는가 하면 또 얼마 안 있어 사내는 창문을 열고 애창곡 연가를 불러댔어요. "여인들이여, 그대들은 예쁘기도 하여라!" 이웃에서는 "저럴 수가!" 했어요. '저럴 수가'라니, 뭐가 말입니까? 그래요, 그 바리톤 사내는 염치를 모르는 자였어요, 마누라도 그랬고요. 하지만 그 두 사람이 서로 사랑하지 않았다는 증거는 어디에도 없었어요. 마누라가 남편을 사랑하지 않았다는 증거 또한 어디에도 없었고요. 게다가 그 난봉꾼 사내가 목소리도 팔도 다 힘이 빠져 그만 자취를 감추자 마누라는 다시 고인에 대한 찬사를 늘어놓기 시작했지요. 그 열녀가 말예요! 따지고 보면 체면이야 잘 차린다 해도 그 마누라보다 더 충실할 것도, 더 솔직할 것도 없는 것들이 수두룩하니까요. 내가 아는 이들 중에 20년 동안이나 주책바가지 계집과 살아온 한 사내가 있었습니다. 그는 그 계집에게 우정과 노동과 부끄럽지 않은 생활까지 다 바쳐 희생했는데, 어느 날 저녁 문득 자기는

전락

한 번도 아내를 사랑한 적이 없다는 사실을 깨달았어요. 간단히 말해서 그는 따분했던 거예요. 누구나 다 그렇듯 그는 따분했던 거였어요. 그래서 그는 복잡하고 골치 아픈 일들로 가득 찬 어떤 삶을 하나 통째로 만들어 가졌었던 거예요. 무슨 일이건 일어나줘야겠다 이거예요. 인간이 어떤 일을 하겠다고 맹세하고 나서는 까닭이 대부분 여기에 있는 겁니다. 무슨 일이건 일어나줘야겠으니 말입니다. 사랑이 없이 메이는 것이라도 좋다, 심지어 전쟁이라도, 혹은 죽음이라도 좋다 이겁니다. 그러니 장례식도 대환영이죠!

그런데 나에게는 적어도 그런 변명은 있을 수 없었어요. 나는 세상 위에 군림하고 있었으니 따분할 리 없었지요. 내가 이야기하려는 그날 저녁엔 그 어느 때보다도 오히려 덜 따분했다고 할 수 있어요. 그래요, 정말이지 난 무슨 일이 일어나주기를 바라지 않았었어요. 그랬었는데 글쎄…. 그런데 말입니다, 선생. 어느 가을날 저녁이었어요. 시내 거리는 아직 따뜻한 편이었고 센강변은 벌써 축축했습니다. 밤이 오고 있고 서쪽 하늘은 아직 훤했는데도 어둑해 지면서 가로등들이 희미하게 빛나고 있었지요. 나는 퐁데자르*를 향하여 좌안 강변길을

---

* 파리 우안의 루브르궁 사각정과 좌안의 학사원을 연결하는 파리 최초의 철제 다리로 보행자전용이다. 〈예술교〉라는 이름은 이 다리가 건설되던 나폴레옹 보나파르트 시대에 루브르궁의 명칭이 〈예술궁〉이었던 점에서

따라 올라가고 있었습니다. 헌책 노점의 걸어 잠근 상자들 사이로 강물이 번뜩이는 게 보였어요. 강변길에는 인기척이 별로 없었습니다. 파리 사람들이 벌써 저녁식사를 하고 있었던 거죠. 나는 아직도 여름을 상기시키는 먼지 앉은 누런 나뭇잎들을 밟으며 걸어가고 있었어요. 하늘에는 차츰 별들이 가득해지면서 하나의 가로등에서 다른 가로등으로 발길을 옮길 때마다 언뜻언뜻 눈에 띄곤 했어요. 나는 다시 찾아든 정적, 저녁의 감미로움, 텅 빈 파리를 음미하고 있었습니다. 기분이 흐뭇했어요. 좋은 하루였지요. 장님을 하나 도와주었고, 원했던 한 건의 감형을 얻어냈고, 내 고객이 뜨거운 감사의 악수를 했고, 몇 가지 후한 인심도 썼고, 또 오후에는 몇몇의 친구들 앞에서 우리 지배계급의 몰인정한 마음씨와 우리 엘리트 계층의 위선에 관하여 즉흥연설을 했던 것입니다.

그 시각에는 인기척이 없는 퐁데자르 위로 올라가서 나는 어느새 찾아든 어둠 속에서 잘 분간하기가 어려워진 강물을 바라보았어요. 베르 갈랑**을 마주 향한 채 강 속의 섬을 내려다보았지요. 나는 내면에서 어떤 방대한 힘의 감정이, 뭐랄까요, 어떤 성취감 같은 것이 솟구쳐 오르면서 가슴이 뿌듯해지

유래했다.
** 파리 시테섬의 서쪽 끝에 위치한 길고 뾰족한 삼각형 모양의 광장으로, 퐁데자르(예술교)에서 동쪽을 향하여 내려다보면 바로 앞에 보인다.

는 것을 느꼈어요. 나는 몸을 일으키고, 담배 한 대를, 만족의 담배 한 대를 붙여 물려고 했어요. 그때였어요. 순간 등 뒤에서 웃음소리가 터졌어요. 깜짝 놀라 획 돌아섰어요. 그런데 아무도 없는 거예요. 가드레일에까지 다가갔지만 거룻배 하나 보트 하나 없었어요. 나는 다시 섬 쪽으로 돌아섰어요. 그러자 또다시 등 뒤에서 웃음소리가, 이번에는 마치 강을 따라 내려가고 있는 듯 좀 더 멀리서 들려왔어요. 나는 그 자리에 우두커니 서 있었습니다. 웃음소리는 점점 약해졌지만 여전히 내 등 뒤에서 똑똑히 들려오고 있었어요. 물속에서라면 몰라도, 어디서 오는 소리인지 알 수가 없었어요. 그와 동시에 나는 심장이 마구 뛰는 것을 느꼈어요. 그러나 오해는 마십시오. 그 웃음소리에 신비스러운 점이 있었던 건 결코 아니었으니까요. 그저 밝고 자연스러운, 거의 마음을 풀어줄 만큼 친근한 웃음이었어요. 그리고 곧 아무 소리도 더 이상 들리지 않았어요. 나는 다시 강변길로 나와서 도핀가로 접어들어 아무 필요도 없는 담배를 샀습니다. 어리둥절하여 숨조차 제대로 쉴 수 없었어요. 그날 저녁에 나는 어느 친구에게 전화를 걸었지만 집에 없더군요. 외출을 할까 어쩔까 하고 망설이는데 창문 아래서 문득 웃음소리가 들렸어요. 창문을 열었죠. 과연 인도에서 젊은 패들이 유쾌하게 작별인사를 주고받고 있더군요. 나는 어깨를 으쓱하며 창문을 닫았어요. 아무튼 검토해야할 서류가 있었어요. 나는 물을 한 잔 마시려고 욕실로 갔어요. 거울 속에서 내 얼굴은 미소를 짓고 있었지만 내 웃음이 이중으로 어른거리는 것 같더군요….

뭐라고요? 죄송해요. 딴 생각을 하고 있었네요. 아마 내일 또 뵙게 되겠지요. 내일, 그래요 내일요. 아뇨, 아녜요. 그만 가봐야겠어요. 게다가 저쪽에 보이는 저 갈색머리 곰 같은 친구가 의논할 게 있다고 좀 보자는군요. 분명 정직한 친구인데 글쎄 경찰이 심술을 부리며 못살게 구는 거예요. 순전한 악취미죠. 생긴 모습이 살인범 같다고요? 안심하세요, 직업상 저런 얼굴을 하고 있는 것뿐입니다. 그야 강도질도 하지만, 동굴 속에서 살다 나온 것 같은 저 사내가 미술품 밀매 전문가라는 걸 아신다면 깜짝 놀라실 겁니다. 네덜란드에서는 누구나 다 그림과 튤립 전문가지요. 저 녀석은, 외모는 별것 아니게 보이지만 가장 유명한 명화 도난사건의 범인이에요. 어느 사건이냐고요? 아마 차차 말씀드릴 기회가 있을 거예요. 내가 별걸 다 알고 있다고 놀라진 마십시오. 재판관 겸 참회자이긴 합니다만 이곳에서는 취미로 어떤 일을 하고 있지요. 나는 저 양반들의 법률 고문이랍니다. 이 나라 법률을 연구해가지고 이 구역에서 고객을 확보했어요. 면허증을 요구하지도 않는 곳이니까요. 쉬운 일은 아니었지만 나는 신용이 있어 보이거든요, 안 그래요? 솔직하고 멋진 미소에다가 힘차게 그러쥐는 악수, 이것이야말로 내 성공의 비결이지요. 그런데다가 나는 또 몇 가지 어려운 사건들을 해결했거든요. 우선은 수익을 생각해서, 다음으로는 신념에 끌려서요. 만약에 뚜쟁이들과 도둑놈들이 언제나 어디서나 다 잡혀서 유죄 선고를 받는다면 점잔빼는 사람들은 모두 다, 언제나 자기들은 순결하다고 믿어버릴 거라고요. 그러니까 내가 볼 때―그래 알았어, 곧 간다고!―특히 그것만은 막아야 한다 이겁니다. 안 그러면 정말 웃기는 일이 되고 말 테니까요.

3

선생, 정말 그렇게 호기심을 가져주시니 감사합니다. 하지만 내 이야기는 전혀 특별하달 게 없는걸요. 굳이 원하시니 말씀드립니다만, 나도 며칠 동안은 그 웃음소리 생각을 좀 했지요. 그러다가 잊어버렸어요. 이따금 마음 한구석에서 그 소리가 들리는 것 같았지만 대부분 힘들이지 않고 다른 데로 생각이 옮겨갔어요.

그렇긴 해도, 제가 다시는 파리의 강변길에 발을 들여놓지 않았다는 건 인정해야겠군요. 자동차나 버스를 타고 그곳을 지나게 될 때면 마음속에 일종의 침묵 같은 것이 고이더군요. 내가 뭔가를 기다리는 것 같았어요. 그러나 센강을 다 건너도록 아무 일도 일어나지 않는 걸 보고 나는 안도의 숨을 내쉬었습니다. 그 무렵 나는 건강도 별로 좋지 않았어요. 뭐라고 꼬집어 말하기는 어렵지만 그저 맥이 빠진달까, 어쩐지 평소의

전락

유쾌한 기분을 되찾기가 힘들었어요. 의사들을 찾아가 보았더니 기운 돋우는 강장제를 주더군요. 기운이 솟는 듯하다가 다시 축 늘어지곤 했어요. 생활이 전만큼 수월하지 못했어요. 몸이 편치 못하면 마음도 시들해지니까요. 한 번도 배운 적이 없으면서도 내가 그리도 잘 아는 게 사는 거였는데 그걸 그만 한 부분 잊어버린 것만 같았어요. 그래요, 지금 생각해보면 바로 그때 모든 것이 시작된 것 같아요.

그런데 오늘 저녁에도 어쩐지 컨디션이 좋지 않네요. 심지어 내가 하는 말도 술술 풀리지 않아요. 말솜씨도 전보다 더 못해진 것 같고요. 아마 날씨 때문이겠지요. 숨이 답답하고 공기가 어쩌나 무거운지 가슴을 짓누르는군요. 우리 동포 선생, 밖으로 나가서 거리를 좀 거닐었으면 하는데 괜찮으실까요? 고맙습니다.

밤에는 운하들이 퍽 아름답군요! 오래 고여있던 물에서 피어오르는 냄새, 운하에 떨어져 썩는 낙엽 냄새, 꽃을 가득 실은 거룻배에서 올라오는 좀 음산한 냄새가 난 좋거든요. 아니, 그게 아니에요. 그런 취향에 병적인 면은 전혀 없어요. 그건 오히려 나의 경우 일종의 결심 같은 것이지요. 사실을 말하자면, 나는 억지로 이 운하들을 좋아하려고 애를 쓰는 겁니다. 이 세상에서 내가 제일 좋아하는 건 바로 시칠리아섬이라고요, 아시겠어요? 더군다나 빛이 환할 때 에트나 화산 꼭대기에서 섬과 바다를 굽어볼 때 말입니다. 자바섬도 좋지요. 무역풍이 불때. 네, 젊었을 때 가본 적이 있어요. 대개 나는 섬이라면 다 좋아요. 섬에서는 다른 곳보다 지배하기가 더 쉽거든요.

예쁜 집이죠, 안 그래요? 저기 보이는 두 얼굴은 흑인 노예들의 얼굴이에요. 간판이죠. 저 집은 어떤 노예 상인의 소유였죠. 아! 그 시절에는 손에 쥔 패를 숨기지 않았거든요! "봐라, 여기가 내 집이다, 나는 노예장사다, 검둥이 몸뚱이를 판다!" 하고 버젓이 말했어요. 그런데 오늘날 그런 걸 제 직업이라고 내놓고 광고하는 녀석이 있다면 어떨까요? 굉장한 추문거리죠! 파리의 내 동료들이 뭐라고 떠들어댈지 벌써부터 귀에 들립니다. 그 문제에 관한 한 그들의 태도는 확고해요. 당장 성명서를 두세 개쯤, 아니 어쩌면 그보다 더 많이 발표할 겁니다! 가만 생각해보면 나도 그 서명에 가담할 겁니다. 노예라니 될 말인가! 아, 안되지, 우리는 반대다! 자기 집이나 공장 같은 곳에 하는 수 없이 노예를 두게 된다, 그건 좋다. 그럴 수 있는 일이다. 그렇지만 그걸 내놓고 자랑한다는 건 언어도단이다.

사람은 남을 지배하든가 섬김을 받든가 하지 않고 지내지 못한다는 것은 나도 잘 알고 있어요. 누구에게나 맑은 공기가 필요하듯이 노예가 필요한 법이지요. 명령하는 것은 호흡하는 것이나 마찬가지로 필수적이죠. 어때요, 내 말 맞지요? 그런데 아무리 불우한 사람이라 해도 숨은 쉬거든요. 사회의 가장 밑바닥에 있는 인간에게도 하다못해 배우자, 혹은 자식은 있죠.

독신일 경우라면 개라도 한 마리 있고요*. 요컨대 중요한 것은 상대방은 말대답할 권리가 없어도 이쪽은 화를 낼 수 있어야 한다 이겁니다. "아버지한테 말대답하는 것 아니야" 하는 공식 알고 계시지요? 어느 의미에서 그건 좀 이상하죠. 이 세상에서 사랑하는 사람한테 말대답을 못하면 도대체 누구한테 합니까? 그런데 또 다른 의미에서는 그 말도 그럴싸해요. 어느 쪽에서 건 마지막으로 말을 하고 그쳐야지 안 그러면 한가지 이유에 다른 이유가 대립하면서 끝이 나질 않을 테니까 말이죠. 반면에 권력은 만사를 단칼에 결판냅니다. 시간이 좀 걸리긴 했지만 우리도 결국 그 점을 깨달았지요. 가령, 선생도 아마 느꼈을 줄 압니다만, 우리 이 늙은 유럽이 마침내 제대로 철학을 할 줄 알게 된 겁니다. 우리는 더 이상 순진했던 지난날처럼 "나는 이렇게 생각하오. 당신의 반론은?" 하지 않습니다. 정신을 차렸거든요. 그리하여 대화를 코뮈니케(공동 성명)로 바꿔놓았지요. 우리는 이렇게 말합니다. "이상과 같은 것이 진실이다. 너희들은 거기에 대해 얼마든지 토론해도 좋지만 우리는 그런 것엔 관심이 없다. 그러나 몇 년 후면 경찰이 와서 너희들에게 내가 옳다는 것을 증명해줄 것이다."

아아! 멋진 세상이지요! 이제 이곳에서는 만사가 분명해졌

* 《이방인》의 살라마노는 아내가 죽자 강아지를 키우며 학대한다.

전락

습니다. 우리는 우리 자신을 알게 되었고 우리가 할 수 있는 게 뭔지를 깨닫게 되었어요. 그런데, 주제는 바꾸지 않더라도 예는 바꿔보고 싶어서 하는 말입니다만, 나는 언제나 남이 웃는 낯으로 시중을 들어주기를 바랐어요. 하녀가 슬픈 표정을 짓고 있으면 나는 종일토록 심사가 편치 않았어요. 하녀라고 늘 즐겁기만 할 수야 없겠지만, 울면서 보다는 웃으면서 시중드는 편이 본인을 위해서 낫다는 게 내 생각이었어요. 사실은 그러는 편이 나에게 더 좋은 것이었지만요. 하지만 내 이론은 뭐 대단한 것은 못 되어도 아주 바보같은 것도 아니었어요. 마찬가지 이유로 나는 절대 중국 식당에 가서 식사하는 건 사양했습니다. 왜냐고요? 왜냐하면, 아시아인들이 말이 없을 때는, 특히 백인 앞에서 묵묵히 서 있을 적엔 대개 멸시하는 것 같은 표정이기 때문이죠. 당연히 음식을 서빙할 때도 여전히 그런 표정을 짓고 있어요! 그 앞에서 통닭구이 맛을 어떻게 즐길 수 있으며, 특히 그런 그들을 바라보면서 어떻게 내가 옳다는 생각을 할 수 있겠어요?

순전히 우리끼리의 이야기입니다만, 복종이란 건, 미소지으면서 하는 복종이면 더 좋지만, 그러므로 필연적인 겁니다. 그러나 우리는 그걸 인정하면 안 되요. 하는 수 없이 노예를 부릴 수밖에 없는 사람도 노예들을 자유인이라고 말하는 편이 낫지 않겠어요? 우선은 원칙상 그러는 편이 좋고 그다음으로 노예들이 절망하면 안 되니까 그렇지요. 노예에게도 그만한 보상은 있어야하는 것 아니겠어요? 그렇게 하면 노예들은 계속 미소를 지을 것이고 또 우리도 마음이 편해질 거예요. 그렇지 못하면 우리는 어쩔 수 없이 자기반성에 내몰려 그 고통 때문에 미쳐버리든가, 겸손한 사람들까지도 만사에 두려움을 느끼게 됩니다. 그러니 간판을 내걸 일이 아니죠. 더군다나 저런 간판은 말도 안됩니다. 사실, 너나없이 다 식탁에 둘러앉아서 자기의 진짜 직업과 신분을 여봐란듯이 드러내 보인다면, 더 이상 감당이 안 될 거예요! 가령, 명함을 받아보니 이렇게 찍혀 있다고 상상해보세요. 뒤퐁, 겁쟁이 철학자, 혹은 기독교인 악덕 지주, 혹은 상습 간통범 휴머니스트. 정말이지 선택의 가능성은 무궁무진하지만 이랬다가는 지옥이지요! 그래요, 지옥이란 바로 간판들이 잔뜩 내걸린 거리들이지요. 더 이상 변명할 길이 없는 곳. 누구나 한번 분류되고 나면 그걸로 끝인 곳 말입니다.

선생, 가령 말입니다. 우리 동포이신 선생의 간판은 어떤 것일지 한번 생각해보시지요. 말을 못 하겠어요? 그럼 나중에 대답해주세요. 어쨌든 내 간판은 이렇습니다. 얼굴이 두 겹인 매력적 야누스. 그리고 그 위에 상점의 신조信條를 써 붙입니다. '믿지 말라.' 내 명함에는 '장바티스트 클라망스, 배우'라고 박혀 있습니다. 그런데, 내가 이야기했던 그날 저녁의 일이 있은 지 얼마 후에, 나는 어떤 한 가지 사실을 발견했어요. 뭔고 하니, 어떤 장님을 맞은편 인도에까지 건너오도록 도와주고 헤어지면서 나는 그에게 인사를 했다 이 말씀입니다. 모자를 쓱

쳐들며 인사하는 동작은 분명 그 장님을 향한 게 아니었죠. 장님은 그걸 볼 수 없었으니까요. 그럼 누구를 향한 것일까요? 관객한테지요. 연기를 끝내고 인사를 한다, 이거 괜찮지요, 안 그래요? 그 즈음의 또 어느 날은, 도와줘서 고맙다고 내게 인사하는 어떤 자동차 운전자에게 세상의 그 어느 누구도 나만큼은 못 해줬을 거라고 대답했어요. 물론 나는 누구든 그만한 일이야 못 해줬겠느냐고 말하려던 거였지요. 그러나 잘못 튀어나온 그 실언이 오래도록 마음에 걸렸어요. 겸손하기로 말하자면 정말이지 나를 당할 사람이 없었으니까요.

우리 동포 선생, 겸허하게 인정할 수밖에 없지만, 나는 늘 허영심 덩어리였답니다. 나, 나, 나, 이 '나', 이게 바로 내 알뜰한 인생의 후렴이라, 내가 하는 말에는 어김없이 따라 나왔어요. 나는 내 자랑을 하지 않고는 이야기를 할 수 없었어요. 특히 저 비장의 요란스러운 겸손을 과시하며 말할 때는 더했지요. 내가 항상 자유롭고 힘 있는 인간으로 살아온 건 사실입니다. 다만 나는 모든 사람들에 대해 내가 자유로운 존재라고 느끼고 있었는데 그건 나와 견줄 만한 사람이 없다는 당연한 이유에서였지요. 나는 늘 내가 그 어느 누구 보다도 더 똑똑하고, 이건 이미 말했지만, 동시에 더 예민하고 더 능숙하다고 생각했어요. 발군의 사격 선수이며 차 운전에도 타의 추종을 불허하고 최상급의 연인이다 하는 식이었죠. 남보다 못한 것이 확실한 분야, 예컨대 테니스 같은 것도, 그저 괜찮은 파트너 수준

일 뿐이지만, 나도 연습할 시간만 충분히 가진다면 일류가 될 수 있다고 믿지 않을 수 없었죠. 나는 자신의 우월성만 인정했어요. 내가 남에게 호의적이고 느긋한 태도를 유지하는 비결은 바로 여기에 있었어요. 내가 남을 돌봐주는 것은 순전히 자발적인 너그러움의 발로이고 보면 그 공로는 고스란히 내게로 돌아왔지요. 이리하여 내가 스스로에게 느끼는 자긍심은 한 단계 더 높아지는 것이었어요.

이런 분명한 사실들은 다른 몇몇 진실들과 더불어, 앞서 말한 그날 저녁 이후에 내가 차츰 발견하게 된 것들이죠. 그날 저녁의 일 직후에 곧 알게된 것도 아니고, 아주 뚜렷하게 알아차린 것도 아닙니다. 그에 앞서 우선 기억을 되살려야 했어요. 단계적으로 사태가 분명해졌고 그동안 내가 알고 있었던 것들을 조금씩 깨달은 거였어요. 그 전까지는 늘 놀라운 망각의 능력이 나를 도왔던 것이죠. 나는 뭐든 다 잊어버렸어요. 우선 스스로 한 결심들을 잊어버렸죠. 따지고 보면 어느 것 하나 중요한 게 없었어요. 나도 물론 사정상 불가피한 경우엔 전쟁, 자살, 사랑, 가난 같은 것에 관심을 보였지만 그저 예의상, 피상적으로 그랬을 뿐이지요. 때로는 나의 가장 일상적인 생활과 관계가 없는 어떤 대의명분에 치열하게 몰두하는 체하기도 했어요. 그러나 나의 자유가 방해받는 경우가 아니라면, 실제로 거기에 가담하지 않았어요. 어떻게 표현하면 좋을까요? 그저 겉만 스치고 미끄러지는 거예요. 맞아요. 모든 게 내겐 겉만 스치고 미끄러졌어요.

그래도 말은 똑바로 해야죠. 나의 건망증이 더러는 약이 되었으니까요. 어떤 사람은 자신이 받은 모든 모욕을 용서하는 걸 신앙처럼 여기고, 또 실제로 용서하지만, 그 모욕을 절대로 잊지 않는다는 것을 당신도 눈여겨 보셨겠죠. 그런데 내 성격은 받은 모욕을 용서할 만큼 너그럽지는 못했지만, 결국에 가서는 언제나 모욕받은 것을 잊어버렸어요. 그래서 필시 내게 미움을 받고 있을 거라고 믿고 있던 사람은 내가 싱글벙글 웃으며 인사를 건네는 걸 보고 깜짝 놀라더군요. 각자 성격에 따라서, 그는 내가 도량이 넓다고 감탄하기도 했고 비굴하다고 멸시하기도 했지만 내가 그렇게 행동하는 것이 그보다 더 간단한 이유 때문이라고는 생각하지 못했어요. 즉 나는 모욕을 준 그 사람의 이름까지도 잊어버린 거예요. 내 무관심이나 비겁함의 원인이었던 동일한 결함이 이렇게 해서 나를 그릇이 큰 인간으로 만들어주는 셈이었어요.

그러니까 나는 그날그날 나-나-나의 연속 이외에는 아무런 일관성이 없이 살고 있었어요. 여자도 그날그날, 미덕이나 악덕도 그날그날, 개처럼 그날그날 이었지만 나 자신만은 한결같이 확고한 자리를 지키고 있었어요. 이렇게 나는 삶의 표면에서, 이를테면 말뿐으로, 한번도 현실 속엔 발 딛지 못한 채나아가고 있었던 거예요. 이 모든 책들도 읽는 둥 마는 둥, 도시들도 구경하는 둥 마는 둥, 여자들도 건드리는 둥 마는 둥!

몸짓 하나하나가 그저 따분해서 해보는 심심풀이에 불과했어요. 사람들이 내 뒤를 따르며 매달려보려 했지만, 아무것도 잡혀지는 것이 없었으니, 그야말로 불행이었지요. 그들에게 말입니다. 왜냐하면, 나야 다 잊어버렸으니까요. 나 자신 이외에는 아무것도 기억나는 게 없었어요.

그러나 차츰차츰 내게 기억이 되돌아왔어요. 아니 오히려 내가 기억으로 되돌아가서 거기서 나를 기다리고 있는 추억을 찾아냈다고 해야겠지요. 그 이야기를 하기 전에, 우리 동포께서 허락하신다면, 우선 그 기억 탐험 중에 내가 발견한 것들 가운데 몇 가지 예들을(이건 분명코 선생께 도움이 될 겁니다) 들어보일까 합니다만.

어느 날 내가 자동차를 운전하는 중에 신호가 파란불로 바뀌었는데도 내가 즉시 출발하지 않고 잠시 지체했더니, 즉각 내 등 뒤에서 성급한 파리지앵들이 요란스럽게 경적을 울려댔어요. 그러자 갑자기 그와 똑같은 상황에서 겪었던 다른 어떤 사건이 기억났어요. 코안경을 쓰고 골프 바지를 입은, 쌀쌀맞고 작달막한 오토바이 운전자 하나가 나를 추월하더니 빨간불을 받고 내 앞에 멈춰 서는 거였어요. 정지할 때 그의 엔진이 꺼져버려서 그 작달막한 사내는 발동을 다시 걸려고 기를 썼지만 헛일이었어요. 신호가 파란불로 바뀌었기에 나는 그에게 내가 좀 지나갈 수 있도록 오토바이를 옆으로 비켜달라고 언제나 그렇듯 공손하게 부탁을 했지요. 작달막한 사내는 헛김만 뿜어내는 엔진에 매달려 여전히 안달을 하고 있었어요. 그는 파리지앵 특유의 예절 규범에 따라 나보고 글쎄 헛소리 말고 꺼지라고 하더군요. 나는 다시 한번, 여전히 공손하긴 하지만 약간 노기가 섞인 목소리로 재촉했습니다. 그러자 곧 한다는 소리가 걸어가든 말 타고 가든 하여간 꺼지라는 거였어요. 그동안 내 뒤에서는 경적 소리들이 성화를 대기 시작했어요. 나는 좀 더 단호하게 상대에게 예의를 좀 갖추라고, 자신이 교통을 방해하고 있다는 생각을 좀 해보라고 일렀지요. 그랬더니 그 성마른 작자는 엔진 고장이 분명해지자 약이 잔뜩 올랐던지, 한 대 맞고 싶다면 얼마든지 먹여주겠다는 거였어요. 그토록 뻔뻔스러운 태도에 너무나 화가 나서 나는 입버릇 사나운 녀석에게 따귀를 한 대 올려붙일 생각으로 차에서 내렸습니다. 나는 자신이 겁쟁이라고 생각지 않고(머릿속으로야 무슨 생각인들 못하겠어요!), 키도 상대보다 머리 하나만큼은 더 큰데다 근육도 항상 쓸만했으니까요. 지금 생각해도 내가 한 방 먹였으면 먹였지 얻어맞지는 않았을 것 같아요. 그러나 내가 막 차도에 내려서는데, 모여들기 시작한 군중 속에서 어떤 사내가 나오더니 내게로 다가서며 나더러 한심하기 짝이 없는 작자다, 오토바이에 올라앉아 두 다리가 자유롭지 못한 사람, 따라서 자기보다 불리한 입장인 사람을 치도록 놔두지는 않겠다고 못 박는 거였어요. 나는 그 열혈남 쪽으로 고개를 돌렸지만 그를 채 볼 사이도 없었어요. 실은 고개를 돌리자, 거의 동

전락

시에 오토바이 엔진 소리가 다시 들리면서 나는 귀싸대기를 한 대 호되게 얻어맞았어요. 무슨 영문인지 미처 알아차리기도 전에 오토바이는 쌩하고 달아났어요. 나는 어리둥절 나도 모르게 그 달타냥 같은 열혈남에게 다가갔는데, 그와 동시에 이젠 숫자가 엄청나게 늘어난 차량 행렬로부터 일제히 경적소리가 극성스럽게 솟아올랐어요. 다시 신호가 파란불로 바뀐 거예요. 그래서 나를 불러세웠던 그 바보 자식을 꾸짖어주긴커녕 여전히 좀 얼떨떨한 상태인 나는 고분고분 내 차로 돌아와서 시동을 걸었습니다. 내가 옆으로 지나갈 때 그 바보 자식이 나한테 "한심한 놈!" 하고 내뱉던 소리가 아직도 기억에 남아 있어요.

별것 아닌 이야기라고 말씀하시겠지요? 그럴지도 모르지요. 다만 그 일을 잊는 데 오랜 시간이 걸렸다는 점이 중요한 것이죠. 그렇지만 내게는 변명의 여지가 충분히 있었어요. 얻어맞고도 응수하지 못했지만 나를 겁쟁이라고 욕할 수는 없는 일이었죠. 불시에 당한 일이었고 또 양쪽에서 대드는 바람에 뭐가 어떻게 된 일인지 알 수가 없었으니까요. 그리고 경적소리들 때문에 극도록 혼란스러워진 거였어요. 그랬는데도 나는 마치 명예에 손상을 입은 것 처럼 비참한 기분이었습니다. 아무 응수도 못한 채 군중의 비웃는 눈길 속에서 차에 오르던 내 꼴이 자꾸만 눈앞에 밟혔어요. 지금도 기억납니다만 그날따라 내가 아주 우아한 청색 양복을 차려입고 있었기에 군중들은 더 신이 나서 비웃어댔어요. "한심한 놈!"이란 비웃음이 귀에 쟁쟁했지만 그런 소리를 들어 마땅하다는 느낌이었어요. 요컨대 나는 세상 사람들이 보는 앞에서 비겁자가 된 겁니다. 공교롭게도 여러 사정들이 겹쳐 그렇게 된 건 사실이에요. 하지만 언제든 사정들이야 법이지요. 나중에야 나는 그때 어떻게 했어야 옳았을지 확실히 깨달을 수 있었어요. 달타냥처럼 잘난 체하던 그 녀석을 보기 좋게 후려쳐준 다음 내 차에 다시 올라타고 나를 때린 그 망할 자식을 추격해 따라잡는 즉시 오토바이를 인도 쪽으로 밀어붙이고는 그놈을 끌어내려서 놈이 받아 마땅한 주먹을 시원스레 안겨주는 내 모습을 머릿속에 그려보았지요. 다소의 변화를 가미해가면서 나는 이 필름을 상상 속에서 무수히 돌렸어요. 그러나 때가 이미 늦었기에 나는 며칠 동안 추한 원한만 곱씹었어요.

아이고, 이거 또 비가 오는군요. 저 현관 밑에 좀 멈췄다 갈까요? 됐어요. 어디까지 이야기했었지요? 아, 그렇군. 명예에 관한 이야기였죠! 그래 그 사건의 기억이 되살아나자 나는 그게 뭘 의미하는지 깨달았어요. 요컨대 나의 꿈이 현실의 시험을 견뎌내질 못한 거죠. 이젠 분명해졌지만, 나는 내가 인격적으로나 직업적으로나 남들에게 존경을 받는 완전무결한 인간이라는 꿈을 꾸고 있었던 거예요. 비유하자면 반은 세르당[13]이고 반은 드골 같은 인물이라고 말입니다. 요컨대 나는 만사에 군림하고 싶었던 거예요. 그래서 나는 잘난 체 했고 지적인 재능보다는 육체적으로 더 민첩하다는 걸 즐겨 과시했던 거예요. 그러나 남들 앞에서 얻어맞고 응수도 하지 못한 일이 있고부터 나 자신의 그 멋진 이미지를 어루만지는 게 불가능해졌어요. 만약 나 스스로 자처했듯이 내가 진리와 지성의 벗이었다면, 그 광경을 목격한 사람들은 벌써 까맣게 잊어버리고 말았을 그 사건이 내게 뭐 그리 중요한 일이겠어요? 아무것도 아닌 일로 화를 낸 것, 또 화를 냈으면 재빨리 머리를 써서 화낸 뒷감당을 해야 했는데 그러지 못한 것을 자책하는 정도가 고작이었겠지요. 그런데 그 대신 복수를 하고 두들겨 패주고 이기고 싶은 욕망에 불탔어요. 마치 내가 진정으로 바라는 것이 세상에서 가장 지혜롭고 가장 너그러운 사람이 되는 것이 아니라, 다만 내가 원하는 상대를 두들겨 패는 것, 요컨대 가장 유치한 방식으로 가장 강한 사람이 되는 것이란 듯이 말입니다. 사실은, 선생도 잘 아시다시피, 지적인 사람은 누구나 갱스터가 되기를 꿈꾸고 순전히 폭력으로 사회를 지배하기를 꿈꾸는 법입니다. 그런데 그건 그 방면 전문인 소설들에서 보듯 쉬운 일이 아니므로 대개는 그 일을 정치에 일임하고 가장 잔인

* Marcel Cerdan(1916-1949): 알제리 시디벨아베스 태생의 권투선수로 1930년대 말, 그리고 제2차 세계대전 후 1940년대 말 프랑스와 유럽 챔피언이었다. 뉴욕까지 진출하여 명성을 떨쳤고 에디트 피아프와의 염문으로 더욱 유명해졌으나 1949년 파리-뉴욕간 항공기 추락사고로 사망했다.

전락

한 정당으로 달려가는 겁니다. 그렇게 해서 모든 사람들을 다 지배할 수 있다면야 정신적으로 좀 욕된들 무슨 대수겠어요? 나는 남들을 억압하고 싶은 감미로운 꿈들을 나의 내면에서 발견했어요.

적어도 내가 알게된 것은, 죄인이나 피고의 과오가 내게 아무런 피해도 주지 않는다는 분명한 범위 내에서만 내가 그들의 편에 선다는 사실이었습니다. 나는 그들의 피해자가 아니기 때문에 그들의 죄에 관해서 이야기할 때 한껏 웅변적이 되는 것이었죠. 내가 위협을 받게 될 때 이번에는 나도 재판관의 입장이 될 뿐 아니라 한 발 더 나아가 법률의 한계를 벗어나서까지 범죄자를 때려눕혀 무릎을 꿇게하고 싶은 폭군으로 돌변하는 것이었어요. 그렇게 되고 보니, 동포 선생, 정의를 지키는 것이 나의 천직이며 나는 과부와 고아의 선택받은 옹호자다 하는 식으로 계속 믿는다는 건 정말 어려운 일이었어요.

빗줄기가 점점 더 거세지고, 시간도 있으니, 내가 얼마 후 기억 속에서 새로이 발견한 것을 하나 말씀드릴까 하는데, 어떠세요? 비도 피할 겸 저 벤치에 앉읍시다. 수 세기 동안 사람들은 여기서 파이프 담배를 피우면서 지금과 똑같은 비가 똑같은 운하에 내리는 것을 바라봅니다. 이제 말씀드리려는 것은 좀 더 어려운 이야기예요. 이번에는 어떤 여자에 대한 것입니다. 우선 내가 여자들 문제에는 별 힘 안 들이고도 언제나 성공해왔다는 것을 알아둘 필요가 있어요. 내가 여자들을 행복하게 했다든가, 하다못해 여자들 덕에 내가 행복해지는 데 성공했다는 말은 아닙니다. 그게 아니라 그저 성공했다 이겁니다. 내가 원할 때는 대충 내 목표를 달성했어요. 모두들 내게서 매력을 느끼더라 이런 말씀이에요, 아시겠죠! 매력이란 게 어떤 건지 선생도 아시지요. 그 어떤 분명한 질문도 하지 않았는데 상대방이 '네' 하고 대답하는 소리가 들리도록 만드는 수법 말입니다. 그 무렵 내 경우가 그랬어요. 뜻밖인가요? 뭐 숨길 필요 없습니다. 지금 이 꼴이 된 내 모습을 보면, 당연하죠. 서글프지만, 사람은 누구나 일정한 나이를 넘으면 제 얼굴에 책임이 있는 법이니까요! 내 얼굴은… 하긴 아무러면 어때요! 엄연한 사실은, 남들이 내게서 매력을 느꼈고 나는 그걸 이용했다 이거죠.

그렇지만 내가 타산적으로 그걸 써먹은 건 절대로 아닙니다. 나는 진심이었어요. 적어도 거의 진심에 가까웠어요. 나의 여성들과의 관계는 자연스럽고 편안한, 흔히들 말하는 쉬운 관계였어요. 책략 같은 건 끼어들지 않았어요. 또 혹시 그런 게 있다 해도 겉으로 드러낸 책략일 뿐이어서 여자들은 그걸 경의敬意의 표시로 여긴답니다. 흔히 쓰는 표현처럼 나는 여자라면 모두 다 사랑했습니다. 결국 어느 여자도 사랑하지 않은 셈이죠. 나는 늘 여성혐오증을 천박하고 어리석은 것으로 여겨왔고 내가 알았던 여자들은 거의 다 나보다 나은 사람들이라고 생각했어요. 그러나 그렇게 높이 떠받들어 올려놓고 나는 흔히 그들을 섬기기보다는 이용했어요. 어찌 된 영문일까요?

물론 진정한 사랑이란 예외적인 것이어서 한 세기에 두세 번 있을까 말까 하지요. 그 나머지 경우는 허영이거나 권태일 뿐이죠. 어쨌든, 나로 말하자면, 포르투갈 수녀*는 아니었어요. 나는 인정머리 없는 인간이 아니라 오히려 다정다감하고 눈물이 많은 편이었어요. 다만, 나의 충동은 언제나 나 자신을 향한 것이었고 다정다감한 마음도 나 자신과 관련된 것이었어요. 따지고 보면 내가 한 번도 사랑을 한 적이 없다는 것은 사실이 아니예요. 나는 일생동안 적어도 한 번은 엄청난 사랑에 빠진 적이 있는데, 그 대상은 언제나 나 자신이었어요. 그런 관점에서, 아주 젊은 시절의 불가피한 문제들을 겪고 난 뒤, 나의 태도는 곧 정해졌어요. 즉 관능, 오로지 그것만이 내 애정생활을 지배하게 되었다 이 말입니다. 나는 오직 쾌락과 정복의 대상만을 찾았습니다. 게다가 타고난 기질이 거기에 도움을 주었어요. 조물주가 내게는 관대했더라 이거예요. 나는 그 점을 적잖게 자랑스러워하는 터였고 거기서 커다란 만족감을 맛보기도 했는데, 그 만족감이 쾌락에 속하는지 자부심에 속하는지 분간을

---

* 1669년에 프랑스어로 번역된 서한체 소설 《포르투갈 수녀의 편지》. 어떤 포르투갈 수녀가 스페인으로부터의 독립전쟁에 참가한 애인인 프랑스 대위에게 보낸 다섯 통의 편지로 구성되어 있다.

못하겠어요. 또 제 자랑이냐고 하시겠군요. 그것도 부정하지는 않겠습니다만, 이 점에 관한 한 실제로 있는 사실을 자랑하는 것인 만큼 그다지 자화자찬이라는 느낌은 아니군요.

다시 관능에 대한 얘기로 돌아오자면, 하여튼 나의 관능적 쾌락은 너무나도 절실해서, 단 10분간의 정사를 위해서 나는 아버지건 어머니건 다 버릴 수 있을 것 같은 기분이었어요. 나중에 쓰라린 후회를 맛보게 되더라도 말입니다. 아니 그 이상이죠! 무엇 보다 단 10분간의 정사일 때, 아니 그 정사가 기약 없는 것이 확실할 때 더욱 그랬어요. 물론 내게도 원칙들은 있었죠. 가령 친구의 아내는 신성불가침이라는 식으로요. 다만 그런 경우, 나는 아주 솔직하게, 며칠 먼저 남편 쪽과의 우정을 끊어버렸지요. 아마 이런 것을 관능적 쾌락이라고 불러서는 안 되겠지요? 관능적 쾌락이란 그 자체로 혐오스러운 것이 아니지요. 관대하게, 그걸 그냥 어떤 결함이라고. 사랑을 사실상의 육체적 행위로밖에는 생각하지 못하는 일종의 선천적 무능력이라고 해둡시다. 따지고 보면 그 결함은 편리한 것이었어요. 그것은 나의 망각하는 능력과 합쳐져서 내게 더 큰 자유를 주더군요. 그와 동시에, 그 덕분에 나는 초연하고 절대 독립적인 태도를 유지할 수 있게 되어 그 결함이 오히려 나에게 새로운 성공의 기회들을 제공했어요. 점점 더 로맨틱한 것에서 멀어진 결과 나는 공상적인 면에 견고한 영양분을 공급할 수 있었지요. 사실 내가 사귄 여자친구들은 다른 사람들이 다 실패한 곳에서 자기는 항상 성공한다고 여기는 점에서 보나파르트와 상통하는 면이 있어요.

그리고 그런 교제를 통해서 사실 나는 관능 말고 다른 한 가지를 더 만족시킬 수 있었는데, 그건 바로 놀이를 좋아하는 천성이지요. 여자들은 내게 어떤 놀이의 파트너가 될 수 있어서 좋았어요. 놀이는 적어도 순진한 맛이 있거든요. 나는 말이죠, 원래 심심한 건 참지를 못해서, 삶에 있어서 쓸만한 건 오직 오락뿐인 것 같아요. 모임은 뭐든, 심지어 화려한 모임이라 해도, 쉬 싫증이 나서 견딜 수가 없지만, 반면에 마음에 드는 여자들과는 한 번도 권태를 느낀 적이 없었어요. 말씀드리기 거북합니다만, 예쁜 단역 여배우와의 첫 만남을 위해서라면 아인슈타인과의 면담은 열 번이라도 팽개쳤을 겁니다. 만남이 열 번쯤 거듭되다 보면 차라리 아인슈타인 쪽을 만나고 싶거나 무슨 흥미진진한 책이라도 읽고 싶어지는 건 사실입니다. 요컨대 나는 큰 문제들은 자잘한 음란행위들을 즐기는 사이사이에 짬이 날 때만 관심을 가졌지요. 인도에 버티고 서서 친구들과 열띤 논쟁을 벌이다가도 때마침 매력적인 여자가 길을 건너고 있으면 그만 논리의 실마리를 잃어버린 적이 한두 번이 아닙니다.

그러니까 나는 놀이를 하고 있었던 거죠. 여자들은 우리가 너무 빨리 목표를 향해 달려가는 것을 좋아하지 않는다는 걸 나는 알고 있었어요. 여자들의 말처럼, 우선 대화와 애정 표시의 분위기 조성이 필요했어요. 직업이 변호사라 대화의 어려움은 없었고 군대에서 아마추어 배우 노릇을 해봤으니 적절하게 눈길 주는 것도 힘들 게 없었어요. 역할은 자주 바꿨지만 언제나 같은 극본의 연극이었죠. 예컨대 불가해한 매력을 지닌 대사로, '알 수 없는 그 무엇'이라든가, '그럴 리 없어요, 나는 관심 없었어요. 연애엔 오히려 염증이 나 있어서… 운운'은 아주 케케묵은 레퍼토리였는데도 언제나 효과가 있었어요. 그리고 또 신비스러운 행복의 대사도 써먹었어요. 즉 다른 그 어떤 여자도 내게 이렇게 신비스런 행복을 준 적이 없었다, 이건 아마도, 아니 틀림없이 (자신있게 보증할 수는 없으니까) 일시적이고 덧없는 행복일 거다, 바로 그렇기 때문에 그 무엇과도 바꿀 수 없는 행복이다 하는 식의 대사 말입니다. 특히 나는 짤막한 대사 하나를 완벽하게 다듬어두었는데 언제나 반응이 좋았고, 선생께서도 들어보시면 감탄하실 겁니다, 틀림없어요. 그 대사의 요점인 즉, 나는 보잘것없는 놈이라는 것, 나에게 마음을 주는 건 부질없는 짓이라는 것, 나의 삶은 다른 데 있어서 나날의 행복 따위와는 아무 상관이 없다는 것, 나도 어쩌면 그 행복을 간절히 누리고 싶었을지 모르지만, 이미 때는 늦었다는 것을 고통스럽게, 체념한 어조로 못 박아 말하는 것이었어요. 나는 그토록 결정적으로 늦어버린 이유에 대해서는 비밀을 지켰어요. 신비와 동침하는 것이 제일이라는 걸 나는 잘 알고 있었으니까요. 더군다나 어떤 의미에서 나는 내가 하는 말을 실

전략

제로 믿었어요. 내가 연기하는 역할을 몸소 살고 있었던 거죠. 그러자 내 파트너 역의 여자들도 무대에서 열연을 하기 시작했어요, 놀라운 일도 아니죠. 내 여자 친구들 중 가장 민감했던 패들은 나를 이해하려고 노력했고 그렇게 노력한 끝에 결국은 쓸쓸하게 단념해버리더군요. 또 다른 패들은 내가 놀이의 규칙을 준수하고, 행동하기 전에 먼저 말부터 하는 내 섬세한 면이 마음에 드는지 지체 없이 현실로 옮아갔습니다. 그러니 나는 두 번 승리한 셈이었어요. 여자들에 대한 내 욕망말고도, 매번 내가 지닌 멋진 능력을 확인함으로써 나 자신에게 느끼는 자긍심을 만족시킬 수 있었으니까요.

그건 너무나도 명백한 사실이어서, 어떤 여자들은 보잘 것 없는 쾌락밖에 주지 못했는데도 나는 그녀들과 가끔씩이라도 다시 관계를 맺으려고 노력했어요. 그건 아마도 서로 못 보고 지내다가 갑자기 다시 만나게 될 때 생기는 그 이상한 욕망 때문이기도 하지만, 또한 우리 사이의 관계가 끊어지지 않고 있는지, 내가 마음만 먹으면 언제나 그 관계를 강화할 수 있다는 사실을 확인해보기 위해서였어요. 그 점에 관한 내 불안감을 결정적으로 해소하기 위해서 때로 나는 그 여자들에게 나 아닌 다른 남자는 거들떠보지도 않겠다는 맹세를 받아내기까지 했어요. 그러나 그 불안감에 진심은 조금도 섞여있지 않았어요. 심지어 상상력과도 무관했어요. 사실 나에게는 일종의 자기도취가 너무나 깊게 뿌리박고 있어서, 분명한 증거가 있음에도 한번 내 것이었던 여자가 다른 사내의 것이 될 수 있다고 상상하기가 어려웠어요. 그러나 여자들이 내게 하는 맹세는 그 여자들을 얽어매면서 동시에 나를 해방시켜주었어요. 그 여자들이 다른 어떤 사내의 것도 아니게 되는 그 순간부터 내 쪽에서는 그러니까 관계를 끊기로 마음먹을 수 있었어요. 이 건 여자 쪽에서 그런 맹세를 안 했으면 거의 언제나 불가능했 을 일이지요. 여자들 쪽과 관련된 확인이 결정적으로 완료되 었으니 나의 능력은 장기간 동안 확보된 셈이죠. 이상한 일이 죠, 우리 동포 선생, 안 그래요? 하지만 사실이 그런 걸 어쩝니 까. 어떤 사람들은 "나를 사랑해줘!" 하고 소리치고 또 다른 사 람들은 "나를 사랑하지 말아!" 하고 외치죠. 그러나 가장 악질 적이고 가장 불쌍한 족속들은 "나를 사랑하지는 말고 내게 일 편단심을!" 하고 외쳐요.

다만 그 확인이란 것이 결코 결정적일 수가 없어서 한 사람 한 사람마다 매번 다시 시작해야 해요. 자꾸 다시 시작하다 보 면 습관이 되요. 이내 생각지 않아도 말이 저절로 흘러나오고 반사적 행동이 따르게 됩니다. 언젠가는 드디어 정말로 욕망 을 느끼지 않으면서 가져버리는 상황이 생겨요. 사실 말이죠, 적어도 어떤 부류의 사람들에게는 욕망을 느끼지 않는 대상을 가지지 않는 것이 세상에서 가장 어려운 일이에요.

어느 날 그런 일이 실제로 일어났어요. 단지 내 마음이 진 정으로 흔들린 것은 아니고 그 여자의 수동적이면서도 굶주린

전락

듯한 태도에 끌렸었다는 것 외에 그 여자가 누구였는지 말씀 드릴 필요는 없겠지요, 솔직히, 예상했던 대로 그저 그랬습니다. 그렇지만 나는 한 번도 콤플렉스를 가져본 적이 없는지라, 그 여자를 곧 잊어버렸고 다시 만나지도 않았어요. 그 여자는 아무것도 눈치채지 못했을 거라고 생각했고, 또 그 여자에게 무슨 의견이 있으리라고는 상상조차 못했지요. 사실 내가 보기에 그 여자는 수동적인 모습이어서 세상 사람들과 어울리지 못하고 지내는 것 같았어요. 그러나 몇 주일 후에 그 여자가 어떤 제삼자에게 내가 영 성에 차지 않더라고 털어놓았다는 사실을 알게 되었습니다. 그 순간 내가 약간 잘못 짚었구나 하는 느낌이었어요. 그 여자는 내가 생각했던 것만큼 수동적이지도 않고 판단력이 없는 것도 아니었던 거예요. 그리고 나는 어깨를 으쓱했고 웃어넘기는 시늉을 했어요. 사실 정말로 웃기도 했어요. 그 일이 전혀 중요하달 게 없다는 건 분명했으니까요. 겸양을 규칙으로 삼아야 마땅한 분야가 있다면 그건 바로 예측불허의 일이 허다한 섹스의 문제가 아니겠어요? 그런데 그게 아니더라구요. 심지어 고독 속에서까지도 저마다 유리한 입장에 서려고 덤비는 거예요. 어깨를 으쓱하고 말았지만 실제로 내 행동은 어땠을 것 같아요? 나는 얼마 후 그 여자를 다시 만나서 그 여자를 유혹하고, 정말로 다시 내 것으로 만들기 위해서 필요한 모든 노력을 다했습니다. 아주 어려운 일은 아니었죠. 여자 쪽에서도 실패로 끝난 채 내버려두는 건 좋아하지 않으니까요. 그때부터, 뚜렷하게 작정한 건 아니면서도 사실상 온갖 방법으로 그 여자를 괴롭히기 시작했습니다. 여자를 버렸다가는 다시 정을 통하고, 때와 장소를 가리지 않고 강제로 몸을 맡기도록 만들고, 모든 면에 있어서 그 여자를 극도로 난폭하게 다룬 끝에 마침내는 간수가 죄수와 맺게 되는 관계가 그렇지 않을까 싶은 방식으로 나는 그녀에게 매달리게 되고 말았어요. 그런 관계는 마침내 어느 날 여자가 고통스럽고 강제된 쾌락의 격렬한 혼란 속에서 자기를 노예처럼 다루는 것을 오히려 소리 높여 찬양하기에 이를 때까지 계속되었어요. 바로 그날 비로소 나는 그 여자에게서 멀어지기 시작했어요. 그후 나는 그 여자를 잊어버렸습니다.

선생은 예의상 아무 말씀도 안 하십니다만, 그 사건이 별로 떳떳하지 못하다는 건 나 역시 인정합니다. 그렇지만, 우리 동포 선생, 당신 자신의 삶을 한번 생각해보시지요! 당신의 기억 속을 파헤쳐보면 아마 당신도 그 속에서 그와 비슷한 이야기를 발견할 수 있을 거예요. 그 이야기를 나중에 제게 들려주시기 바랍니다. 나의 경우, 그 사건이 머리에 되살아났을 때 또 한 번 웃어댔어요. 그러나 이번에는 다른 웃음, 내가 전에 퐁데자르 위에서 들었던 그것과 상당히 흡사한 웃음이었어요. 나는 내가 늘어놓는 말들이, 나의 변론이 우스워서 웃은 거였어요. 사실 여자들에게 늘어놓는 말들보다 내 변론이 더 우스웠어요. 여자들에겐 적어도 거짓말은 별로 하지 않았으니까요. 나의 태도에는 본능이 여과 없이 그대로 드러나 보였어요. 예를 들어서 애욕의 행위는 곧 어떤 고백이지요. 그 속에서는 에고이즘이 소리높여 절규하고 허영심이 숨김없이 노출되는가 하면 또는 진정한 아량이 드러난답니다. 결국, 나는 다른 어떤 일에서보다 그 유감스러운 사건에서, 생각 이상으로, 더 솔직했고, 내가 어떤 인간인지, 내가 어떤 식으로 살아갈 수 있는 인간인지를 그대로 드러낸 것입니다. 그러니까 겉보기와는 달리, 무죄니 정의니 하며 거창한 직업적 열변을 토해 낼 때보다 나는 사생활에서, 심지어 지금까지 말씀드린 바처럼 행동할 때, 아니 그런 때일수록, 더 나 다웠다고 할 수 있어요. 적어도 사람들과 어울릴 때의 내 행동을 보면서 내가 내 본성의 참 모습을 잘못 파악할 수는 없었죠. 쾌락을 맛보고 있을 때는 그 누구도 위선자가 될 수 없다는 말, 우리 동포 선생, 나는 이게 책에서 읽은 말인지, 아니면 내가 생각해낸 말인지 알 수가 없군요.

그러다 보니, 어떤 여자와 결정적으로 헤어질 때 겪는 어려움, 그 때문에 여러 여자들과 동시에 사귀도록 만드는 그 어려움을 생각하면서 나는 그게 내 다감한 마음씨 탓이라고 자책하지는 않았어요. 내 여자 친구 가운데 하나가 정염의 절정을 기다리다 지친 나머지 그만 물러나겠노라고 했을 때 나를 움직인 것은 내 다감한 마음씨가 아니었어요. 즉시 내 쪽에서 한발 나서서, 양보도 했고, 웅변을 발휘하기도 했어요. 다감한 애정, 그리고 부드럽고 여린 마음씨, 나는 그런 것을 여자들의 가슴속에 일깨웠을 뿐 정작 나 자신은 겉으로만 그걸 느끼는 척했고 단지 여자의 거부에 좀 긴장된 동시에 애정을 잃을지도 모른다는 생각에 불안했어요. 사실 이따금 정말 괴롭다고 여겨지는 때도 있었어요. 사실이에요. 하지만 여자가 반발해서 정말 떠나버리면 그것으로 나는 쉽사리 그녀를 잊어버렸어요. 반대로 그 여자가 내게 다시 돌아오기로 결정했을 때, 내 옆에 있는 그녀를 잊어버렸듯이 말입니다. 정말이지, 내가 버림받을 위험에 처했을 때 나를 일깨운 감정은 사랑도 관대함도 아닌, 오직 사랑받고 싶은 욕망과 내 생각에 당연히 받아야 할 것을 받고 싶은 욕망이었어요. 사랑을 받으면 그 즉시 내 파트너는 다시 잊혀졌고 나는 득의만면, 한껏 기분이 좋아져서 호감 사는 사내가 되었어요.

하긴, 그 애정은 그것을 다시 얻게 되는 즉시 금방 짐스럽게 느껴졌어요. 짜증이 날 때면 나는 내가 관심을 가지는 당사자의 죽음이 가장 이상적인 해결책일지도 모른다고 속으로 생각했어요. 그녀의 죽음은 한편으로 우리의 관계를 결정적으로 고정시킬 것이고 다른 한편 그 여자를 속박에서 풀어줄 것이니까요. 하지만 만인의 죽음을 바랄 수는 없는 노릇이고, 극단적으로 말해서, 달리 상상할 수 없을 어떤 자유를 누리자고 지구상의 모든 인간을 멸종시킬 수도 없는 일이죠. 내 감성, 그리고 나의 인류애가 그걸 용납하지 않았어요.

만사가 순조롭고, 마음의 평화와 동시에 마음대로 오고 갈 수 있는 자유를 누릴 때, 내가 그런 정사情事에서 맛보게 되는 유일하고 절실한 감정은 감사였습니다. 한 여자에게 더할 수 없이 친절하고 명랑하게 대할 수 있는 것은 오직 다른 여자와 잠자리를 같이하고 나서 이제 막 그 침대에서 나왔을 때이니, 이는 마치 한 여자의 곁에서 이제 막 진 빚을 세상 모든 여자들에게 널리 확대하기라도 하는 기분이었어요. 사실 겉보기에는 비록 여러 감정들이 서로 얽혀 혼란스럽다 싶겠지만 내가 얻게 되는 결과는 분명했어요. 즉, 나는 내 모든 애정을 내 주위에 대기시켜두고 원할 때는 언제든지 그걸 써먹는 겁니다. 그러니까, 나 스스로 고백하는 바이지만, 내가 살아갈 수 있기 위해서 절대적으로 충족되어야 할 조건은, 전 지구상의 모든 존재들, 혹은 가능한 한 최대 다수의 존재들이 영원한 공백 상태로, 독립적인 삶을 갖지도 말고, 언제든 내가 부르기만 하면 즉각 응답할 태세로, 내가 큰 인심 써서 나의 빛을 베풀어줄 그날까지 고갈된 상태로 나만 쳐다보고 있어야한다는 거 였습니다. 요컨대 내가 행복하게 살자면 내가 택하는 다른 사람들은 살지 말아야 했던 거예요. 그들은 오직 이따금 내가 기분 내켜서 주는 삶이나 얻어 살아야 한다는 식이었지요.

아, 분명히 말씀드리지만 내가 무슨 자기만족에 빠져서 이런 이야기를 하는 건 아닙니다. 나는 아무 대가도 치르지 않고 남에게는 모든 걸 다 요구하던 그 시절, 그 많은 사람들을 동원

전락

하여 나를 섬기게 만들던 그 시절, 필요시엔 언제든 수중에 넣고 쓸 수 있도록, 이를테면 그들을 냉장고 안에 보관하던 그 시절 생각을 할 때 내 마음속에 일어나는 이 기묘한 감정을 뭐라고 표현해야 할지 모르겠군요. 그게 수치심은 아닐까요? 우리 동포 선생, 그 수치심이 좀 끓어오르는 건 아닐까요? 그렇죠? 아마도 그런 감정이겠죠. 아니면 명예와 관련이 있는 저 우스꽝스런 감정들 중 어느 한 가지겠죠. 하여간 그 감정은 내가 기억의 한복판에서 발견한 그 사건이 있은 후 한 번도 지워진 적이 없는 것 같아요. 딴 데로 말을 돌려보려고 애쓰기도 하고 또 선생께서 옳다고 믿어 주실만한 이야기들을 지어내려고 애를 쓰기도 했지만, 이젠 더 이상 그 사건의 이야기를 미루고만 있을 수는 없게 되었군요.

이런, 비가 그쳤네요! 부디 저의 집까지 좀 바래다주셨으면 합니다. 이상하게 피곤해져서요. 말을 많이 해서 그런 게 아니라 아직 더 이야기를 계속해야 한다고 생각하니까 그래요. 자, 힘을 내야죠! 그저 몇 마디면 내 근본적인 발견의 내용을 충분히 설명할 수 있겠지요. 사실, 그 이상 말해서 뭐 하겠어요? 막을 걷고 동상의 모습을 드러내려면 번지르한 연설은 집어치워야 하는 법. 이야기인즉 이렇습니다. 11월의 그날 밤, 그러니까 등 뒤에서 나는 웃음소리를 들은 것 같은 그날 저녁보다 2, 3년 전의 일이었죠. 그날 밤, 나는 퐁루아얄*을 건너 센강 좌안에 있는 집으로 돌아가는 길이었어요. 자정이 지나 한 시였는데 가랑비보다 차라리 이슬비에 가까운 비가 내리고 있어서 드문 인기척마저 흩어져버렸습니다. 나는 어떤 여자 친구와 막 헤어져 돌아오고 있었는데, 필시 그 여자는 벌써 잠이 들었을 겁니다. 나는 약간 감각이 둔해진 채 그렇게 걷는 것이 좋았습니다. 몸은 진정되고, 부슬부슬 내리는 비처럼 감미로운 피가 전신을 돌고 있었지요. 다리 위를 지나갈 때 어떤 형체가 등을 돌린 채 난간 위로 몸을 굽혀 강물을 바라보고 있는 것 같았어요. 가까이 가면서 보니 검정색 옷차림의 호리호리한 젊은 여자라는 걸 알 수 있었어요. 짙은 색 머리와 외투 깃 사이로 산뜻하고 젖은 목덜미만이 드러나 보였는데도 내겐 그게 민감하게 느껴지더군요. 그렇지만 나는 잠시 망설이다가 가던 길을 계속 갔어요. 다리가 끝나고 나는 내 집이 있는 생 미셸가 방향의 강변길로 들어섰지요. 벌써 한 50미터쯤 갔는데 무슨 소리가 들렸어요. 거리가 떨어져 있었는데도 밤의 정적 속에서 내 귀에는 놀랍다 싶은, 어떤 몸이 물에 철썩 떨어지는 소리였어요. 나는 그 자리에 우뚝 서버렸지만 뒤돌아보지는 않았어요. 거의 동시에 여러 번 되풀이되는 비명이 들려왔는데 그 역시 강물을 따라 내려가다가 돌연 뚝 끊어져버리더

* 파리에서 세 번째로 오래된 다리로 좌안의 본 거리와 우안의 튈르리궁 플로르 관을 연결한다. 우안의 왕궁과 연결된다고 해서 **Pont royal**(제왕교)이라는 이름이 생겼다. 앞의 퐁데자르보다 하류쪽에 위치하고 있다.

전락

군요. 갑자기 얼어붙은 듯한 어둠 속에서 그 뒤를 이은 침묵이 내겐 한없이 길게 느껴졌어요. 달려가고 싶으면서도 나는 몸을 움직일 수가 없었어요. 추위와 충격으로 떨고 있었던 것 같아요. 어서 어떻게 좀 해야겠다고 마음으로 생각은 하면서도 어쩔 수 없이 전신에 힘이 쭉 빠져나가는 느낌이었어요. 그때 내가 무슨 생각을 했는지는 잊었지만, 아마 "너무 늦었어, 너무 멀어…" 혹은 그 비슷한 어떤 생각이었을 거예요. 나는 꼼짝않고 서서 여전히 귀를 기울였어요. 이윽고 비를 맞으며 나는 종종걸음으로 그곳을 떠났어요. 나는 아무에게도 알리지 않았습니다.

벌써 다 왔군요. 여기가 내 집, 내 피난처지요! 내일요? 그러죠. 좋으실 대로요. 기꺼이 마르켄 섬으로 모시고 가지요. 자위데르제이 바다를 보시게 될 겁니다. '멕시코시티'에서 11시에 만나죠. 뭐라고요? 그 여자요? 아, 정말 몰라요. 몰라요. 그 이튿날도, 그 후로도 나는 신문을 읽지 않았어요.

전락

4

인형 마을 같죠, 안 그래요? 여기라고 특이한 구경거리가 왜 없었겠어요! 하지만 이 섬으로 모신 건 특이한 구경거리를 위해서가 아니에요, 친구님. 머리쓰개, 사보, 윤내는 왁스 냄새가 풍기고 어부들이 파이프 담배를 피우고 있는 곱게 장식된 집 같은 것을 구경시켜주는 정도라면 누구든 할 수 있겠죠. 반면에 나는 이곳에서 아주 중요한 것을 보여드릴 수 있는 몇 안 되는 사람 중 하나랍니다.

제방에 다 왔습니다. 좀 지나치게 예쁘기만 한 저 가옥들에서 최대한 멀어지자면 이 제방을 따라가야 합니다. 어디 좀 앉읍시다. 자, 어떻습니까? 이야말로 세상에서 가장 아름다운 네거티브 풍경의 극치가 아닙니까! 우리 왼편에 있는 저 잿더미를 좀 보세요. 저걸 여기서는 모래언덕이라고 부르지요. 우리 오른편에는 잿빛 제방, 발아래는 납빛 모래톱, 그리고 우리 앞에는 연하게 탄 비눗물 색깔의 바다와 희끄무레한 물이 반사되는 광막한 하늘. 정말이지 물컹한 지옥이지요! 오직 질펀하게 가로누운 것뿐이죠. 아무 광채도 없고 보니 공간은 무색이고 생명은 죽어있죠. 이게 바로 범우주적인 적멸, 눈에 감지되는 허무가 아닐까요? 사람은 하나도 안 보여요, 특히, 사람은 하나도 안 보여요! 마침내 인적이 사라진 유성遊星을 앞에 두고 오직 당신과 나뿐이군요! 하늘은 살아 움직인다고요? 옳은 말씀입니다, 친구님. 사실 하늘은 밀도가 짙어졌다가 속이 패이면서 바람의 계단을 열기도 하고 구름의 문을 닫기도 하죠. 저건 비둘기 떼예요. 네덜란드의 하늘은 수백만 마리의 비둘기 떼로 가득 차 있다는 걸 주목해보셨나요? 너무나 높이 떠 있어서 눈에 보이지는 않지만 이놈들은 날개를 치면서 한결같이 똑같은 동작으로 올라갔다 내려갔다 하고, 바람 부는 대로 회색 깃털의 빽빽한 물결이 실려갔다 실려왔다 하면서 온 하늘을 가득 메우고 있어요. 비둘기들은 저 위에서 일 년 내내 기다리고 있어요. 땅 위의 저 높은 곳에서 빙빙 돌고 두리번거리면서 내려오고 싶어하지요. 그러나 바다와 운하, 그리고 간판으로 뒤덮인 지붕들뿐이니 딛고 내려앉을 머리통 하나 안 보이는 겁니다.

무슨 얘기를 하는지 통 못 알아듣겠다고요? 솔직히 말해, 좀 피곤하군요. 자꾸 이야기의 실마리를 잃어버리네요. 내 친구들이 그토록 침이 마르도록 칭찬하는 그 명쾌한 정신이 어디로 갔는지 모르겠군요. 친구들이라고 했지만, 그건 그저 원칙상 하는 소리죠. 이젠 더 이상 친구는 없고 오직 공범자들이 있을 뿐이죠. 그 대신 그 숫자는 늘었어요. 인류 전체가 다 공범자니까요. 인류 전체 중에 선생이 가장 먼저죠. 여기 옆에 있는 사람이 항상 제일 먼저죠. 내게 친구가 없다는 걸 어떻게 아느냐고요? 아주 간단하죠. 언젠가 친구들을 곯려주려고, 이를테면 그들을 벌하려고, 내가 자살을 생각했던 날 나는 그 사실을 발견했어요. 그러나 누구를 벌할 수 있겠어요? 뜻밖이라서 놀라는 자들은 더러 있겠지만 자기가 벌을 받았다고 여기는 자는 아무도 없었을 겁니다. 그래서 내겐 친구가 없다는 걸 깨달았지요. 하긴 내게 친구가 있었다고 해도 더 나아진 건 없었을 겁니다. 만약에 내가 자살하고 나서 녀석들의 낯짝을 볼 수 있었다면, 그렇지요, 그 놀음은 해볼 만한 것이었을 테지요. 그렇지만, 친구님, 땅속은 어둡고 나무로 짠 관은 두껍고 염포는 캄캄하게 눈을 가려요. 영혼의 눈으로 본다면야 볼 수 있을지 모르죠. 영혼이란 게 있다면, 그리고 그 영혼에 눈이 달려 있다면 말입니다! 그런데 문제는 그게 확실치 않다는 거예요. 전혀 확실치 않아요. 그게 확실하다면야 해결책도 있겠고, 마침내 나도 진지하다고 인정받을 수 있겠죠. 사람들은 내가 죽어야만 비로소 나의 판단과 정직성과 내 고민의 심각성을 믿습니다. 내가 살아 있는 한 나는 수상한 케이스가 되어 남들에겐 회의懷疑의 대상이 될 뿐이죠. 그러니 죽은 뒤의 꼴을 눈으로 보고 즐길 수 있다고 확신만 한다면 녀석들이 믿지 않으려는 것을 증명해 보이며 녀석들을 깜짝 놀라게 해줄 가치가 있겠지요. 그렇지만 스스로 목숨을 끊어버렸는데 녀석들이 믿건 안 믿건 그게 뭐 중요하겠어요. 내가 세상에 없으니 그들의 놀라움과 후회—그것도 덧없는 거지만—를 받아들일 방법이 없고. 누구나 다 꿈꾸는 게 그것이겠지만, 제가 제 장례식에 참석하는 건 불가능하잖아요. 수상한 존재가 되지 않으려면 그저 존재하기를 그만두는 수밖에 없지요.

하긴 그편이 차라리 더 낫지 않을까요? 안 그러면 녀석들의 무관심에 너무 마음이 아파질 거예요. 머리를 너무 잘 빗어넘긴 애인과 결혼하겠다는 딸에게 아버지가 반대하자 분개한 딸이 대들었어요. "어디 두고 보세요. 대가를 치르게 될 거예요!" 그러고는 자살을 해버렸답니다. 그러나 아버지는 아무런 대가도 치르지 않았어요. 그 아버지란 사람은 낚시를 무척 좋아했어요. 딸이 자살한 지 3주일이 지나자 다시 냇가로 나가기 시작했어요. 잊어버리기 위해서 그런다고 했어요. 예상은 적중해서 정말 잊어버리게 되었어요. 솔직히, 그 반대였다면 오히려 이상했을 겁니다. 자기 아내를 벌주려고 목숨을 끊는다고 여기겠지만 오히려 아내에게 자유를 주게 됩니다. 그런 꼴은 차라리 안 보는 게 낫지요. 남편이 왜 죽었는지 그 이유랍시고 제멋대로 떠들어대는 소리를 듣게 될 건 말할 것도 없고요. 나의 경우, 벌써 그들이 떠들어대는 소리가 귀에 들리는 것만 같습니다. "왜 그가 자살했느냐 하면, 더 이상 견디지 못할 만큼…" 아! 친구님. 인간들의 상상력이란 왜 그토록 빈약하지요? 사람들은 꼭 어떤 한 가지 이유로 자살한다고들 생각하거든요. 그렇지만 두 가지 이유 때문에도 얼마든지 죽을 수 있는 겁니다. 그런데 그런 생각은 그들의 머릿속에 들어가질 않아요. 그러니 자진해서 목숨을 끊는 것이 무슨 소용이며 남들이 나를 이러이러하게 생각해달라면서 자신을 희생해 무엇하겠어요? 내가 죽고 나면 저들은 이때다 하고 내 죽음에 대해서 바보 같은 이유, 저속한 이유를 붙일 것입니다. 이것 보세요, 친구님, 결국 순교자들은 잊히거나 비웃음을 사거나 이용당하거나, 이 가운데 어느 하나를 택할 수밖에 없어요. 남들이 이해해주기를 바라는 건 어림도 없지요.

자 그럼, 단도직입적으로 말씀을 드리죠. 난 삶을 사랑해요. 이게 바로 내 진짜 약점이죠. 삶을 너무나 사랑하기 때문에 삶이외의 것은 아예 상상도 할 수 없어요. 탐욕도 이쯤 되면 어딘가 평민 냄새가 나겠지요, 안 그래요? 귀족은 자기 자신과 자기의 삶을 어느 정도 거리를 두고 상상하는 법이거든요. 필요하다면 목숨을 버리지만, 굽히느니 차라리 부러지지요. 그런데 나는 굽혀요. 여전히 나를 사랑하니까요. 그러면, 지금까지의 이야기를 모두 들어본 결과 내가 얻은 것이 무엇일 것 같아요? 자기혐오? 이거 보세요. 내게 혐오감을 준 것은 무엇보다 다른 사람들이었어요. 물론 나는 자신의 결함을 알고 있었고 그게 안타까웠어요. 그렇지만 나는 대견하다 싶을 만큼 집요하게 그걸 계속 잊고 지냈어요. 반면에 내 마음속에서 다른 사람들에 대한 비판은 쉴 새 없이 이어졌어요. 당연히 선생이 보기엔 어이없겠지요? 아마 이건 이치에 맞지 않는다고 여기시겠지요? 그러나 문제는 이치에 맞고 안 맞고가 아니에요. 문제는 슬쩍 빠져나가는 데 있어요. 무엇보다도, 아, 바로 그거예요! 문제는 무엇보다 먼저, 심판을 피해야 한다는 거예요. 벌을 피하자는 말이 아녜요. 심판 없는 벌이라면 견딜 수 있으니까요. 거기엔 우리의 무죄를 보증해주는 이름이 붙어 있어요. 그걸 일컬어 불행이라고 하지요. 아니죠, 반대로 이때의 핵심은 심판을 막는 것, 늘 심판받는 것을 피하는 것, 그리하여 절대로 판결이 내려지는 일이 없도록 하는 것입니다.

그러나 심판을 막는 건 그리 쉽지 않아요. 오늘날 심판에 대해서 우린 항상 받을 준비가 된 상태죠. 간통에 대해 그렇듯이 말입니다. 다만 심판의 경우에는 기능 장애를 걱정할 필요가 없다는 점이 다르긴 합니다만, 내 말이 믿기 어렵다면, 8월에 우리네의 저 갸륵한 동포들께서 권태를 달래볼 생각으로 찾아드는 피서지 호텔 식탁에서 주고받는 이야기에 귀를 기울여보세요. 그래도 여전히 결론을 내리기 망설여지거든 당대의 위인들이 쓴 글을 읽어보세요. 아니면 당신의 가족들을 관찰해보세요. 그러면 배우는 것이 있을 겁니다. 친구님, 저들에게 조금이라도 우리를 심판할 구실을 주어서는 안 돼요! 그랬다가는 당장에 갈가리 찢기고 말 겁니다. 우리는 맹수를 다루는 조련사와 같은 조심성이 필요해요. 만약 조련사가 철책 안으로 들어가기 전에 불행하게 면도하다가 상처라도 내는 날에는 맹수들한테 얼마나 신나는 요깃거리가 되겠어요! 아마도 나는 생각만큼 그렇게 멋진 사람이 아닐지도 모른다는 의심이 머릿속에 일던 날, 나는 그걸 한 번에 깨달았어요. 그때부터 경계심이 생겼어요. 내 몸에 피가 좀 났으니 자칫하면 송두리째 당할 가능성이 있었어요. 저들이 나를 잡아먹을 것 같았으니까요.

나의 동시대 사람들과의 관계는 표면상 그대로였지만 사실은 미묘한 불화를 드러내고 있었어요. 내 친구들도 달라진 게 없었어요. 그들은 여전히 기회 있을 때마다 내게서 느낄 수 있는 조화와 안도감에 대해서 칭찬을 늘어놓았어요. 그렇지만 나 자신은 부조화에만, 내 속에 퍼지고 있는 혼란에만 민감해져서 자신이 건드리기만 하면 상처를 받을 것 같고, 뭇사람들의 비난에 내맡겨진 느낌이었어요. 내 동류들이 내 눈에는 더 이상 그 친숙했던 존경 어린 청중이 아니었어요. 나를 중심으로 만들어졌던 원의 고리가 깨지면서 저들은 법정에서처럼 자기들끼리 한 줄로 자리를 잡았어요. 내게 무언가 심판받을 게 있을지 모른다고 깨닫자 그 순간 나는, 요컨대 저들에게는 견딜 수 없는 심판의 소명 의식이 있다는 것을 알았어요. 그래요, 저들은 전과 다름없이 저기 그대로 있지만 웃어대고 있는 거예요. 아니 뭐랄까, 내가 만나는 이들은 저마다 웃음이 나는 걸 감추면서 나를 쳐다보는 것 같았어요. 그 무렵 나는 그들이 내게 딴지를 걸어 넘어뜨리려 한다는 인상까지 받았지요. 실제로 두서너 공공장소로 들어가다가 까닭 없이 발부리에 걸려 넘어질 뻔한 적도 있었어요. 심지어 한 번은 나동그러지기까지 했었어요. 데카르트적 사고방식에 젖은 프랑스인답게 나는 얼른 정신을 차리고서 그런 우연한 사고를 유일한 합리의 신神, 즉 우연의 소치로 돌렸습니다. 어쨌건 그 뒤엔 마음속에서 경계심이 남아 사라지지 않았어요.

정신을 차리고 보니 내게 적들이 있다는 걸 어렵지 않게 깨달을 수 있었어요. 우선 내 직업상의 적들, 다음으로는 내 사교계 생활의 적들이 있었어요. 그중 한 쪽에는 내가 은혜를 베풀었고 다른 한쪽에는 은혜를 베풀었어야 했는데 못 했어요. 결국 그런 건 모두 정상적인 것이었기에 그걸 알고 나서 별로 서글프지 않았어요. 반면에, 내가 거의 혹은 전혀 알지도 못하는 사람들 가운데 적이 있다는 것은 받아들이기가 더 어렵고 괴로웠어요. 나의 순진한 면에 대해서는 앞서 몇 가지 증거들로 보여드린 바 있지만 그 때문에 나는 나를 모르는 사람들도 나와 사귀어 보면 나를 좋아하지 않고는 배길 수 없을 거라고 늘 생각해왔던 거예요. 그런데 웬걸요! 특히 나를 멀리서밖에 알지 못하고 또 내 쪽에서는 전혀 모르는 사람들 사이에서 나에 대한 반감과 맞닥뜨릴 수 있었어요. 아마 그들은 내가 아쉬울 것이 없을 만큼 한껏 행복에 젖은 채 살고 있다고 짐작한 모양이에요. 그건 용서할 수 없는 일이죠. 성공한 표정을 어떤 식으로 드러내 보이게 되면 멍청이는 분노하지요. 또 한편 내 삶은 터질 지경으로 일정이 꽉 차서 늘 시간이 부족하기 때문에 나는 많은 호의에 찬 제안들을 거절했어요. 그래 놓고 나서 같은 이유로 거절했다는 사실마저 잊어버렸죠. 그러나 호의에 찬 제안을 한 쪽은 충만한 삶을 누리지 못하는 사람들이었던지라 마찬가지 이유로 내가 거절했다는 사실을 기억했어요.

그래서, 한 가지 예만 들더라도, 여자들은 결국 내게 비싸게 먹힌 셈입니다. 내가 여자들에게 시간을 바치다 보니 남자들에게 줄 시간이 없었는데, 남자들 쪽에서 그걸 늘 용서하지는 않았거든요. 그러니 어떻게 하면 좋겠어요? 사람들은 자기들과 너그럽게 나누어 가질 때만 비로소 당신의 행복과 성공을 용서하는 겁니다. 그러나 행복해지려면 남들의 사정에 너무 신경을 쓰면 안 되지요. 사정이 이렇다 보니 결국 이도 저도 못 하는 거죠. 행복을 누리며 심판을 받느냐 아니면 용서받고 비참하게 사느냐지요. 내 경우는 더 부당했습니다. 지난날 누렸던 행복 때문에 처벌받은 것이니까요. 사방에서 심판과 비난의 화살과 조소가 내게 쏟아지고 있었는데도 멋모르고 싱글벙글 웃으면서 만사가 원만하게 되어가고 있다는 환상 속에서 오랫동안 살아왔던 거예요. 경계신호를 접하자 그날부터 정신이 바짝 들더군요. 모든 상처를 한꺼번에 받으니 졸지에 힘이 빠지더군요. 그러자 세상 전체가 내 주위에서 마구 웃어대기 시작했어요.

이거야말로 어떤 인간도(살아 있다고 할 수 없는 사람들, 다시 말해서 현자賢者들이면 몰라도) 견딜 수 없는 일입니다. 공격을 방어하는 유일한 길은 악랄하게 구는 거예요. 그래서 사람들은 자신이 심판받지 않으려고 부랴부랴 남을 심판하려 덤비는 겁니다. 어쩌겠어요? 인간에게 가장 자연스러운 생각, 마치 본성의 밑바닥에서 우러나듯 저절로 떠오르는 생각은 바로 자기는 아무 죄도 없다는 생각입니다. 이런 관점에서 보면, 우리는 모두 저 어린 프랑스인과 다를 바 없습니다. 그는 부헨발트 수용소에서 그가 호송되어 온 사실을 등록하는 서기에게—서기 자신도 포로였죠—이의신청을 내겠다고 고집을 피웠어요. 이의신청이라고? 서기와 그 동료들이 웃어댔죠. "소용없어, 이 친구야. 여기선 이의신청 따윈 하는 거 아냐." "그렇지만 말입니다, 내 경우는 예외예요. 난 죄가 없습니다!" 하고 어린 프랑스인이 말했어요.

우리는 모두가 다 예외적인 경우지요. 우리는 모두 무엇인가 특별하게 내세우고자 하지요! 저마다 한사코 자기의 결백을 주장하죠. 그 주장을 위해서 전 인류와 하늘을 탓하고 고발해야 하는 한이 있더라도 말입니다. 어떤 사람에게 열심히 노력한 결과 똑똑해졌거나 관대해졌다고 칭찬해도 그 사람은 크게 기분 좋아하지는 않을 겁니다. 반면에 그가 관대한 천성 타고났다고 칭찬하면 좋아서 어쩔 줄을 모를 겁니다. 그와 반대로 어떤 범죄자에게 그가 저지른 잘못은 타고난 천성 탓도 성격 탓도 아니고 오직 불행한 상황 탓이라고 말해주면 그야말로 격하게 고마워할 겁니다. 변론 도중이라면 그는 바로 그 대목에서 눈물까지 흘릴 겁니다. 그렇지만 천성이 정직하고 총명하게 타고났다는 것이 내세울 공로는 아닙니다. 천성이 범죄형으로 타고났다고 해서 사정이 여의치 못해 범죄를 저지른 것보다 책임이 더 무거운 것은 결코 아니듯이 말입니다. 하지만 그 얌체들은 사면을, 다시 말해서 책임면제를 바라고, 뻔뻔스럽게도 두 가지가 서로 모순되건 말건 천성의 정당화로 방패 삼는가 하면 사정이 여의치 못해서 그랬다고 변명하는 거예요. 요점은 자기들에게 죄가 없다는 것, 자기들의 도덕성은 천부의 것이므로 의심할 여지가 없다는 것, 자기들이 저지른 잘못은 어쩌다가 닥친 불행 때문에 생긴 것이므로 일시적인 것에 불과하다는 것, 바로 그거예요. 이미 말씀드렸듯이 문제는 심판을 막는 것이지요. 한데 그걸 막기가 어렵고, 자신이 타고난 천성을 이유로 칭찬과 용서를 동시에 받는다는 건 곤란한 일이므로, 모두가 부자가 되려고 애쓰는 거예요. 왜? 그 까닭을 생각해본 적이 있나요? 물론, 권력 때문이죠. 그러나 무엇보다도 금력金力은 즉각적인 심판을 면하게 해주고, 지하철의 군중들에서 당신을 빼내어 번쩍이는 자가용 안에 올라 앉혀주고, 경비가 철저한 광대한 정원, 침대칸, 호사스러운 특급 선실에 따로 있게 해주기 때문이죠. 재력이란 말이죠, 친구님,

아직 무죄 석방은 못 되어도 집행유예는 되는 겁니다. 어쨌든 얻어놓고 볼 만한 거죠….

특히, 당신 친구들이 자기에게는 솔직했으면 좋겠다고 할 때 그들을 믿으면 안 되요. 그들은 다만 자기들이 그들 자신에 대해서 품고 있는 흐뭇한 생각을 당신도 그대로 유지해주기를 바라면서 거기에 더해 솔직하겠다는 당신의 약속에서 어떤 추가적 확신을 더 얻겠다는 거예요. 솔직함이 어떻게 우정의 조건이겠어요? 한사코 진실만을 바라는 욕구는 어느 것 하나 곱게 놓아두지 못하는 광기로, 그 어떤 것도 그것에는 당해내지 못합니다. 그건 악습이고 때로는 안일이며, 때로는 에고이즘입니다. 그러니까 만약에 선생께서 그런 경우에 처하게 되거든, 솔직하겠다고 약속해놓고 한껏 거짓말을 하면 됩니다. 그러면 그들의 절실한 욕구에 응하면서 선생의 애정을 두 배로 증명하는 셈이 될 겁니다.

그건 너무나 틀림없는 사실이어서 우리는 우리보다 더 잘난 사람들에게 흉금을 터놓고 이야기하는 일은 거의 없지요. 우리는 오히려 그들과 어울리는 것을 피해요. 반면에 우리와 비슷하고 같은 약점들을 가진 이들에게는 흔히 속마음을 털어놓아요. 그러니까 우리는 자신의 안 좋은 점을 고치거나 보다 나은 사람이 되기를 바라는 게 아닙니다. 그러자면 우선 자신에게 부족한 점이 있다고 판정받은 바 있어야 하니 말입니다. 그게 아니라 우리는 다만 동정을 사고 우리가 가는 길에서 격려

받고 싶은 겁니다. 요컨대 우리는 죄인이 아니고 싶고 동시에 죄를 씻으려 노력하지도 않고 싶은 겁니다. 충분한 파렴치도 못되고 충분한 용기도 없는 거지요. 악의 에너지도 선의 에너지도 없어요. 단테를 아십니까? 정말 아세요? 아이고 놀랐습니다. 그렇다면 선생은 단테가 신과 악마의 싸움에서 중립적인 천사들의 존재를 인정하고 있다는 것을 아시겠군요. 그래서 그는 그 천사들이 있는 곳이 가장자리, 그가 말하는 지옥의 현관쯤이라고 했잖아요. 그러니까, 친구님, 우리는 지금 그 현관에 있는 거예요.

인내심요? 그렇겠지요, 아마. 우리에겐 최후의 심판을 기다리는 인내심이 필요하겠지요. 그러나 마음이 바쁜 걸 어쩌겠어요. 어찌나 바쁜지 나는 재판관 겸 참회자가 되어야 했답니다. 그렇지만 나는 우선 내가 발견들을 적절히 조처하고 동시에 인들의 웃음에 대한 해결을 보아야 했어요. 나를 부르는 소리를 들었던—실제로 나를 불렀어요—그날 저녁 이후 나는 대답을 해야, 아니 적어도 대답을 찾으려고 노력해야 했어요. 쉬운 일이 아니었죠. 나는 오랫동안 방황했어요. 우선 저 사라질 줄 모르는 웃음소리와 웃는 사람들은 내가 나의 내면을 더 자세히 들여다보게, 그리하여 마침내 나 자신이 단순하지 않다는 것을 발견하게 해줄 필요가 있었어요. 웃지 마세요. 이 진리는 겉보기처럼 그렇게 초보적인 게 아니에요. 사람들은 다른 모든 진리들 다음에 발견하는 진리를 초보적 진리라고 불러요.

어쨌든, 나 자신에 대한 오랜 연구 끝에 나는 인간의 근원적인 이중성을 밝혀냈습니다. 그리하여 나는 기억 속을 깊이 탐색한 결과 겸손은 남의 이목을 끄는 데 도움이 되고, 겸양은 남을 이기는 데, 그리고 덕성은 남을 억압하는 데 도움이 된다는 것을 깨달았어요. 나는 평화적인 방법으로 전쟁을 했고 마침내 무사 무욕한 수단으로 내가 탐하던 모든 것을 얻었습니다. 예컨대, 나는 남이 내 생일을 잊었다고 불평한 적이 한 번도 없었어요. 사람들은 이런 문제에 대해 내색하지 않는 내 태도를 보고 일말의 감탄 섞인 놀라움을 나타내기까지 했어요. 그러나 나의 이런 무사무욕에는 보다 은밀한 이유가 있었어요. 나는 스스로 그것을 슬퍼할 수 있기 위해서 남들에게 잊히기를 바랐던 것입니다. 나 자신이 잘 알고 있는, 유난히 영광스러운 그날이 되기 며칠 전부터 그 날을 깜빡하고 잊었으면 싶은 사람들의 주의나 기억을 깨우칠 수 있는 것은 무엇이건 드러내지 않도록 주의하면서(한번은 집 안에 걸린 달력을 슬쩍 변조해버릴까 하는 생각까지 하지 않았겠어요?) 동정을 살폈어요. 이리하여 나의 외로움이 증명되고 나면 그제야 나는 남자다운 비애의 달콤한 맛에 빠져들 수 있었어요.

이처럼 내 모든 미덕의 얼굴 저 뒤에는 그리 떳떳하지 못한 이면이 있었던 겁니다. 다른 면에서 보면 나의 결함들이 나에게 유리한 쪽으로 작용한 것이 사실입니다. 내 생활의 부끄러운 일면을 감출 수밖에 없다 보니, 예컨대 나의 냉담한 표정을 남들이 미덕의 표정과 혼동했고, 내 무관심 때문에 오히려 남들에게 사랑받는가 하면 극도의 에고이즘이 너그러움으로 해석되기도 했어요. 이 정도로 그치기로 하죠. 너무 딱 들어맞는 대칭은 나의 논증에 오히려 해가 될지도 모르니까요. 그런데 글쎄, 딴에는 모질게 마음을 먹었지만 술과 여자의 권유는 도무지 물리칠 수가 없었어요! 나는 적극적이고 정력적이란 평을 받았고 나의 왕국은 잠자리였어요. 나는 큰소리로 신의를 맹세했지만 내가 사랑한 이들 가운데 결국 내가 배신하지 않은 사람은 아마 하나도 없을 겁니다. 물론 배신에도 불구하고 꾸준한 사랑에는 변함이 없었습니다. 고통에 무신경한지라 산더미같이 쌓인 일들도 단숨에 해치웠고, 내가 좋아서 하는 일이기에 남을 돕는 것도 멈추지 않았어요. 그러나 이런 명백한 일들을 되풀이해봐도 거기서는 피상적인 위안밖에 얻을 수 없었습니다. 어떤 날 아침이면 내가 맡은 소송을 끝까지 검토하고 나서 내 최고의 장기는 무엇보다 멸시라는 결론에 이르곤 했어요. 내가 가장 빈번하게 도와준 사람들이 바로 가장 멸시받고 있었거든요. 정중한 태도로, 감동에 찬 연대감을 보이며 나는 매일같이 그 모든 장님들의 얼굴에 침을 뱉었어요.

솔직히 말해서, 거기에 무슨 변명이 있겠습니까? 한 가지 있긴 합니다만 너무 한심한 것이라 내세울 생각조차 할 수 없군요. 하여간 이런 겁니다. 즉 나는 한 번도 인간지사가 심각한

전락

것이라고 깊이 믿어본 적이 없다 하는 점이지요. 도대체 어디에 심각한 것이 있는지 나는 도무지 알 수가 없었습니다. 내 눈에 보이는 그 모든 것은 그저 재미있거나 귀찮은 장난으로만 보일 뿐 심각한 것이 못 된다고 여겼어요. 노력이니 신념이니 하는 것들도 나로서는 이해할 수가 없었습니다. 나는 돈 때문에 죽고 무슨 '지위'를 잃었다고 해서 절망하고 가문의 번영을 위해서 결연히 자기를 희생하는 저 이상한 작자들을 언제나 놀란, 좀 석연찮은 표정으로 바라보곤 했어요. 그보다는 오히려 담배를 끊기로 굳게 마음먹고 의지의 힘으로 그걸 성공시킨 친구를 더 잘 이해할 수 있었어요. 그런데 그는 어느 날 아침, 신문을 펼쳤다가 최초의 수소폭탄이 폭발했다는 기사를 읽고 그 엄청난 효과를 알게 되자 지체 없이 담뱃가게로 들어갔답니다.

분명 나도 가끔 인생을 심각하게 생각하는 체하기도 했어요. 그러나 이내 그 심각성 자체의 경박함이 눈에 보였고, 나는 그저 할 수 있는 한 내가 맡은 역할을 계속 연출했습니다. 나는 능력 있고 똑똑하고 도덕적이며 시민 정신이 투철하고 의분에 넘치고 관대하고 협동적이며 모범적인… 그런 역을 연출했어요. 요컨대, 이 정도로 해두죠. 이미 선생께서도 이해했을 테지만, 나는 저기 있으면서도 딴 데 가고 없는 저 네덜란드인들과 같았던 겁니다. 즉 내가 가장 큰 자리를 차지하고 있을 때 나는 사실은 거기에 없었다, 이 말씀입니다. 내가 진정으로 솔직하고 열렬했던 때는 오직 운동경기를 할 때, 그리고 군대에서 재미로 상연했던 연극에 출연했을 때뿐이었어요. 그 두 가지 경우에는 놀이의 규칙이 있었는데, 심각한 것이 아니었지만 그걸 심각한 것으로 여기면서 재미있게 놀았지요. 지금도 터져나갈 듯 초만원인 스타디움에서 벌어지는 일요일의 운동경기들과 내가 비길 데 없을 만큼 열렬히 좋아했던 연극은 이 세상에서 내가 순수하다고 느끼는 유일한 장소들입니다.

그러나 사랑이나 죽음이나 가난한 사람들의 월급이 문제일 때 누가 그런 태도를 정당하다고 인정하겠어요? 그렇지만 어쩌겠어요? 난 이졸데의 사랑 같은 건 오로지 소설이나 연극 무대에서밖에 상상할 수 없었어요. 숨이 넘어가는 최후의 순간을 맞는 사람들이 가끔 자기의 역에 투철한 것 같아 보이기도 했어요. 내 가난한 고객들이 내뱉는 대사는 같은 스토리에 언제나 잘 어울리는 것 같았고요. 그렇게 되니까 사람들 사이에 섞여 지내면서도 그들과 이해관계를 함께하지 않다 보니 나는 내가 개입하고 있는 일을 진지하게 믿을 수 없었어요. 남들이 내 직업, 가족, 혹은 시민적 생활에서 기대하는 바에 부응할 수 있을 만큼 나는 얼마든지 정중하고 또 무사태평했지만, 그때마다 어쩐지 마음이 딴 데 가 있는 것 같아서 결국은 만사가 시들해졌어요. 나는 내 생애를 어떤 이중심리 상태에서 살았고 내가 한 가장 심각한 행동은 흔히 내가 책임감을 가장 덜 느끼면서 하는 행동이었어요. 이건 나의 어리석음이 한 가지 더 추가하는 셈이지만, 하여간 나 스스로도 용서할 수 없었던 것은, 그리하여 내 마음 속에서, 내 주위에서 일어나고 있다 싶은 비판에 가장 맹렬하게 반항하고, 급기야는 어떤 탈출구를 찾지 않을 수 없게 만든 것은 결국 그 때문이 아니었을까요?

얼마 동안 겉보기에 나의 생활은 마치 아무것도 변하지 않은 듯 계속되었어요. 나는 궤도를 따라 순조롭게 지내고 있었지요. 공교롭게도 내 주위에서는 칭찬이 배가했어요. 화근은 바로 거기 있었어요. "모든 사람이 그대를 칭찬할 때 재앙이 있으리라!"라는 말 아시지요? 정말 명언입니다! 내게 재앙이 닥친 겁니다! 기계가 변덕을 부리기 시작하며 영문도 알 수 없이 정지하곤 하는 겁니다.

나의 일상생활에 죽음의 상념이 침입한 것은 바로 그때였습니다. 나는 죽을 때까지 이제 몇 년이나 남았을까 하고 헤아려 보았죠. 나와 같은 연배로 벌써 죽고 없는 사람들의 예를 찾아보기도 했고요. 그리고 내가 해야 할 일을 다 이룰 시간이 없을 것 같은 생각이 들어 괴로웠습니다. 무슨 할 일요? 그건 나도 모르죠. 솔직히 말해서 그때 내가 하고 있던 일은 과연 계속할 가치가 있는 것이었을까요? 그러나 꼭 그 문제였다고 할 수는 없습니다. 사실 나는 어떤 우스꽝스러운 걱정에 시달리고 있었어요. 사람은 자신의 모든 거짓을 고백하지 않고 죽을 수는 없다는 게 그것이었지요. 하느님이나 하느님의 대리자에게 하는 고백이 아닙니다. 짐작하시겠지만 나는 그런 것에 초월해 있었어요. 그게 아니라 인간들에게, 예를 들어서 어떤 친구에게, 혹은 사랑하는 여인에게 하는 고백 말입니다. 그러지 않고, 인생에 있어서 단 한 가지라도 감추어둔 거짓이 있다면, 죽음은 그것을 돌이킬 수 없는 것으로 만들어버릴 테니까요. 진실을 알고 있던 유일한 사람이 죽어서 그 비밀을 깔고 누워 잠이 들었으므로, 이제 그 누구도 그 점에 관한 한 진실을 알 수 없을 겁니다. 진실의 그런 절대적 말살은 생각만 해도 현기증이 났어요. 여담입니다만, 지금 같아선 오히려 미묘한 쾌감을 느꼈을 테지요. 예를 들어서, 온 세상 사람들이 찾고 있는 것을 오직 나만이 알고 있고, 각종 경찰이 백방으로 수색해 보아야 허탕일 뿐인 어떤 물건이 내 집에 있다고 생각하면 더할 수 없이 흐뭇하지요. 그러나 그 이야기는 이 정도 해두지요. 그 당시에 나는 묘책을 찾지 못한 채 고민만 하고 있었죠.

물론 나도 나름대로 분발했죠. 여러 세대에 걸친 역사 속에서 한 사람의 거짓이 뭐 그리 대수롭겠어요. 바다에 던진 소금 한 줌처럼 세월의 대양 속에 파묻힌 하찮은 거짓을 진실의 빛 속으로 끌어내고자 하는 것은 얼마나 가당찮은 허세인가! 그리고 또 육체의 죽음은, 내가 직접 본 죽음들로 판단하건대, 그 자체가 충분한 벌이어서 모든 것을 사해준다는 생각도 해보았어요. 죽음에서 사람은 단말마의 땀으로 구원을(다시 말해서 결정적으로 사라질 수 있는 권리를) 얻는 것이니까요. 그런데도 여전히 불안감은 점점 심해졌고, 죽음은 내 머리맡을 떠날 줄 모른 채 버티고 있어서 나는 죽음과 함께 잠자리에서 일어났으니 남들이 하는 칭찬의 말은 점점 더 견딜 수 없게 되었어요. 칭찬의 말을 들으면 거짓이 걷잡을 수 없이 불어나니 절대로 사태를 수습할 길이 없을 것만 같았습니다.

드디어 더 이상 참을 수가 없게 된 날이 왔습니다. 내 첫 반응은 뒤죽박죽이었어요. 나는 거짓말쟁이니까 그걸 겉으로 드러내어 바보 같은 그들이 알아차리기 전에 나의 이중성을 그들 보란 듯 까발릴 참이었어요. 가면을 벗으라고 도발하면 나는 그 도전에 당당하게 응해줄 생각이었죠. 비웃음에 대해서는 선수를 쳐서 만인의 조롱 속으로 과감히 몸을 던지는 것을 상상해보았어요. 요컨대 여기서도 여전히 심판을 못 하게 막자는 거였어요. 나를 비웃는 자들을 내 편으로 삼든가, 그게 안 되면 적어도 내가 그들 편에 설 심산이었습니다. 예를 들어, 나는 길에서 만나는 장님을 떼밀어버릴 생각을 해보았는데, 그때 맛보게 되는 음흉하고도 예기치 않은 쾌감으로 보아 내 영혼의 한 부분이 얼마나 장님을 증오하고 있는지 알 수 있었어요. 또 장애자들이 쓰는 소형차의 타이어를 펑크내고, 노동자들이 일하고 있는 공사장의 발판 밑으로 가서 "이 더러운 가난뱅이야" 하고 소리 지르고, 지하철 객차 안에서 젖먹이들에게 따귀를 후려갈길 궁리도 해보았어요. 그런 모든 것을 상상은 해보았지만 실제로 그렇게 하지는 않았습니다. 혹 그와 비슷한 짓을 했어도 잊어버렸습니다. 어쨌건, 나는 정의라는 말

전락

만 들어도 이상한 분노가 치밀었어요. 변론할 때는 나도 어쩔 수 없이 그 말을 계속 사용했어요. 대신, 공공연하게 인간애의 정신을 저주함으로써 그 앙갚음을 했어요. 나는 억압 당하는 자들이 정직한 보통 사람들에게 가하는 억압을 고발하는 선언문을 발표하겠다고 예고하기도 했습니다. 어느 날, 식당의 테라스 좌석에서 바닷가재 요리를 먹고 있는데 거지가 찾아와서 귀찮게 굴기에 나는 그 녀석을 내쫓으려고 주인을 불렀어요. 그리고 그 의로운 집행자의 말에 박수를 쳤어요. 그가 말하더군요. "방해를 놓고 있잖아. 이 신사 숙녀분들의 입장이 되어서 좀 생각해 보라고!" 나도, 어디 듣고 싶은 사람은 들어보란 듯, 저 러시아 지주처럼 행동하지 못하는 것이 심히 유감이라고 내뱉었어요. 감탄을 자아내는 기개의 소유자인 그 지주는 자기에게 인사하는 농부와 인사하지 않는 농부를 동시에 다 불러 매질을 시켰다지 뭐예요. 양쪽이 다 발칙하기는 마찬가지라고 보았기 때문에 그걸 벌하자는 것이었죠.

그렇지만 그보다 더 심한 일탈 행위들도 기억도 납니다. 나는 〈경찰에 바치는 노래〉와 〈단두대 찬가〉를 쓰기 시작했어요. 특히 우리들의 직업적 인도주의자들이 단골로 모이는 카페에 정기적으로 찾아가기로 결심했어요. 내가 과거에 쌓은 행적이 알려진 터라 나는 당연히 환영받았죠. 그런데 거기에 미처 발을 들여놓기도 전에 나는 상스러운 말부터 내 뱉았어요. "하느님 감사합니다!" 혹은 그저 "아이고 하느님…" 하는 식으로요. 술집의 그 무신론자들이 얼마나 소심한 신도들인지는 선생께서도 잘 아시지요. 그런 폭언이 들리자 한순간 깜짝 놀라 멈칫했던 그들은 어안이 벙벙해져 서로 얼굴만 쳐다보다가, 이윽고 커다란 소란이 벌어지면서. 어떤 패들은 카페 밖으로 도망가고 다른 패들은 남의 말을 듣지도 않고 화를 내며 소리를 질러댔는데, 모두가 하나같이 성수聖水의 물벼락을 맞은 악마들처럼 경련하며 몸을 비틀어댔어요.

당신은 그런 것을 유치하다고 여기겠지요. 하지만 그런 장난에는 아마 좀 더 심각한 이유가 있었을 겁니다. 나는 놀이에 훼방을 놓고 싶었던 겁니다. 무엇보다도, 그래요, 생각만 해도 분통이 터지는, 저 호의적인 평판을 박살 내고 싶었던 거예요. "선생 같은 분이…" 하는 식으로 아주 친절하게 말을 했는데 그럴 때마다 나는 하얗게 질려버렸어요. 나는 더 이상 그들의 존경을 원치 않았어요. 모든 사람에게서 골고루 나오는 존경이 아니었으니까요. 나 자신이 공감하지 않는데 그게 어찌 모든 사람의 것이라 할 수 있겠어요? 그러니까 평판과 존경, 그 모든 걸 조롱의 외투로 덮어씌우는 편이 차라리 나았어요. 어떻게 해서든 숨이 막힐 듯 답답한 그 심정에서 헤어나야만 했어요. 그래서 나는 어디서나 자랑해온 그 멋진 마네킹의 배 속에 든 것을 대중의 눈앞에 드러내기 위해 그 마네킹을 때려 부수고 싶었어요. 그러고 보니 내가 젊은 변호사 시보들 앞에서 하기로 되어 있던 연설이 기억나는군요. 그들에게 나를 소개한

전락

변호사협회장의 어이없는 찬사에 신경이 거슬린 나는 더 이상 참을 수가 없었어요. 처음에는 남들이 내게 기대하는, 그리고 나 역시 주문대로 쏟아내기에 전혀 어려움이 없는 열의와 감동으로 시작했어요. 그러나 나는 갑자기 변호의 방법으로 혼합법混合法을 쓰라고 권하기 시작했죠. 도둑놈과 정직한 사람을 동시에 재판하면서 도둑놈이 저지른 죄로 정직한 사람을 괴롭히는 현대적 심문 방식이 완성해놓은 혼합법이 아니라, 그와 반대로 정직한 사람의 죄, 이 경우에는 변호사의 죄를 강조함으로써 도둑놈을 변호하는 법을 가리키는 말이라고 했죠. 그 점에 관해서 나는 아주 확실하게 설명했어요.

"가령 질투심에 살인을 저지른 어느 딱한 시민의 변호를 맡았다고 칩시다. 나는 이렇게 말할 것입니다. 배심원 여러분, 가증스러운 섹스 문제로 자신의 타고난 착한 천성이 시련을 겪게 되자 이를 보고 격분했다면 거기에는 용서받아 마땅한 점이 있음을 참작해주시기 바랍니다. 반대로, 단 한 번도 선량했던 적이 없고, 속아서 괴로워해본 적이 없으면서 법정의 이쪽 편에, 즉 지금 제가 있는 자리에 서 있다는 것은 죄가 더 중하지 않을까요? 나는 여러분의 엄격한 비판을 받지 않아도 되는 자유로운 몸입니다. 그렇지만 나는 어떤 사람입니까? 오만하기로 말하면 시민 중의 왕이요 색욕의 숫염소며 노하기로 말하면 이집트의 파라오요 나태의 왕이지요. 나는 그 누구도 죽이지 않았다고요? 아직까지는, 아마도! 그러나 나는 과연 살아있을 자격이 있는 사람들이 죽어가는 것을 방치한 적이 없을까요? 아마 있었을 겁니다. 그리고 아마 앞으로도 그런 잘못을 되풀이할 준비가 되어 있겠지요. 반면, 이 사람을 보십시오. 이 사람은 다시는 죄를 되풀이하지 않을 것입니다. 이 사람은 아직도 그렇게까지 된 것에 놀라고 있습니다."

이 연설을 듣고 내 젊은 동료들은 다소 착잡해졌어요. 그러나 잠시 후에는 웃어치우고 말더군요. 내가 결론에 이르러, 웅변적 어조로 인간다운 주체, 그리고 그 주체가 당연히 가져야할 권리에 호소하자 그들은 완전히 안도하는 눈치였어요. 그날은 그 어느 때보다도 습관이 그 위력을 발휘했지요.

이런 악의 없는 엉뚱한 짓을 되풀이함으로써 나는 다만 사람들을 어리둥절하게 할 수는 있었죠. 그러나 그들의 마음을 누그러뜨릴 수는 없었고 특히나 내 마음이 가라앉는 건 아니었어요. 내 이야기를 듣고 사람들이 일반적으로 나타내는 놀라움, 선생이 보여주시는 그것과 상당히 유사한—아니, 부인하실 필요 없어요—다소 주저하고 거북해하는 반응은 전혀 내마음을 진정시켜주지 않았어요. 그러니 말입니다, 자기비판을 한다고 해서 아주 죄없이 깨끗해지는 건 아니에요. 그렇지 않다면 난 벌써 순결한 어린 양이 되었을 겁니다. 자기비판도 어떤 일정한 방식으로 해야 하는 거예요. 나로서는 그 방식을 찾아내는 데 많은 시간이 필요했어요. 완전히 버림받은 신세가되기 전에는 그걸 발견하지 못했으니까요. 그때까지는 웃음이 계속 내 주위에 떠다니고 있었죠. 아무리 마구잡이로 애를 써도 그 웃음이 지닌 어떤 호의적이고 거의 다정한 그 무엇—사실은 그게 사람 잡는 거였어요—을 떨쳐버릴 수가 없었어요.

그런데 밀물이 들어오는 것 같군요. 우리 배도 이제 곧 떠날 것 같고 해도 기우네요. 보세요. 비둘기 떼가 저 위에 모여들고 있어요. 서로들 몸을 가까이 붙인 채 거의 미동도 하지 않는데 날이 어두워지네요. 잠시 이야기를 멈추고 어지간히 음산한 이 한 때를 음미해볼까요? 아니, 내 얘기가 재미있다고요? 솔직하십니다그려. 하긴 내 이야기가 이제 진짜로 재미있어질 수 있어요. 재판관 겸 참회자에 대해 설명하기 전에 주색잡기와 말콩포르* 독방에 대해 이야기할 필요가 있어요.

* malconfort: 특수한 감옥(독방) 혹은 형벌도구로, 월터 스코트의 소설 《쿠엔틴 더워드》와 빅토르 위고의 《레미제라블》에 묘사되어 있다.

전락

5

아니, 착각이십니다, 선생. 배는 제 속도로 달리고 있어요. 하지만 자위데르제이는 사해死海, 적어도 거의 사해에 가까운 바다지요. 질펀한 가장자리 쪽이 안개에 덮여 대체 어디가 바다의 시작이고 어디가 끝인지 알 수가 없어요. 그러니 우리는 지표가 될 만한 건 아무것도 없이 나아가고 있어서 속도를 가늠할 수가 없는 겁니다. 앞으로 나아가고는 있지만 달라지는 게 없어요. 이건 항해가 아니라 꿈이지요.

그리스의 에게해에서는 인상이 전혀 반대였어요. 끊임없이 둥근 수평선 저 위로 새로운 섬들이 나타났지요. 나무 한 그루 없는 섬의 등성이가 하늘의 한계를 뚜렷이 그어주고 있었고 바위 많은 기슭은 바다와의 선명한 경계를 보여주고 있었어요. 혼동의 여지가 전혀 없었지요. 뚜렷한 빛 속에서 모든 것이 다 지표였어요. 작은 배를 타고 이 섬에서 저 섬으로 끊임없이 옮겨가노라면, 배는 사실 느릿느릿 미끄러져 가고 있는데도, 마치 파도 거품과 웃음이 가득 찬 질주 속에서 밤낮없이 서늘한 파도의 꼭대기를 딛고 도약하는 느낌이었어요. 그때부터 그리스 그 자체가 내 가슴속 어딘가, 내 기억의 한 기슭에, 지칠 줄 모르고 표류하는데… 아이고, 이거 나 역시 표류하고 있네요! 시적 흥취에 젖어서 그만! 나 좀 붙잡아주세요, 선생, 제발 좀.

그런데 참, 선생께선 그리스에 가보신 적이 있나요? 없다고요? 오히려 다행입니다. 거기 가서 뭘 하게요? 대체 뭘 하게요? 마음이 순결해야 그런 델 가지요. 거기서는 남자 친구들끼리도 둘씩 둘씩 손을 잡고 거리를 돌아다닌다는 걸 아십니까? 그래요. 여자들은 그냥 집에 있고요. 그런데 수염을 기른 점잖은 중년 남자들이 서로 손가락을 깍지 끼고 엄숙하게 포도 위를 활보하는 걸 볼 수 있어요. 동양에서도 가끔 그런다고요? 좋아요. 그렇다면 선생은 파리의 길거리에서 내 손을 잡고 돌아다닐 수 있겠어요? 아! 농담이에요. 우리야 단정한 사람들 아닙니까! 때가 묻었으니 단정한 체라도 해야지요. 그리스의 섬에 가려면 우리는 가기 전에 오래도록 몸부터 씻어두어야 할 겁니다. 그곳은 공기가 깨끗하고 바다와 쾌락도 청정하거든요. 그런데 우리는….

이 덱 체어에 좀 앉읍시다. 대단한 안개군요! 말콩포르 독방에 대한 이야길 하다 말았지요 아마. 그래요. 그게 뭔지 이야기하지요. 몸부림도 처보고, 온갖 무례한 포즈란 포즈는 다 잡아보고 나서, 그런 발버둥 쳐봤자 소용없다는 걸 알아차리자 그만 맥이 풀린 나머지 나는 인간사회를 떠나기로 결심했어요. 아니, 아니지요. 무인도 같은 걸 찾은 건 아니에요. 이제 무인도 같은 건 없어요. 나는 그저 여자들 곁으로 피신을 했을 뿐이에요. 아시다시피 여자들은 어떤 약한 점도 진정으로 책망하지는 않아요. 오히려 우리의 강한 힘을 우습게 보거나 무장해제하려고 애를 쓸 겁니다. 그런 까닭에 여자는 전사戰士에게가 아니라 범죄자에게 주어지는 보상입니다. 여자는 범죄자의 항구, 피난처예요. 대체로 범죄자가 체포되는 곳은 여자의 침대지요. 여자야말로 지상낙원 중에서 우리에게 마지막으로 남은 것이 아니겠어요? 어찌할 바를 모르게 된 나는 결국 내 자연적인 항구로 달려갔어요. 그러나 전처럼 감언이설을 늘어놓지는 않았어요. 습관적으로 약간의 쇼를 했지만 창의성이 결여된 쇼였어요. 또 무슨 상스러운 말이 튀어나올까 겁나서 솔직히 말하기 뭣합니다만, 그 무렵 나는 어떤 사랑의 필요를 느꼈어요. 외설스럽죠, 안 그래요? 하여튼 어떤 막연한 고통, 일종의 박탈감을 느꼈고 그 결과 점점 더 공허감에 사로잡힌 나머지, 반은 어쩔 수 없이, 반은 호기심에, 몇몇 여자들과 관계를 맺었어요. 사랑하고 싶고 사랑받고 싶었으므로 나는 내가 사랑에 빠진 줄 알았어요. 다시 말해서 바보짓을 한 거죠.

　나는 지금까지 노련한 경험의 소유자로서 그때까지 피해 왔던 질문을 나도 모르게 던지는 자신을 발견하는 때가 종종 있었습니다. 내가 이렇게 묻고 있는 거예요. "나를 사랑해?" 아시다시피 이런 경우에는 "너는?" 하고 반문하는 게 상례죠. 만약 그렇다고 대답한다면 나는 내 진짜 감정 이상을 약속하는 셈이 되고, 감히 아니라고 대답한다면, 더 이상 사랑받지 못 할 수 있으니 괴로운 노릇이었죠. 내가 안식을 얻을 것으로 기대했던 감정이 그렇게 하여 위협을 받으면 받을수록 더욱 나는 파트너에게 그 감정을 요구하는 것이었어요. 그래서 나는 점점 더 분명한 약속을 하기에 이르렀고, 내 마음에 대해 점점 더 폭넓은 감정을 요구하게 되었어요. 그러다가 어떤 예쁘장한 얼빠진 여자에게 어처구니없는 열애를 쏟게 되었는데, 그 계집은 연예 잡지를 어찌나 많이 읽었는지 계급 없는 사회를 예언하는 지식인 못지않은 자신과 확신으로 사랑을 이야기했어요. 선생도 잘 아시듯 그런 확신은 사람을 끄는 힘이 있어요. 나도 연습 삼아 사랑에 대해 이야기해볼 생각이었는데 그만 나조차도 내 말에 설득되고 만 거예요. 적어도 그 여자가 내 정부가 되고, 연예 잡지가 사랑에 대해서 이야기하는 건 가르쳐줘도 실제로 사랑을 하는 건 가르쳐주지 못한다는 걸 깨닫기까지는 그랬어요. 나는 앵무새와 연애를 하고 나서 뱀과 잠자리에 들어야 했던 거예요. 그래서 책에서는 쉽게 약속해주고 있지만 현실에서는 한 번도 만난 적이 없는 사랑을 나는 다른 데서 찾으려고 했습니다.

그러나 나는 훈련 부족이었어요. 30년 이상이나 나는 오로지 나 자신만을 사랑해왔거든요. 어떻게 그런 습관을 버릴 수 있겠어요? 그 습관을 버리지 못한 채 그냥 충동적인 열정에 끌리는 우유부단 상태였어요. 나는 많은 약속을 거듭했어요. 전에 여자들과 수많은 육체관계를 가졌듯 나는 동시에 여러 사람과 사랑의 언약을 맺었어요. 그리하여 나는 태연무심했던 시절보다 더 많은 타인들에게 불행을 안겼어요. 참, 그 앵무새는 절망한 나머지 식음을 전폐한 채 굶어 죽으려 했다는 얘긴 했던가요? 다행히 내가 때맞춰 도착해서 하는 수 없이 그녀의 손을 잡아주었어요. 그러다가 마침내 여자가 애독하던 주간지에 이미 잘 묘사되어 있던 그대로, 발리 여행에서 돌아온 초로의 엔지니어를 만났어요. 어쨌든 나는 흔히들 말하는 것처럼 열애의 영원 속에서 열광을 맛보고 죄를 사함받기는커녕 내과오와 혼미의 무게만 더할 뿐이었어요. 그 결과 사랑이란 것에 어찌나 진절머리가 났는지, 여러 해 동안 〈장밋빛 인생〉이나 〈이졸데의 정사情死〉 같은 노래만 들어도 이가 갈릴 지경이었어요. 그래서 나는 어떤 면에서 아예 여자를 단념하고 순결한 상태에서 살려고 노력했어요. 따지고 보면 여자들의 우정만으로도 내겐 족할 것 같았어요. 그런데 그건 유희를 단념한다는 것이나 마찬가지였어요. 정욕을 떠나서라면 여자들이란 예상 밖으로 따분하게만 여겨졌고, 또 그쪽에서도 나를 따분하게 여기는 게 뻔했어요. 더 이상 유희도 없고 더 이상 연극도

전락

없으니 나는 아마 진실 속에 있는 셈이었죠. 그러나, 친구님, 진실이란 건 지겨운 것이랍니다.

연애에도 순결에도 절망하고 보니 이제 남은 것은 방탕뿐이라는 데 생각이 미치더군요. 방탕은 충분히 연애를 대신할 수 있고 일어나는 웃음소리를 그치게 하여 침묵을 되찾게 해주며, 특히 불멸의 감정을 느끼게 해주거든요. 정신이 명료한 채로 취기가 어느 한계에 달할 때 밤 깊어 두 여자 사이에 정욕이 다 가신 상태로 누워 있노라면 말이죠, 희망은 이제 더 이상 고문이 아니고 정신이 모든 시대 위에 군림하니 삶의 고통은 영원히 끝나버리는 것입니다. 어떤 의미에서, 끊임없이 불멸의 존재가 되고 싶어서 나는 항상 방탕 속에서 살아왔다고 볼 수 있죠. 그것이 바로 내 본성의 바탕이고, 내가 말씀드린 바 있는 그 엄청난 자기애自己愛의 효과가 아니었겠어요? 그래요, 나는 불멸의 존재가 되고 싶어 죽을 지경이었어요. 나는 나 자신을 너무나도 사랑했기 때문에 내 사랑의 귀중한 대상이 아예 사라져버리기를 바라지 않을 수 없었습니다. 맑은 정신에서라면, 그리고 조금이라도 자신을 안다면, 호색好色의 원숭이 같은 놈에게 불멸의 특권이 부여될 합당한 이유를 찾을 수 없을 테니까 그런 불멸의 대용품을 구하는 수밖에 없지요. 나는 영생을 바라기 때문에 창녀들과 자고 밤새도록 술을 마셔댔습니다. 아침이 되면 물론 필멸의 운명이라는 쓴맛이 입 안에 가득했지요. 그렇지만 오랜 시간 동안 나는 행복하게 높이 떠 부유

浮遊했어요. 아예 털어놓아 버릴까요? 지금도 머리에 떠올리면 그리워지는 밤들이 있어요. 나는 어떤 스트리퍼를 만나러 불결한 카바레로 찾아가곤 했지요. 그녀는 내게 호의를 베풀어 주었고, 심지어 어느 날 저녁에 나는 그녀의 명예를 위해서 어떤 허풍쟁이 기둥서방과 싸움까지 했답니다. 나는 밤마다 그 환락가의 붉은 불빛과 먼지가 자욱한 술집 카운터에 나와 앉아 밥 먹듯 거짓말을 늘어놓으며 오래도록 술을 마셨어요. 나는 새벽이 될 때까지 기다렸다가 마침내는 내 공주님의 언제나 흐트러진 침대 속으로 표착했죠. 여자는 기계적으로 쾌락에 몸을 맡기고 나서는 그 길로 곧장 잠이 들어버렸습니다. 아침 해가 슬며시 찾아 들어 그 엉망진창의 모습을 비추면 나는 꼼짝도 하지 않은 채 영광의 아침 속으로 떠올랐어요.

솔직히 말해서 술과 계집은 내게 걸맞은 유일한 위안을 제공해 주었어요. 친구님께 이 비결을 알려드리니 걱정 말고 이용해보세요. 그러면 진정한 방탕은 그 어떤 의무도 요구하지 않는 것이기에 그야말로 구세주라는 것을 알게 될 겁니다. 방탕 속에서 사로잡는 대상은 오직 자기 자신뿐일지니 자기 자신만을 끔찍이 사랑하는 사람들이 유독 전념하는 것은 바로 방탕입니다. 그건 미래도 과거도 없는, 특히 미래의 약속도 당장의 처벌도 없는 밀림과도 같은 것이죠. 방탕이 자행되는 곳은 세상과 격리되어 있어요. 그 속으로 들어갈 때는 두려움도 희망도 다 내려놓지요. 거기서는 대화가 필수는 아닙니다. 그곳에서 찾는 것은 말없이도 얻을 수 있고, 흔히, 그래요, 돈 없이도 얻을 수 있으니까요. 아! 그때 나를 도와주었던, 이름 모를 그 미지의 여자들에게 특별히 경의를 표하고 싶군요! 오늘날까지도 그 여자들에 대한 나의 추억 속에는 존경심과도 같은 그 무엇인가가 깃들여 있답니다.

하여간 나는 그 해방감을 만끽했습니다. 심지어 나는 사람들이 죄악시하는 짓을 전문으로 하는 어떤 호텔에서 무르익은 창녀와 최상류사회의 젊은 처녀를 동시에 데리고 살았죠. 창녀한테는 귀부인을 섬기는 기사騎士와 같이 굴었고 처녀에게는 몇 가지 생생한 현실을 몸소 맛보게 해주었지요. 유감스럽게도 창녀는 천성이 지독하게 부르주아적이어서, 나중에 현대 사상 면에 매우 개방적인 종교지에 회고록을 쓰기로 계약을 맺더군요. 한편 처녀 쪽은 고삐 풀린 그녀의 본능을 만족시키고 그 범상치 않은 자질을 써먹기 위해서 결혼을 했고요. 그리고 내가 꽤는 자랑스럽게 여기는 또 한 가지는, 너무나 자주 험구의 대상이 되곤 하던 어떤 남성단체에 그 당시 내가 당당하게 입회할 수 있었던 일입니다. 그 이야기는 대충 해두고 지나가겠지만, 선생도 아시다시피, 아주 지적인 사람들도 옆 사람보다 술을 한 병 더 마실 수 있는 능력을 자랑으로 여기지요. 나는 그런 행운의 발산 행위에서 마침내 평화와 해방감을 얻을 수도 있었을 겁니다. 그러나 이번에도 나 자신 속에서 장애물을 만나게 되었어요. 당장 간에 탈이 나서 피로가 어찌나 심했던지 그게 지금까지도 가시지 않았답니다. 불멸의 존재라도 된 듯 굴지만 불과 몇 주일 만에 과연 내일까지 목숨이 붙어 있을지조차 잘 모르게 된 겁니다.

그런 야간의 엽색 행각을 단념하고 났을 때 그 경험에서 얻은 단 한 가지 장점은 인생이 전보다 덜 고통스러워졌다는 점이죠. 내 몸을 좀먹는 피로는 동시에 나의 내부의 여러 활력 포인트들도 침식해버렸어요. 즉 과도한 문란 행위 때마다 생명력이 감소되니 고통도 따라서 감소되더라 이 말씀이죠. 흔히들 생각하는 것과는 달리 방탕이라는 것은 전혀 열광적인 게 아닙니다. 그건 그저 긴 잠일 뿐이에요. 선생도 알고 있겠지만 정말로 질투 때문에 괴로워하는 사내들이 그 어떤 것 보다 다급하게 하려고 덤비는 것은 그들을 배신했다고 여기는 바로 그 여자와의 동침이죠. 물론 그들은 자기의 귀중한 보물이 여전히 제 것이라는 사실을 한 번 더 확인하고 싶은 겁니다. 흔히들 말하듯 그 보물을 소유하고 싶은 거죠. 그렇지만 다른 한편, 그렇게 하고 나면 곧 질투심이 좀 가라앉기 때문이기도 하지요. 육체적인 질투란 상상의 소산이기도 하지만 그와 동시에 자기 자신에 대해 내리는 판단이기도 해요. 똑같은 상황에서 자기가 품었던 야비한 생각들을 자신의 라이벌인 사내도 품는다고 믿는 거죠. 다행스럽게도 과도한 쾌락은 상상력과 판단력을 다 같이 약화시키지요. 그렇게 되면 고통은 정력과 함께, 그리고 정력 만큼 오랫동안 잠이 들어버리는 겁니다. 그와 마

전락

찬가지 이유로 사춘기의 청소년들은 첫 정부가 생기면서부터 형이상학적인 불안을 잃어버리게 되고 관청에서 허락한 방탕 행위인 몇몇 결혼은 과감성과 창의력을 동시에 장송하는 단조로운 영구차로 변해버리는 겁니다. 정말입니다, 친구님. 부르주아적인 결혼은 우리나라 전체에 실내화를 신겨서 한가로운 신세로 만들어놓고 나서 머지않아 죽음의 문 앞으로 인도한 것입니다.

과장이라고요? 아니죠, 그냥 이야기가 좀 빗나간 겁니다. 나는 다만 그 몇 달 동안의 난잡한 생활에서 얻은 이득이 뭔지 말하고 싶었을 뿐입니다. 나는 일종의 안개 속에서 살았어요. 그 속에서는 웃음소리가 점차 희미해지더니 마침내 더 이상 들리지 않게 되더군요. 이미 내 마음에서 그토록 크게 자리를 차지했던 무관심이 이제는 아무런 저항도 받지 않아 그 경화증이 확대되었습니다. 더 이상 아무런 감동이 없는 거예요! 만사가 그게 그것 같았어요. 아니, 아예 아무 느낌이 없었어요. 결핵에 걸리면 폐가 말라비틀어져 병이야 낫겠지만 그 복받은 폐의 주인을 차츰 질식시켜버리지요. 병이 나아가기 때문에 오히려 소리 없이 죽어가는 내 꼴이 바로 그랬어요. 상궤를 벗어난 말버릇으로 평판은 금이 가고, 무질서한 생활 때문에 직무도 제대로 수행할 수 없는 형편이긴 했지만 그래도 나는 여전히 내 직업으로 생계를 유지하고 있었습니다. 그런데 흥미로운 점은 내 밤 생활의 무절제보다 나의 도발적인 언사가 더 비난의 대상이 되었다는 사실입니다. 가끔 변론 중에 그저 말로만 하느님을 끌어들이곤 했는데 그것이 내 고객들에게 경계심을 불러일으킨 거예요. 제아무리 하늘일지라도 법률에 관한 한 무적의 변호사만큼 그들의 이익을 챙겨 주지는 못하지 않겠느냐 하는 의구심 때문이었겠지요. 거기서 한 걸음만 더 나가면, 내가 하느님을 불러대는 건 나의 무지와 무능 때문이라는 결론에 이르게 되지요. 과연 내 고객들은 그렇게 한 걸음 나갔는지 그 수가 점점 줄어들더군요. 그래도 나는 가끔씩 변론을 했어요. 심지어 어떤 때는 내가 하는 말에 대해 더 이상 믿음이 없으면서 그걸 잊은 채 멋진 변론 솜씨를 보이기도 했습니다. 나 자신의 목소리에 끌려서 따라갔던 거죠. 예전처럼 정말로 높이 뜨지는 못해도, 땅 위로 조금 떠올라 저공비행을 했어요. 직업적인 테두리를 벗어나면 사람을 만나는 일이 별로 없었고, 한두 여자와의 시들한 관계를 어렵사리 유지하고 있었죠. 욕망과 무관하게 순수한 우정이 전부인 저녁 시간을 보내는 때도 있었지만, 권태로움을 감수하며, 상대가 하는 말에 귀를 기울이는 둥 마는 둥 하는 게 다른 점이었어요. 나는 살이 좀 쪘고, 마침내 위기가 끝났다는 생각이 들더군요. 이제는 그저 늙어가는 일만 남았지요.

그렇지만 내가 치유되어 건강해진 기념이라고 귀뜸하지 않은 채 나는 어떤 여자 친구를 데리고 떠난 여행 중 어느날 대서양 횡단선에 오르게 되었습니다. 물론 상갑판 선실이었지요. 그런데 넓은 바다에서 갑자기 쇠붙이 색깔이 도는 태양의 수면에 까만 점 하나가 보였어요. 나는 곧 외면했지만 가슴이 두근두근 뛰기 시작했어요. 다시 억지로 눈길을 돌려 바라보니 그 까만 점은 사라지고 없었어요. 나는 비명을 내지르며 바보처럼 구원을 청할 참이었는데, 문득 그게 다시 보였어요. 그건 배들이 지나가고 나면 그 뒤에 남아 떠다니는 그런 쓰레기들 중 하나였습니다. 그렇지만 나는 그걸 태연히 보고 있을 수가 없었어요. 순간적으로 익사자 같다는 생각을 했던 거예요. 그때, 나는 오래전부터 그 실상을 알고 있는 어떤 생각을 체념하고 받아들이듯, 아무 저항 없이 깨달았어요. 즉 여러 해 전에 내 등 뒤로 센 강 수면에 진동하던 그 비명소리가 강물에 실려 영불해협의 바다 쪽으로 흘러가서 대서양의 끝없는 물길을 거쳐 온 세상을 쉬지 않고 떠돌다가 내가 그것과 마주치게 된 그날까지 그곳에서 나를 기다리고 있었다는 사실을 말입니다. 그리고 그것은 바다에서건 강에서건, 요컨대 내가 받을 세례의 쓰디쓴 물이 있는 곳이라면 어디에서나 계속 나를 기다릴 것임을 나는 또한 깨달았습니다. 하긴 우리는 지금도 물 위에 있는 것 아니겠어요? 질펀하고 단조롭고 끝이 없는, 육지와의 경계도 몽롱하기만 한 물위가 아니겠어요? 우리가 암스테르담에 도착하게 될 거라고 과연 어떻게 믿을 수 있나요? 우리는 이 거대한 성수반聖水盤에서 영원히 빠져나가지 못하게 될겁니다. 귀를 기울여보세요! 눈에 보이지 않는 갈매기들의 울음소리가 들리지 않습니까? 저놈들이 우리를 향해 외치고 있는 거라면 대체 우리보고 뭘 어쩌라는 외침일까요?

그러나 저것들은, 내가 치유되지 못했다는 것, 나는 여전히 궁지에 몰려 있다는 것, 어떻게든 도리를 강구해야 한다는 것을 확실하게 깨달은 그날, 이미 대서양 위에서 소리쳐 부르고 있던 바로 그 갈매기들입니다. 영광스럽던 삶은 이제 끝났지만 분노와 몸부림 역시 끝났습니다. 굴복하고 자신의 죄를 인정해야 했어요. 말콩포르에 갇혀서 살 수밖에 없었어요. 아참, 선생께선 중세시대 때 말콩포르라고 부르던 지하 독방 감옥을 모르시겠군요. 일반적으로 한 번 그 속에 들어가면 일생 잊힌 신세가 되죠. 그 독방이 다른 것들과 다른 점은 그 기발한 크기예요. 서 있을 만큼 높지도 않고 누울 수 있을 만큼 넓지도 않았거든요. 이러지도 저러지도 못한 채 대각선에서 지낼 수밖에 없었어요. 잠이 들면 추락할 것만 같고 깨어 있으면 웅크리고 있어야 했죠. 그러니, 선생, 너무나도 간단한 이 발상은 가히 천재적이었다고 해야겠지요. 날이면 날마다, 전신이 마비된 채 옴짝 달싹 못하는 수인은 자기가 죄인이라는 것을, 무죄란 바로 시원하게 사지를 뻗는 것임을 깨닫게 되었지요. 산이면 정상, 배면 상갑판에 익숙해진 사람이 그런 감방에 갇혀 사는 것을 상상할 수 있겠습니까? 뭐라고요? 그런 감방에 살면서 동시에 무죄일 수도 있는 것 아니냐고요? 있을 수 없죠. 절대 있을 수 없어요! 그런 일이 있다면 내 논리는 납작하게 무너

전락

져버리게요. 죄 없는 사람이 꼽추처럼 쪼그리고 지내야 한다는 가정은 나로서는 단 한 순간도 인정 못 해요. 사실, 우리는 그 누구의 무죄도 단정할 수 없지만 반면에 모든 사람이 다 유죄라는 건 확실하게 단언할 수 있습니다. 인간은 누구나 다른 모든 사람의 죄를 증언하고 있다는 것이 바로 내 신념이고 또 내가 바라는 바입니다.

분명히 말하지만, 종교란 훈계를 하고 계율을 내세우면 그 순간부터 틀려먹은 겁니다. 죄를 만들어내고, 벌을 주기 위해서 꼭 신이 필요한 건 아닙니다. 그런 것은 우리 인간들만으로 서로 도우며 충분히 할 수 있어요. 선생께선 최후의 심판 이야길 하고 싶겠죠. 실례지만 웃음이 나오는군요. 나는 당당하게 그걸 기다리고 있어요. 그보다 더한 것, 바로 인간들의 심판도 맛보았으니까요. 그들 세계에서는 정상참작은 있지도 않고 동기가 선량한 것도 죄로 몰립니다. 최근에 어느 나라 사람들이 자기들이야말로 지상에서 가장 위대하다는 것을 증명하기 위하여 고안해냈다는 가래침 감방 얘기는 적어도 들어보셨겠지요? 죄수가 안에 들어가 서면 옴짝달싹도 할 수 없게 벽을 쌓아 만든 상자예요. 시멘트로 된 조가비 같은 그 감방을 걸어 잠그는 견고한 문은 바로 그의 턱 높이에 딱 멈춰요. 그러니까 밖에서는 죄수의 얼굴만 보이는데, 지나가는 간수들이 저마다 그 얼굴에 가래침을 푸짐하게 뱉어대요. 죄수는 감방 속에 꼭 끼여 있어서 얼굴을 닦을 수 없어요. 하긴 눈을 감는 건 허락되어 있지만요. 어떻습니까, 선생. 그게 다름 아닌 인간들의 고안품이에요. 그 알뜰한 걸작을 만들어내는 데 그들에게 신이 필요한 건 아니었어요.

그래서요? 그래서 신의 유일한 유용성은 무죄를 보증하는 일일 터인데 나는 오히려 종교가 일종의 대대적인 세탁 작업이라고 생각하고 싶어요. 실제로 그 작업을 했던 일이 있었지만 그건 고작 3년이라는 짧은 동안뿐이었고 그 이름도 종교라고 불리지 않았어요. 그 뒤부터 우리는 비누가 없어서 씻지도 못한 채 서로 더럽다고 흉을 보고 살아요. 모두가 어리석고 모두가 벌을 받아 서로의 얼굴에 침을 뱉어대죠! 말콩포르에 가서 처박혀라! 이거예요. 요는 누가 먼저 침을 뱉느냐 하는 것뿐이에요. 선생, 내가 대단한 비밀을 한 가지 가르쳐드리죠. 최후의 심판을 기다릴 필요 없어요. 매일 매일이 최후의 심판이니까요.

아니, 아무것도 아녜요. 이 몹쓸 놈의 습기 때문에 몸이 좀 떨릴 뿐입니다. 더군다나 이제 다 왔습니다. 자, 됐어요. 먼저 나가시죠. 하지만 부탁이니, 그냥 가지 마시고 나하고 같이 좀 가십시다. 이야기가 아직 다 끝나지 않았으니 더 계속해야겠어요. 계속한다는 거, 바로 그게 어려운 거죠. 그런데 참, 선생은 사람들이 왜 그이를 십자가에 못 박았는지 아세요? 아마도 선생이 지금 마음속으로 생각하고 있는 바로 그 사람 말에요. 그래요. 거기에는 많은 이유가 있어요. 한 인간을 죽이는 데는 언제나 여러 이유가 있죠. 반대로 인간이 죽지 않고 사는 것을 정당화하는 건 불가능해요. 그래서 범죄에는 언제나 변호사들이 나서 주지만 무죄를 변호해줄 변호사는 간혹 있을 뿐입니다. 그러나 2000년 동안 우리에게 그토록 잘 설명해주었던 이유들 외에 그 끔찍스러운 죽음에는 한 가지 큰 이유가 있었는데도 사람들이 왜 그걸 그토록 알뜰하게 숨기고 있는지 알 수가 없어요. 그 진짜 이유는 말이죠, 그 사람도 자기가 완전히 결백하지 않다는 걸 알고 있었다는 거였어요. 사람들이 비난하는 그 잘못의 짐을 지지는 않는다 해도, 그는 딱히 어느 것인지 모르는 채로나마 다른 잘못들을 범했던 것입니다. 그런데 정말로 그는 그 잘못들을 몰랐을까요? 어쨌거나 자기 때문에 생긴 일이었는데 말입니다. 그도 필시 무고한 영아들이 학살당했다는 이야기를 들었을 겁니다.[*] 부모가 그를 안전한 곳으로 옮기고 있는 동안에 학살당한 유대 어린이들 이야기를 말입니다. 그의 탓이 아니라면 그 아이들이 왜 죽었겠습니까? 물론 그가 그렇게 되기를 바란 것은 아니지요. 그 피로 물든 병졸들과 두 동강 난 아이들을 보고 그는 치를 떨었을 거예요. 하지만 본래의 그는 그들을 잊어버릴 수 없었을 겁니다, 틀림없

* 마태복음 2장 16절: "이에 헤롯이 박사들에게 속은 줄 알고 심히 노하여 사람을 보내어 베들레헴과 그 모든 지경 안에 있는 사내아이를 박사들에게 자세히 알아본 그 때를 기준하여 그 아래로 다 죽이니."

어요. 그리고 그의 모든 행동에서 엿볼 수 있는 그 슬픔, 그건 자식들의 죽음 앞에서 애통함을 달랠 길 없어 오열하는 라헬의 목소리*를 밤새도록 듣고 있던 그 사람의 사무친 비애가 아니었을까요? 비탄은 어둠 속에서 솟고, 라헬은 그 사람 때문에 죽은 자식들을 불러대는데, 정작 그 사람 자신은 살아 있더란 말입니다!

알 것을 다 알고, 인간에 대한 무엇 하나 모르는 것이 없는 그. 아! 남을 죽게 만든 것 보다 스스로 죽지 않고 살아 있는 것이 더 중한 죄일 줄 누가 알았겠습니까! 밤이나 낮이나 죄인 줄모르고 진 죄와 마주 대한 그로서는 스스로를 지탱하고 견디기가 너무나 어려웠지요. 차라리 끝장내버리고, 스스로를 방어하지 말고 죽는 편이 나았어요. 그러면 혼자서 살아 있지 않아도 되고, 다른 곳으로, 어쩌면 도움받을 수 있는 곳으로 갈수도 있을 테니까요. 그러나 도움을 받지 못한 그는 탄식했어요. 그런데 한술 더 떠서, 결국 그의 말이 검열당했어요. 그래요. 그의 탄식을 처음으로 삭제하기 시작한 것은 제3 복음서를쓴 사람이었지요, 아마. "어찌하여 나를 버리셨나이까?" 이건반항의 부르짖음이 아닌가요? 그러니 싹둑, 가위질! 하긴 누

* 마태복음 2장 18절: "라마에서 슬퍼하며 크게 통곡하는 소리가 들리니 라헬이 그 자식을 위하여 애곡하는 것이라 그가 자식이 없으므로 위로받기를 거절하였도다 함이 이루어졌느니라."

전락

가[**]가 전혀 아무것도 삭제하지 않았더라면 우리는 사실을 알아차리기 어려웠을지도 모르죠. 어쨌건 그랬더라면 그 사실이 이토록 큰 자리를 차지하진 않았을 거예요. 그러니까 검열관은 자기가 금지하는 말을 오히려 큰 소리로 광고하는 결과가 됩니다. 세상의 질서에도 양면성이 있어요.

그렇다 해도 검열당한 쪽에서는 더 이상 계속할 수가 없었지요. 이건 내가 잘 알기에 하는 말이에요. 매 순간, 요 다음 순간까지 또 어떻게 연명할 수 있을지를 알 수 없던 시절도 있었지요. 그래요. 우리는 이 세상에서 전쟁을 할 수도 있고, 사랑의 흉내를 낼 수도 있고, 자기와 똑같은 인간을 고문할 수도 있고 신문에 떠들썩하게 이름을 낼 수도 있고, 아니면 그저 뜨개질이나 하면서 이웃 사람의 험담을 늘어놓을 수도 있어요. 그러나 어떤 경우, 계속한다는 것이, 그저 계속하기만 한다는 것이 그야말로 초인적인 일 만큼 어려워요. 그런데 그 사람은 초인적이지 않았어요. 내 말 믿어도 돼요. 그는 죽음의 고통을 외쳤어요. 그랬기 때문에 나는 그를 좋아한다 이 말씀입니다. 영문도 모르고 죽은 그를 말입니다.

불행하게도 그는 우리만 남겨놓고 가버렸어요. 그래서 우리

[**] 《작가수첩 3》, 1954년 12월 14일자: "누가와 더불어 진정한 배반이 시작된다. 고통하는 예수의 그 절망적인 절규를 없애버린 배반 말이다."

는 무슨 일어나든, 심지어 말콩포르 독방에 처박혀도, 그가 알았던 것을 우리도 알면서 그가 했던 대로 하지 못하고 그 사람처럼 죽지도 못한 채 그냥 계속하게 된 겁니다. 물론 그의 죽음 덕분으로 어떻게 좀 구원을 얻어보려고도 해봤지요. 어쨌든 우리한테 그가 한 말은 천재적이었어요. "그대들은 보잘것없는 존재들이다. 그래, 그건 사실이야. 그러니까, 세세하게 따져 볼 필요 없지! 내가 십자가에 올라가서 단번에 해결해 버리겠어!" 그러나 이제는 오로지 멀리서도 잘 보이도록 할 생각으로 십자가에 기어 올라가는 사람이 너무 많아요. 그 바람에 그토록 오래전부터 십자가에 매달려 있던 사람을 좀 밟아도 어쩔 수 없다는 식입니다. 너무나 많은 사람들이 너그러움을 무시한 채 애덕愛德을 실천하겠다고 합니다. 아아 이 무슨 불의란 말입니까! 그에게 가해진 이 불의는 생각하면 가슴이 쓰립니다!

아이구 또 제 버릇 못 고쳐서 변론이 술술 나오네요. 용서하십시오. 그럴 만한 까닭이 있으니 양해해 주세요. 여기서 몇 골목 더 가면 말이죠, '다락방의 우리 주님'이란 박물관이 하나 있어요.* 옛날에 이곳 사람들은 무덤을 지붕 밑에 썼더랬어요.

---

* 다락방 교회Ons' Lieve Heer op Solder 박물관을 가리킨다. 17세기에 이 건물 다락방에 비밀 가톨릭 교회가 자리잡고 있었기 때문에 붙은 이름이다.

이곳에선 지하실이 물에 잠기니 어쩌겠어요. 그러나 염려 마세요, 오늘날에는 그들의 주님이 계신 곳은 지붕 밑도 지하실도 아니에요. 그들은 자기들 마음 깊숙한 법정에 주님을 높이 떠들어 모셔놓고 사람을 후려치고 무엇보다 심판을 해요.. 주님의 이름으로 심판하는 거지요. 그분은 죄지은 여인에게 부드러운 목소리로 이렇게 말했지요. "나 또한 너를 단죄하지 아니하노라!" 그랬건만 상관없어요, 그들은 단죄하고 어느 누구도 용서하지 않아요. 주님의 이름으로 이것이 네 몫이다, 이거죠. 주님요? 그 분은 그렇게까지 요구하지 않았어요, 선생. 그분은 다만 사람들이 그를 사랑해주기를 바랐을 뿐입니다. 물론 그를 사랑하는 사람들도 있지요. 심지어 기독교 신자들 가운데까지 말입니다. 그렇지만 손가락으로 셀 수 있을 정도로 적은 숫자지요. 하긴 그분은 그걸 미리부터 예측하고 있었어요. 그에겐 유머 감각이 있었거든요. 베드로가, 아시다시피 겁쟁이인 베드로가 말이죠, 그분을 부인하면서 '나는 이 사람을 알지 못한다… 나는 그대가 무슨 소리를 하는지 모르겠다… 운운' 하는 거예요. 정말 해도 너무했어요! 그러자 그리스도는 말장난을 해 보입니다. "나는 이 베드로 위에 교회를 세우리니."** 이보다 더 신랄한 풍자는 없겠지요, 안 그래요? 그런데 웬

***

** 누가복음 22장 57절, 마태복음 16장 18절 참조. 베드로Pierre는 반석

걸, 그들은 여전히 의기양양이에요! "보라, 그의 말과 같도다!" 사실 그분은 그렇게 말했어요. 문제를 잘 알고 있었던 겁니다. 그러고는 영원히 떠나버렸고, 남은 사람들은 입으로는 용서를, 마음으로는 판결을 말하며 재판하고 단죄해요.

　이제 더 이상 연민은 존재하지 않는다고 할 수는 없으니 말예요. 아니, 천만의 말씀이죠. 오히려 우리는 지칠 줄 모르고 연민을 입에 올리죠. 다만 더 이상 무죄방면이 없을 뿐이죠. 결백함이 사망하자 재판관들이 잔뜩 생겨났지요. 온갖 종류의 재판관들, 그리스도편, 그리스도 반대편, 하기야 말콩포르 독방에서 서로 화해한 처지이고 보면 양쪽 다 같은 패죠. 사실 기독교도들만 족쳐낼 건 아니죠. 다른 사람들도 한통속이에요. 이 도시에서 데카르트가 살던 집들 중 하나가 지금은 뭘로 변했는지 아세요? 정신병자 수용소가 되었어요.* 그렇습니다. 광증이 미만하고 박해가 횡행하고 있어요. 물론 우리들도 거기에 가담하지 않을 수 없는 처지죠. 짐작하셨겠지만 나는 아무것도 눈감아주지 않아요. 또 선생도 그만 못지않다는 걸 나는 알지요. 그런즉 우리는 모두가 재판관이므로 모두가 남의 눈에는 죄인이고, 모두가 저마다 추악한 방식으로 그리스도가

〔盤石〕을 의미한다.
*　정신병원으로 변한 르네 데카르트의 옛집은 실제로는 암스테르담이 아니라 레이던에 있다.

되어, 한 사람 한 사람, 언제나 영문도 모르고 십자가에 못박힙니다. 적어도 이 클라망스가 출구를, 유일한 해결책을, 요컨대 진리… 를 발견하지 못했더라면 우리 모두가 그렇게 되었을 거다 이런 말씀입니다….

아니, 이제 그만 하겠어요, 친구님. 걱정 마세요! 게다가 이제 헤어질 때도 됐습니다. 여기가 내 집 문 앞이니까요. 고독하게 지내며 피로까지 겹치다 보면 별수 있습니까, 자기가 무슨 선지자나 된 듯이 여길 때도 있답니다. 따지고 보면 제 정체가 바로 그거지요. 돌과 안개와 썩은 물의 사막 속으로 피신해온, 용렬한 시대에 어울리는 속 빈 선지자, 신열과 술로 가득찬 몸뚱이로 이 곰팡내 나는 문에 기대고 서서, 손가락으로 나지막한 하늘을 가리키며, 심판을 견디지 못하는, 저 법 없는 인간들에게 저주를 퍼붓고 있는, 구세주 잃은 엘리야 말입니다. 친애하는 선생, 인간들은요, 정말이지 심판을 견디지 못해요. 모든 문제는 바로 거기에 있어요. 율법을 따르는 자는 심판을 두려워하지 않아요. 그의 믿음인 질서 속으로 심판이 그를 되돌려놓으니까요. 그러나 인간에게 최악의 고통은 법 없이 심판받는 것입니다. 그런데 글쎄 우리가 바로 그 고통 속에 빠진 거예요. 고삐 풀린 재판관들은 닥치는 대로 날뛰며 마구잡이로 해치우는 겁니다. 그러니 어쩌겠어요, 그들보다 한발 앞서 가려고 애쓸 수밖에요? 그러자니 일대 혼란이지요. 선지자들이며 돌팔이 의사들이 마구 불어나서 훌륭한 율법이나 빈틈없는 조직을 내세우며 온 세상에 인적이 없어지기 전에 도착하겠다고 서둘러댑니다. 천만다행으로 나는 도착했어요! 나는 마침이요 시작이로다.* 내가 율법을 선포하노라. 요컨대 나는 재판관 겸 참회자입니다.

네, 그럼요, 이 멋진 직업이 어떤 일을 하는 것인지는 내일 말씀드리지요. 모레 떠나신다니 그럼 시간이 촉박하겠군요. 제 집으로 오세요. 괜찮으시다면. 초인종을 세 번 누르세요. 파리로 돌아가시는 겁니까? 파리는 먼 곳이죠. 파리는 아름다운 곳이죠. 잊지 않고 있어요. 거의 이맘때에 파리에서 볼 수 있는 황혼이 기억납니다. 연기가 파랗게 피어오르는 지붕들 위로 건조하게 바스락거리며 저녁이 내리면 거리는 나지막한 소음으로 울리고 강물은 상류로 거슬러 흐르는 것 같지요. 그럴 때면 나는 거리를 방황하곤 했죠. 그들도 지금쯤 방황하고 있을 테지요, 틀림없어요! 지쳐서 기다리고 있는 아내나 말끔한 집을 향해 발길을 서두르는 체하며 방황하고 있는…. 아! 친구 양반, 대도시에서 방황하는 고독한 인간이란 어떤 것인지 아십니까?

---

* 요한묵시록 21장 6절: "나는 알파와 오메가요 처음이자 마지막이다."

6

자리에 누워서 손님을 맞으니 민망하군요. 별일 아닙니다. 몸에 열이 좀 있어서 약 대신 진을 마시고 있습니다. 이런 발작엔 길이 들었어요. 아마도 내가 교황이었을 적에 걸린 말라리아 같아요. 아닙니다, 농담 같겠지만 반은 진담이에요. 선생이 무슨 생각을 하는지 알아요. 내가 하는 이야기에서 거짓과 진짜를 분간하기가 참 어렵다 이거죠. 솔직히, 선생 생각이 옳아요. 나 자신도⋯ 그런데 말이죠, 내 가까운 이들 중 어떤 사람은 인간을 세 가지 부류로 나누더군요. 거짓말을 할 수밖에 없게 되기보다는 숨길 게 아무것도 없는 편이 낫다고 생각하는 부류, 아무 것도 숨길 것이 없는 것보다는 차라리 거짓말을 하는 편이 낫다고 생각하는 부류, 그리고 끝으로 거짓말과 비밀을 둘 다 좋아하는 부류가 그것인데 내가 어느 편에 제일 잘 들어맞을지는 선생의 선택에 맡기죠.

하기야 아무러면 어때요? 거짓말도 결국 진실의 길로 인도하는 게 아닐까요? 그리고 거짓말이건 참말이건 내 이야기는 모두 같은 목표를 지향하는 게 아닐까요? 모두 같은 의미를 지닌 게 아닐까요? 그러니 둘 다 과거의 나와 현재의 나를 말해주는 것이라면 거짓이든 참이든 무슨 상관이겠어요? 때로는 참말을 하는 사람보다 거짓말을 하는 사람의 속이 더 훤히 들여다보이는 걸요. 진실은 빛처럼 똑바로 보면 눈이 부셔요. 반대로 거짓말은 아름다운 석양빛과 같아서 사물 하나하나를 뚜렷하게 보이게 하지요. 어쨌든 선생 좋을 대로 생각하세요. 그런데 나는 포로수용소에 있을 적에 교황에 지명됐었답니다.

좀 앉으세요. 방안을 살펴보시는군요. 그래요, 장식 없이 빈 방이지만 말쑥하지요. 가구도 냄비도 없는 한 폭의 베르메르 그림같죠. 책도 없고요. 독서는 오래전에 그만뒀어요. 전에는 집안이 반쯤 읽은 책들로 가득했었지요. 그건 거위의 간만 떼 내고 나머지는 버리는 작자들만큼이나 역겨워요. 사실 난 이제 고백하는 것밖에는 좋아하는 게 없어요. 고백록의 저자들은 무엇보다 고백하지 않으려고, 자기들이 알고 있는 것을 전혀 말하지 않으려고 쓰는 겁니다. 그들이 고백하겠다고 나설 때야말로 경계해야 할 순간이죠. 시체에 분장을 하려는 것이니까요. 정말이지, 나는 일테면 귀금속 세공사예요. 그래서 난 딱 끊었어요. 책도 쓸데없는 물건도 다 없애고 꼭 필요한 것만 남기니 관棺처럼 깔끔하고 매끈해요. 사실 이처럼 딱딱한 네덜란드 침대에 순백

의 시트를 깔아놓았으니 사람들은 거기서 순결함으로 방부처리
된 채 이미 수의에 감싸여 죽는 거예요.

내가 교황 시절에 겪은 일들이 궁금하신가요? 뭘요, 그저 평
범한 일들뿐이었어요. 그 이야기를 할 힘이 있냐고요? 네, 열
이 좀 내리는 것 같아요. 아주 오래전 이야기랍니다. 롬멜 장
군 덕분에 전쟁이 한창이던 아프리카에서였죠. 아니 내가 참
전했던 건 아니니 안심하세요. 전에 이미 유럽 전쟁도 면했던
걸요. 물론 동원은 되었지만 전선에 나간 적은 없어요. 어느
의미로는 유감이죠. 그랬더라면 아마 여러모로 달라졌을지도
모르잖아요? 프랑스 군대는 전선에서 나를 필요로 하지 않
어요. 그저 후퇴에 참가하라고만 했어요. 그 뒤 나는 파리로,
독일 사람들에게로 돌아왔죠. 나는 그 무렵 사람들 입에 오르
내리기 시작하던 레지스탕스 운동에 마음이 끌렸어요. 그와
거의 때를 같이해서 내가 애국자라는 것을 알아차렸거든요.
웃으시는군요. 잘못 생각하신 겁니다. 내가 그걸 깨달은 것은
지하철 샤틀레역 지하도에서였죠. 개 한 마리가 그 미로에서
길을 잃고 헤매고 있더군요. 큼직하고 털이 뻣뻣하고 한쪽 귀
가 찌부러진 그 개는 장난기 어린 눈으로 껑충껑충 뛰어다니
며 지나가는 사람들의 정강이 냄새를 맡곤 했어요. 나는 오래
전부터 변함없이 개를 아주 좋아했어요. 개는 언제나 용서해
주기 때문에 좋아했죠. 나는 그 개를 불렀어요. 그랬더니 이놈
은 반갑다는 듯 꼬리를 흔들며 응하는 것이 분명한데도 몇 미

터 떨어진 곳에서 주저하더군요. 그때 어떤 젊은 독일 병사가 경쾌한 걸음걸이로 내 옆을 지나쳐갔어요. 그는 개 앞에 이르자 녀석의 머리를 쓰다듬었어요. 개는 주저함도 없이 아까처럼 신이 나서 그 병사의 뒤를 따라 사라져버렸어요. 원통함과 내가 그 독일 병사에 대하여 느낀 분노의 성격으로 보아 내 반응이 애국심에서 우러나온 것임을 인정하지 않을 수 없었습니다. 만약에 그 개가 어떤 프랑스 민간인을 따라갔다면 나는 신경도 쓰지 않았을 거예요. 그와 반대로 어떤 독일군 연대의 마스코트가 된 그 귀여운 개를 상상하자 그만 화가 치밀어 올랐어요. 그러니 반응 검사의 결과는 의심의 여지가 없어요.

나는 레지스탕스에 대해 알아볼 생각으로 남부 지구로 갔습니다. 그러나 그곳으로 가서 실정을 알고 나자 주저하게 되더군요. 그러한 모험은 내가 보기에 좀 무모하다, 한 마디로 낭만적이다 싶었죠. 특히 지하운동이란 건 내 기질에도 맞지 않고 바람 잘 통하는 산꼭대기 체질의 내 취향에도 어울리지 않는 것 같았어요. 마치 나보고 주야장천 지하실에 처박혀 태피스트리나 짜고 있으라는 것 같았고, 게다가 결국은 폭도들이 들이닥쳐 나를 쫓아내고, 우선 애써 짠 태피스트리를 망가뜨린 다음 나를 다른 지하실로 끌고 가서 죽도록 구타할 것 같았어요. 나는 이런 깊은 지하의 영웅주의에 몸 바치는 사람들에 대해 감탄하긴 했어도 그들처럼 할 수는 없었어요.

그래서 나는 런던에 가서 합류해보겠다는 막연한 생각을 가지고 북아프리카로 건너갔어요. 그러나 아프리카에 가보니 상황이 분명치 않았고 또 서로 대립하는 진영들이 내가 보기에는 어느 쪽이나 다 일리가 있는 것 같아 그만 기권해버렸습니다. 당신 표정을 보니, 의미 있는 것 같은 이 대목의 디테일들을 슬쩍 지나쳐 버린다 이거군요. 사실은요, 나는 당신이라는 인물의 진가를 알기에 그렇게 슬쩍 지나가면 오히려 그 부분을 더 잘 주목할 것 같아서 그랬다고나 할까요. 어쨌거나, 결국 나는 튀니지로 갔어요. 거기서 어떤 다정한 여자 친구가 일자리를 구해주었어요. 영화계에서 일하는 아주 똑똑한 여자였지요. 그 여자를 따라 튀니스로 갔는데 연합군이 알제리에 상륙한 뒤 며칠이 지나서야 그 여자의 진짜 직업이 무엇인지 알게 되었어요. 그날 그 여자는 독일군에 체포되었고 나 역시 영문 모른 채 붙잡혔죠. 그 여자가 어떻게 되었는지는 모르겠어요. 나는 아무런 해도 당하지 않았지만 심한 불안감을 맛본 끝에 그것은 무엇보다 안전을 위한 조치였다는 것을 알게 되었어요. 나는 트리폴리 근처 수용소에 감금되었는데 열악한 대우보다 목마름과 궁핍이 더 고통스러웠어요. 그때의 사정을 자세하게 설명하지는 않겠습니다. 20세기 후반의 우리는 그림을 그려 보이지 않아도 그런 종류의 장소들이 어떤 곳 인지 상상할 수 있어요. 지금으로부터 150년 전에는 사람들이 호수와 숲을 보고 감동했지요. 오늘의 우리에게는 감옥의 로망이 있어요. 그러니까 선생만 믿겠습니다. 거기에다 약간의 디테일들만 추가해보세요. 더위, 수직으로 내려꽂히는 햇빛, 파리떼, 모래, 물 부족 같은 것 말입니다.

나와 함께 젊은 프랑스 사람이 하나 있었는데 신앙인이었어요. 그래요! 그야말로 동화 같은 이야기죠. 이를테면 맹장猛將 뒤게클랭* 같은 인물이었죠. 그는 싸우겠다고 프랑스에서 스페인으로 넘어갔어요. 그런데 가톨릭 신자인 프랑코 장군이 그를 잡아 가둬버렸어요. 프랑코파의 수용소에서는 콩밥도 이를테면 로마 교황의 축성을 받은 것임을 목격하자 그는 깊은 슬픔에 빠졌어요.** 그 후 그가 흘러든 아프리카의 하늘도, 수용소의 한가한 나날도 그의 슬픔을 덜어주지는 못했답니다. 그러나 온갖 고민에 더하여 뜨거운 햇빛에 시달린 나머지 그는 약간 비정상으로 변했어요. 어느 날 납덩어리도 녹아내릴 지경인 텐트 속에서 한 10명 남짓한 우리가 파리들에게 시달리며 헐떡거리고 있는데 그는 그가 "로마인"***이라고 부르는 자를 헐뜯는 독설을 되풀이했어요. 그는 여러 날 동안 자란 수

---

* Bertrand Du Guesclin(1320-1380): 중세 프랑스 최고의 기사. 1365~1370년 스페인 카스티야 내전에서 적에게 포로가 되었다가 다시 풀려나 큰 공을 세운 프랑스 장군.
** 카뮈는 〈《반항하는 인간》의 옹호〉라는 글의 초고에서 "기독교를 좋아하고 싶은 마음을 꺾어버리게 만드는 많은 기독교인들"이 있다는 것을 설명하기 위하여 "프랑코 편에 선 주교들"을 예로 들고 있다.
*** 여기서는 로마 교황을 암시한다.

전락

염, 넋이 나간 눈으로 우리를 쳐다보았어요. 벌거벗은 상반신이 땀에 젖은 채 두 손으로 앙상하게 드러난 갈비뼈를 피아노 건반인 양 툭툭 건드렸어요. 그러면서 옥좌에서 기도하는 대신 불행한 사람들 속에서 살아가는 어떤 새로운 교황이 필요하다고 선언했습니다. 그것도 빠를수록 좋을 것이라고요. 그는 고개를 젓고 넋이 나간 눈으로 우리를 바라다보며 "그래, 최대한 빨리!" 하고 되풀이했어요. 그러다가 갑자기 평정을 되찾고 침통한 목소리로, 우리 가운데서 그 교황을 뽑아야 한다고, 장점 단점을 합쳐서 손색없는 사람으로 정해야 한다고, 또 그 교황이 그와 다른 사람들의 마음속에 우리 고통의 공동체를 살아 움직이도록 지탱시켜 주기만 한다면 우리는 그에게 복종해야 한다고 말했어요.

"우리 가운데 약점이 가장 많은 자는 누구지?" 하고 그가 말했습니다. 내가 장난 삼아 손을 들었는데 막상 돌아보니 손을 든 건 나 하나뿐이었어요. "그럼 좋아! 장바티스트가 맡지." 아니, 그가 그렇게 말한 건 아니었어요. 당시 나는 이름이 달랐으니까요. 그는 적어도 내가 나 자신을 지목했다는 건 가장 확실한 미덕의 증거라면서 나를 뽑자고 제안했어요. 다른 사람들도 찬성했죠. 장난삼아 그랬지만 그래도 좀 진지한 면도 엿보였어요. 사실 우리는 뒤게클랭에게 압도당했어요. 나 자신도 그냥 웃자고만 그러지는 않았었다는 생각이 들어요. 우선 그 우리 친구 예언자의 생각이 옳은 것 같았고 또 따가운 햇빛, 너

전락

무 힘든 노동, 저마다 물을 마시겠다고 달려드는 싸움 등, 요컨대 우리는 모두 제정신이 아니었어요. 어쨌건, 나는 몇 주일 동안 교황 노릇을, 점점 더 심각하게 해나갔어요.

무슨 일을 했느냐고요? 아, 그저 무리의 대장이랄까 감방의 서기 같은 뭐 그런 거였죠. 아무튼, 다른 사람들은, 신자가 아닌 사람들까지도, 나에게 습관적으로 복종했어요. 뒤게클랭은 아파서 괴로워했어요. 나는 그의 병을 다스렸지요. 그때 나는, 교황 노릇이 생각처럼 그렇게 쉽지 않다는 걸 깨달았어요. 어제도 선생께 우리의 형제인 재판관들을 경멸시하는 말을 하고 나자 또 그때 생각이 났었어요. 수용소에서 큰 문제는 물을 분배하는 일이었죠. 우리 외에도 정치적, 종파적으로 뭉친 몇몇 다른 그룹들이 만들어져서 각자 자기 편을 두둔했어요. 그래서 나도 내 사람들 편을 들게 되었는데 그건 이미 조그만 양보였죠. 우리 사이에서도 나는 완전한 평등을 유지할 수가 없었어요. 동지들의 상태나 그들이 해야 했던 작업에 따라 어떠어떠한 사람을 우대했죠. 그런 차별을 하기 시작하면 사실 끝이 없게 됩니다. 하지만, 정말이지, 피곤해서 그때 생각은 더 이상 하고싶지 않아요. 다만 내가 어느 날 다 죽어가는 동지의 물을 마신 순간 나는 원점으로 되돌아오고 말았다고만 해두죠. 아니 뒤게클랭은 아니었어요. 그는 이미 죽은 뒤 같아요, 그는 너무 심하게 금식했어요. 그리고 만약 그가 죽지 않고 살아 있었다면 그를 생각 해서라도 나는 더 오래 견뎠을 겁니다. 사실 나

전락

는 그를 사랑했으니까요. 그럼요. 사랑했어요. 적어도 마음은 그랬어요. 그러나 나는 물을 마셔버렸어요. 그건 엄연한 사실입니다. 어차피 죽게 될 그 사람보다 다른 사람들이 나를 더 필요로 하니, 나는 그들을 위해서 건강을 유지해야 한다고 스스로 타이르면서 말입니다. 제국들이나 교회들은, 선생, 바로 이렇게 죽음이라는 태양 아래서 태어나는 겁니다. 어제 내가 한 이야기를 좀 수정하기 위해서, 이 모든 이야기를 하는 중에 떠오른 중대한 생각을 말씀드리지요. 지금까지 한 이야기가 꿈이었는지 실제였는지 이제는 잘 알 수도 없습니다만. 그 중대한 생각이란 바로 교황을 용서해야 한다는 거예요. 우선 교황은 누구보다도 더 용서를 필요로 합니다. 다음으로, 그것이 교황보다 더 높아지는 유일한 방법이니까요….

　아 참! 문을 잘 잠궜나요? 그래요? 제발 좀 확인해주세요. 미안합니다. 빗장 콤플렉스가 있어서요. 잠자리에 들어 잠이 들려고 하면 빗장을 잠궜는지 도무지 생각이 나질 않는다니까요. 밤마다 그걸 확인하려고 일어나야 해요. 앞서 말했듯이 자신할 수 있는 게 하나도 없어요. 빗장에 대한 나의 이런 불안이 겁많은 부자 특유의 반응이라 여기진 마세요. 전에 나는 아파트 문도 자동차도 잠그지 않았어요. 돈을 움켜쥐고 있으려 하지도 않았고 소유에 집착하지도 않았어요. 솔직히, 소유한다는 걸 좀 부끄럽게 생각했지요. 사교모임에서 한 마디 할 때면 "여러분, 재산이란 살인입니다!" 하고 자신있게 외쳐대기도 했어요. 훌륭한 자격에 비해 가난한 사람과 나의 부를 나누어 가질만한 도량은 못 되지만 혹시 들지도 모를 도둑들에게 재산을 개방해두고 우연이 불공평을 해소해주기를 기대했어요. 사실 지금 나는 아무것도 가진 게 없어요. 그러니까 나는 나의 안전을 걱정하는 게 아니라 나 자신과 나의 평정을 걱정하는 거예요. 또한 내가 바로 왕이고 교황이고 재판관인 이 밀폐된 작은 세계의 문을 꼭꼭 닫아 놓으려고 애를 써요.

그럼, 부탁이니, 저 벽장을 좀 열어주시겠습니까. 네, 그 그림요. 그걸 잘 보세요. 못 알아보시겠어요? 〈공정한 재판관들〉이죠. 놀라지 않으시네요? 선생의 교양에 구멍이 났나요? 하지만 신문을 읽으셨다면 기억하실 텐데요. 1934년 겐트의 생바봉 대성당에서 반 아이크의 저 유명한 제단 장식화 〈신비로운 어린양〉* 패널들 가운데 한 판이 도난당한 사건 말입니다. 그 패널의 제목이 '공정한 재판관'이었지요. 그 성스러운 동물에 경배하려고 말을 타고 오는 재판관들의 그림이었어요. 지금 그 그림 대신 탁월하게 모사한 그림을 붙여놓았어요. 원화는

---

* L'Agneau mystique: 벨기에 겐트의 생바봉 대성당 제단을 장식하기 위하여 설치한, 여러 개의 패널로 구성된 이 전례용 그림은 1432년 반 에이크 형제가 완성한 작품이다. 1934년 10월 10일과 11일 사이의 밤에 그중 두 개의 패널(〈공정한 재판관들〉과 〈세례 요한〉)이 도난당했다가 후자는 되돌아왔고 전자는 조젭마리 반데르베켄이 그린 복사화로 대치되었다.

전락

끝내 찾지 못했으니까요. 그런데 이게 그 원화예요. 아니, 나는 아무 관계가 없어요. 지난 저녁에 선생께서 보셨던, '멕시코시티'의 단골손님이 잔뜩 취했던 어느 날 저녁, 술 한 병 값에 고릴라에게 그 그림을 팔았어요. 나는 처음에 우리 친구에게 그걸 잘 보이는 곳에 오래동안 걸어두라고 권했죠. 그래서 사람들이 온 세상 구석구석으로 그들을 찾아다니는 동안 저 경건한 재판관들은 '멕시코시티'에서 주정뱅이들과 기둥서방들 머리 위에서 내려다보고 있었다 이겁니다. 그 후 고릴라는 내 요청에 따라 그걸 이곳에 갖다 맡겨두었어요. 그 녀석은 그러면서도 좀 인상을 썼지만 내가 사건의 내용을 설명해주자 겁을 집어먹었어요. 그 뒤부터 저 존경할 만한 재판관들은 나의 유일한 벗의 구실을 해주고 있답니다. 그 술집 카운터 위에 그 그림을 떼어낸 빈자리를 선생도 보셨지요.

　왜 내가 그림을 반환하지 않았느냐고요? 아, 이거 꼭 형사 같은 반응을 보이십니다그려, 선생! 혹시라도 이 그림이 내 방 안에 흘러들어왔다는 것을 마침내 누가 알아차리기라도 하는 날에는 예심 판사에게 진술할 내용 그대로 선생께 대답해드리죠. 첫째, 이건 내 것이 아니라 '멕시코시티' 주인의 것이고, 겐트의 대주교 못지않게 그도 그걸 소유할 자격이 있기 때문이죠. 둘째, 〈신비로운 어린양〉 앞을 줄 서서 감상하며 지나가는 사람 중에 모사화와 원화를 분간할 수있는 사람은 아무도 없으니 결과적으로 아무도 나 때문에 피해 입는 일은 없기 때문입니다. 셋째, 이렇게 함으로써, 나는 군림하기 때문입니다. 가짜 재판관들을 보고 세상 사람들이 감탄할 때 오직 나 만이 진짜 재판관들을 알고 있는 겁니다. 넷째, 이리하여 나는 감옥에 갈 기회를 얻게 되었으니 이건 어느 면 솔깃해지는 일이지요. 다섯째, 이 재판관들은 어린양을 만나러 가고 있지만, 이젠 더 이상 어린양도 결백함도 없고 따라서 이 그림을 훔쳐 간 재주 좋은 도둑은 그저 알 수 없는 정의의 도구였을 뿐이니 그를 방해하지는 않아야겠기 때문입니다. 끝으로, 우리는 이렇게 순리에 따르는 것이기 때문입니다. 결백은 십자가에, 정의는 벽장 안에, 이처럼 정의와 결백이 결정적으로 분리된 이상 내겐 내 신념대로 일할 수 있는 완전한 자유가 생긴 거죠. 숱한 실망과 모순을 체험하고 나서 마침내 확보한 재판관 겸 참회자라는 이 어려운 직업을 나는 거리낌 없이 수행할 수 있어요. 선생이 떠나신다니 이제 드디어 그 직업이 어떤 것인지를 이야기할 때가 되었군요.

그러기 전에 우선 몸을 일으키고 숨을 좀 편히 쉬어야겠어요. 아! 정말 피곤하군요! 내 재판관들을 도로 넣고 자물쇠를 채워주세요. 고맙습니다. 재판관 겸 참회자의 일을 나는 지금 이 순간에도 수행중입니다. 평소에 내 사무실은 '멕시코시티'에 있지만 본래 중대한 천직들은 일터를 넘어서 연장되기 마련이지요. 심지어 자리에 누워서도, 열이 있어도 나는 직무 수행 중입니다. 하기야 이런 직업은 수행하는 게 아니라 상시로 호흡하는 거지요. 사실 지난 닷새 동안 내가 선생에게 그렇게 긴 이야기를 그저 재미로 한 거라고 생각진 마십시오. 아니지요. 전에는 공연한 빈말을 어지간히도 지껄였지만 지금 내 이야기에는 의도한 방향이 있어요. 물론 그건 웃음소리를 멈추게 하고, 비록 겉보기엔 빠져나갈 구멍이 없어 보이지만, 개인적으로 심판을 피하겠다는 의도에 따른 방향이죠. 심판을 피하지 못하게 막는 가장 큰 장애는 우리가 누구보다도 먼저 우리 자신을 단죄한다는 점 아니겠어요? 그러므로 우선 단죄의 대상을 모든 사람으로 무차별적으로 확대하기 시작해야돼요. 그래야 단죄에 물타기를 할 수 있거든요.

어느 누구에게도 결코 용서는 없다, 이것이 내가 시작부터 세운 원칙입니다. 나는 좋은 의도, 존중할 만한 과오, 헛디딤, 정상참작을 인정하지 않아요. 나의 세계에서는 축복해주는 일도 없고 사면을 베풀지도 않아요. 단지 덧셈을 한 다음 "모두 합해서 얼마다. 당신은 성도착자, 허언증 환자, 호모, 예술가, 등이다" 라는 식이죠. 그냥 그렇게, 깔끔하게. 철학에 있어서건 정치에 있어서건 나는 그러니까 인간에게 결백을 거부하는 이론과 인간을 유죄로 취급하는 실천에 찬성입니다. 보시다시피, 나는 말이죠, 종속의 양식 있는 지지자랍니다.

종속 없이는 결정적인 해결은 없어요. 나는 일찍부터 그걸 깨달았습니다. 전에 나도 입만 열면 자유뿐이었어요. 아침 식사 때 그걸 빵에 발라서 하루 종일 씹고 다니면서 자유로 신선

해진 냄새가 그윽히 풍기는 입김을 온 세상에 내뿜었지요. 누구든 내 말을 반박하는 자가 있으면 이 주문呪文을 들이댔고 그것을 내 욕망과 권력에 이용했어요. 잠자리에서 잠자는 정부들의 귀에다 대고 그 말을 속삭이면 나중에 그 여자들을 따버리는 데 도움이 되었어요. 그 말을 슬그머니 밀어넣으면…. 아이고, 이거 흥분한 나머지 도가 지나쳤네요. 요컨대, 나도 자유라는 것을 좀 더 사심 없는 용도로 써먹기도 했고 심지어, 물정 모르고 한 짓이긴 했지만, 두세 번은 그걸 옹호하기까지 했어요. 그걸 위해서 목숨을 걸지는 않았지만 그래도 약간의 위험을 무릅쓰긴 했었으니까요. 그런 무모한 짓을 한 걸 용서해주셔야겠어요. 뭐가 뭔지 모르고 한 것이니 말입니다. 자유가 포상도 아니고, 샴페인을 터뜨리며 축하할 훈장도 아니라는 걸 나는 몰랐어요. 또 그게 무슨 선물이나, 입을 즐겁게 해주는 달콤한 과자 상자도 아니라는 걸 말입니다. 오! 아니고말고요. 반대로 자유는 고역이지요. 어지간히도 외롭고 어지간히도 지겨운 장거리 경주라고요. 샴페인도 없고, 다정스럽게 당신을 바라보며 술잔을 들어줄 친구도 없어요. 침울한 방 안에 혼자, 재판관들 앞 피고석에 혼자, 그리하여 자기 자신과 대면한 채, 혹은 남들의 심판과 대면한 채 혼자 결정을 내려야 하는 겁니다. 모든 자유의 끝에는 판결이 기다리고 있습니다. 바로 그렇기 때문에 특히, 몸에 열이 있거나 아플 때, 혹은 아무도 사랑하지 않을 때, 자유는 너무 무거운 짐입니다.

아! 선생! 신도 없고 주인도 없는 고독한 사람에게 나날의 삶의 무게는 끔찍한 것이죠. 그러므로 신을 믿는 게 더 이상 유행이 아니니, 주인을 하나 선택할 필요가 있어요. 하기야 신이란 말은 이제 아무 의미도 없어졌어요. 그걸 들먹이며 남에게 충격을 줄 가치도 없는 말이죠. 가령 우리네 모럴리스트들을 좀 보세요. 그렇게도 진지하고, 이웃이니 뭐니, 온통 사랑하지 않는 게 없는 그들은 요컨대 기독교도의 정신 상태와 다를 게 전혀 없어요. 다만 교회에 가서 설교를 하지 않는다 뿐이죠. 선생 생각엔 그들이 왜 신자가 되지 않는 것 같으세요? 아마도 존중, 인간들에 대한 존중, 그래요 인간적인 존중 때문이겠죠. 그들은 스캔들을 일으키고 싶지 않아서 본심을 드러내지 않는 겁니다. 그리하여 내가 아는 어떤 무신론자 소설가는 저녁마다 기도했어요. 그러면서도 전혀 거리낌이 없었어요. 그가 자기 책에서 신을 얼마나 비판했는지! 누군가의 말처럼, 정말 사정없는 주먹질이었어요! 사실 나쁜 의도는 없이 내가 그저 어느 자유사상가 투사에게 그 사실을 털어놓았더니 이 사도는 팔을 하늘로 쳐들면서 "뭐 전혀 새로울 게 없는 일이죠. 그들은 하나같이 다 그래요." 하고 한숨을 내쉬는 것이었어요. 그의 말에 의하면 우리 작가들 중 80퍼센트는 만약 저서에 자기 이름을 밝혀서 서명하지 않을 수만 있다면 신의 이름을 글로도 쓸 뿐만 아니라 찬양도 할 거랍니다 그러나 작가들은 자기 이름을 밝히며 서명하는데,* 그의 말에 의하면, 그 이유는 그들이 그들 자신을 사랑하기 때문이랍니다. 또 그들은 아무것도 찬양하지 않는데 그건 그들이 자신을 혐오하기 때문이랍니다. 그러면서도 심판을 안 하고는 못 배기기니 모럴로 만회하려는 겁니다. 요컨대 그들은 덕스러운 악마주의 도당입니다. 정말이지 해괴한 시대죠! 그러니 사람들의 머릿속이 혼란스러운 것도 놀랍지 않고, 내 친구 중 한 사람이 나무랄 데 없는 남편이었을 적에는 무신론자였다가 간통을 범하게 되자 기독교 신자가 된 것도 놀랍지 않다 이겁니다!

아! 엉큼한 소인배들, 희극배우들, 위선자들! 그걸 보면 너무나 감동적이지요! 네, 그래요, 정말 그들은 모조리 다 그래요. 심지어 하늘에다 불을 지를 때도. 무신론자건 독실한 신자건, 모스크바 사람이건 보스턴 사람이건, 아버지에서 아들까지 한결같은 기독교도들입니다.** 그렇지만 이제는 아버지도 규칙도 없게 되었다 이겁니다! 우리는 자유예요. 그러니 각자 알아서 해야 할 텐데, 그들은 무엇보다도 자유나 자유가 내리는 판결은 한사코 싫은지라, 제발 벌을 내려주십사고 빌고 무시무시한 규칙들을 꾸며내는가 하면 교회를 대신할 화형대를 쌓아올리려고 내닫습니다. 정말이지 사보나롤라 같은 자들이

---

* 이것은 카뮈 자신의 생각인 것 같다. 《작가수첩 2》 1948년 기록 참조.
** 기독교의 일탈이 현대 전체주의 이데올로기, 특히 볼셰비즘의 기원이라는 생각은 카뮈의 글에 자주 등장한다. 가령 《작가수첩 2》 참조.

전락

라니까요. 그런데 그들은 죄만 믿을 뿐 은총은 절대로 안 믿어요.*** 물론 그걸 생각은 하죠. 은총이야말로 그들이 바라는 것이니까요. 긍정, 신뢰, 삶의 행복, 또 혹시 압니까, 그들은 감상적이기도 하니, 약혼이라든가 순결한 처녀, 올곧은 남자, 음악, 이런 걸 바라겠죠. 나는, 가령, 감상적이지 않아서, 뭘 꿈꾸었는지 아세요? 온 마음과 몸을 다하여 밤낮으로 끊임없는 포옹 속에서 쾌락과 흥분에 젖는 완전한 사랑, 그런 걸 한 5년간, 그런 다음엔 죽음이죠. 딱하게도!

그런데 말입니다, 약혼도 끊임없는 사랑도 안되니 그렇다면 폭력과 채찍으로 다스리는 난폭한 결혼일 수밖에요. 핵심은 만사가 어린애들 세계에서처럼 단순해지고, 모든 행동 하나하나가 명령 복종이며 선과 악이 자의적인, 그러니까 자명한 방식으로 규정되어야 한다는 거죠. 시칠리아 사람, 자바 사람 같아서 기독교도 같은 면은 손톱만치도 없는(하기야 기독교도들 중 첫 번째 사람에 대해 우정을 느끼고 있긴 하지만)나는 그것에 찬성입니다. 그러나 파리의 다리 위에서 나 역시 내가 자유를 두려워한다는 걸 깨달았어요. 그러니 그게 누구건, 하늘의

*** 《작가수첩 3》 참조. 카뮈는 사르트르와 논쟁과 갈등이 한창이던 1952년 수첩에 적는다. "《레탕모데른》, 그들은 죄는 인정하지만 은총은 거부한다. 순교자가 되고 싶어 목이 말랐다." 사르트르와 장송에 대한 직접적인 비판이다.

전락

법을 대신해줄 주인 나라 만세다 이거죠. "잠정적으로 여기 이 땅 위에 계신 우리 아버지… 우리의 영도자들, 매력적으로 엄격하신 우리의 수령님들, 오 잔혹하고 경애하는 인도자들이시여…." 그러니 말이죠, 결국 핵심은 더 이상 자유는 갖지 말고 그저 참회하면서 자기보다 더 악랄한 놈에게 복종하는 것이죠. 우리가 다 같이 죄인이 되면 그야말로 , 친구님. 저마다 혼자서 죽어야 하는 운명에 복수를 해야한다는 문제는 차치하고라도 말입니다. 죽음은 고독한 것이지만 예속은 집단적이지요. 우리만 당하는 게 아니고 다른 사람들도 우리와 마찬가지로 저마다 제 몫을 당하거든요. 그 점이 중요해요. 마침내 모두가 한데 모여 한덩어리가 되죠, 그러나 무릎 꿇고 고개를 푹 숙인 채 말입니다.

그러니 사회와 닮은 꼴로 살아가는 게 좋겠고 또 그러자면 사회도 나와 닮아야 하지 않겠어요? 위협, 모욕, 경찰은 그러한 닮음의 가시적 신호들이지요. 멸시당하고 쫓기고 강제당함으로써 나는 마침내 내 역량을 발휘할 수 있고 나의 됨됨이를 만끽할 수 있으며 드디어 자연스러워질 수 있는 겁니다. 바로 그런 이유 때문에 말입니다, 선생, 나는 엄숙하게 자유를 예찬하고 나서 그 자유를 아무에게나 지체없이 넘겨줘야 한다고 은밀히 마음을 정했어요. 그리하여 기회가 있을 적마다 나는 내 '멕시코시티' 교회에서 설교를 하고 선량한 백성들에게 모름지기 복종하라, 예속의 안락을 겸허하게 희구하라고 권유합

전락

니다. 예속이야말로 참다운 자유라고 소개할 각오로 말이죠.

그러나 나라고 왜 생각이 없겠어요. 노예제도가 내일 당장 실현되지 않는다는 걸 나도 잘아요. 그것은 미래가 가져다줄 혜택의 하나라는 것뿐입니다. 그날이 올 때까지 현재와 잘 맞춰나가면서 잠정적으로나마 어떤 해결책을 찾아야지요. 그래서 나는 나 자신의 어깨를 짓누르는 그 무게를 덜기 위해 심판의 범위를 만인에게 골고루 확대할 어떤 다른 수단을 찾아내야 했던 거죠. 나는 그 수단을 찾아냈어요. 창문을 좀 열어주세요, 방 안이 심하게 덥군요. 너무 많이는 말고요. 좀 춥기도 하니까요. 내 생각은 간단하고도 기발한 거예요. 어떻게 하면 다른 사람들을 모두 물속으로 몰아넣고 자기 자신은 햇볕에 몸을 말릴 권리를 가질 수 있을 것인가? 우리 시대의 저 숱한 유명인사들처럼 나도 설교단으로 올라가서 인류 전체를 저주할 것인가? 그건 매우 위험천만인 짓이죠! 어느 날 혹은 어느 밤에 느닷없이 웃음소리가 터져요. 내가 남들에게 내리는 판결이 내 얼굴로 곧장 되돌아와서 상당한 상처를 입히고 말아요. 그렇다면 어떻게 하면 좋지요? 자, 천재적인 한 수가 있어요. 주인이 되실 나리들과 그들의 채찍이 나타나기까지, 우리는 승리를 거두기 위해 코페르니쿠스처럼 논리를 뒤집어서 생각해야 한다는 것을 나는 발견한 겁니다. 남들을 비판하자면 동시에 자신을 비판해야 하므로, 남들을 비판할 권리를 갖기 위해서 자기 자신을 통렬히 비판해야 했습니다. 재판관은 누구나 다 결국은 참회자가 되고 마는 법이니까 경로를 반대로 거슬러서 우선 참회자의 역할을 수행하다 마침내는 재판관이 되어야 했던 겁니다. 내 말 알아들어요? 좋아요. 하지만 좀 더 분명히 하기 위해 내가 어떤 방식으로 작업하는지 설명해드리지요.

우선 나는 변호사 사무실을 닫고 파리를 떠나 여행을 했어요. 일거리가 부족하지 않을 만한 곳에 가서 다른 이름으로 자리를 잡아볼 생각을 했죠. 세상에는 그런 곳이 많지만, 우연과 편의성, 아이러니, 그리고 어떤 고행의 필요성 같은 것 때문에 이 물과 안개의 수도를 택하게 된 겁니다. 운하들이 코르셋처럼 꽉 조이고 있는, 유달리 번잡하며 전 세계에서 사람들이 찾아드는 도시죠. 나는 뱃사람들 거리의 어느 바에 사무실을 차렸어요. 항구의 고객들은 다양해요. 가난한 사람들은 호화스러운 구역으로 가지 않지만 반대로 점잖은 사람들은 언제나, 선생도 보셨듯이, 적어도 한 번쯤은 수상쩍은 곳들로 찾아들기 마련이죠. 나는 특히 부르주아, 그리고 길 잃은 부르주아를 노립니다. 나는 그를 상대할 때 한껏 실력을 발휘할 수 있거든요. 나는 능수능란한 솜씨로 그에게서 가장 세련된 액센트를 뽑아내죠.

그리하여 나는 얼마 전부터 '멕시코시티'에서 내 유익한 직업을 수행하고 있답니다, 그 일이란 우선, 선생도 경험했듯이, 될 수 있는 대로 자주 공개적인 고백을 실시하는 겁니다. 나는 종횡무진으로 나 자신을 고발해요. 어렵지 않지요. 이젠 기억력이 괜찮으니까요. 그렇지만 주의할 게 있어요. 나는 가슴을 쾅쾅 치면서 아무렇게나 자신을 고발하는 게 아니에요. 아니죠, 나는 부드럽게 노를 저으며 전진하듯 다양한 뉘앙스를 가미하고 여담도 섞어가며 요컨대 듣는 사람에게 딱 맞추어 말해서 저쪽이 한술 더 뜨게 하는 겁니다. 나와 관련된 것과 다른 사람들과 관련된 것을 섞기도 하고 누구에게나 다 공통된 특징들, 우리가 다 같이 겪은 고통스러운 경험들, 누구나 다 가지고 있는 약점들, 그리고 세련된 면, 요컨대 내게서도 남들에서 게서도 흔히 볼 수 있는 모습 그대로 오늘의 인간상을 짚어 내는 겁니다. 그걸 가지고 나는 만인의 것인 동시에 그 누구의 것도 아닌 하나의 초상화를 만들어내요. 카니발 때 볼 수 있는 것들과 아주 흡사한, 실물을 닮았으면서도 단순화된, 간단히 말해서 어떤 가면으로, 그걸 보면 사람들은 "아니 이건 전에 본 적이 있는데!" 그러죠. 오늘 저녁처럼 그 초상화가 완성되면 나는 그걸 보여주며 탄식어린 목소리로 "자, 딱하게도 이게 바로 나예요!" 하고 말하지요. 논고가 끝난 거예요. 그러나 동시에 내가 나의 동시대인들에게 내밀어 보이는 초상화는 거울로 변합니다.

　재를 뒤집어쓴 채, 천천히 머리털을 쥐어뜯으며, 온통 손톱에 할퀸 얼굴로, 그러나 두 눈은 찌를듯이 부릅뜨고 나는 전 인류 앞에 버티고 서서 내가 자아내는 효과를 주시하는 가운데 내 치욕스러운 점들을 재확인하면서 이렇게 말해요. "나는 인간 말종이었습니다." 그때 나는 말을 이어가면서 슬그머니 '나'를 '우리'로 바꿉니다. 그리하여 "이게 바로 우리들의 모습입니다"에 이르면 결판이 난 셈이니 나는 이제 그들에게 그들의 진실을 폭로할 수 있게된 겁니다. 그야 나도 그들과 다름없고 우리는 다 한통속이지요. 그렇지만 나는 그걸 알고 있다는 점에서 우위를 점하고, 그러니까 내겐 말할 권리가 주어지는 거죠. 그러니 유리한 점이 무엇인지 잘 아시겠지요. 내가 나를 고발하면 할수록 당신을 심판할 권리도 더 확고해지는 겁니다. 그뿐이 아니지요. 나는 당신을 자극해서 당신 자신을 심판하게 만드니 나로선 한결 더 마음이 놓이지 않겠어요? 아, 정말이지 선생, 우리는 야릇하고도 비참한 존재들입니다. 지나온 삶을 잠시라도 돌이켜보면 놀랍고 어처구니없는 일이 없지 않아요. 어디, 연습 삼아 한번 해보시죠. 선생 자신의 고백을 넉넉한 형제애의 심정으로 경청해드리겠어요. 그 점 믿어도 됩니다.

웃지 마세요! 그래요, 선생은 상대하기 힘든 고객이에요. 첫눈에 알아봤어요. 하지만 선생도 결국 걸려들 겁니다. 그건 불가피해요. 다른 사람들은 대부분 영리하다기보다는 감정적이어서 금방 헷갈리게 만들어놓을 수 있어요. 영리한 사람들은 좀 시간을 들여야 해요. 그들에겐 방법을 확실하게 설명해주면 됩니다. 그들은 잊어버리는 법이 없고 심사숙고하죠. 그러다가 어느 날엔가, 반은 장난삼아, 반은 당황스러움에 못 이겨

덤벼듭니다. 선생은 단순히 영리하기만 한 게 아니라 벌써 숙달된 경험자 같군요. 하지만 닷새 전과 비교해 보면 오늘은 자신에 대한 만족감이 덜하다는 걸 인정하실까요? 이제 나는 당신이 내게 편지를 보내든가 아니면 나를 다시 찾아오시기를 기다리겠어요. 당신이 다시 오실 게 틀림없으니까 말입니다! 나는 변한 것 없이 그대로일 거예요. 내게 딱 맞는 행복을 발견했는데 내가 왜 변하겠어요? 나는 이중성을 개탄하는 것이 아니라 받아들였죠. 오히려 그 속에 자리 잡고 들어가서 내가 일생 동안 찾아다녔던 편안함을 그 속에서 발견했어요. 핵심은 심판을 피하는 일이라는 제 말은 사실 잘못된 것이에요. 핵심은 가끔 큰 소리로 자신의 무자격을 공표하게 되더라도, 하고 싶은 짓은 다 하고 지내는 것입니다. 나는 이제 다시 하고 싶은 짓은 무엇이나 다 해요. 이번에는 웃음소리는 안 들려요. 내가 삶을 바꾼 건 아닙니다. 나는 여전히 나를 사랑하고 남을 이용해요. 다만 내 과오를 고백하기 때문에 더 가벼운 마음으로 다시 시작할 수가 있고, 우선 나 자신의 천성을, 다음으로는 매력적인 참회를, 이렇게 두 번 즐길 수가 있는 겁니다.

내가 나름의 해결책을 발견한 이후 나는 만사에 마음 편히 빠져듭니다. 여자에게도, 오만에도, 권태에도, 원한에도, 심지어 지금 이 순간 내 몸 안에서 기분 좋게 달아오르는 이 신열身熱에도 그냥 빠져드는 겁니다. 마침내 나는 군림해요. 그것도 영원히. 나는 또다시 정상을 발견했어요. 오직 나 혼자만 기어 올라갈 수 있는 그 정상에서 나는 만인을 심판할 수 있게 된 겁니다. 어쩌다가 가끔 정말로 아름다운 밤에 멀리서 어떤 웃음소리가 들릴 때면 나는 다시금 의혹에 빠져요, 그러나 나는 얼른 피조물이건 창조건 모든 것을 다 나 자신이 지닌 결점의 무게로 짓눌러버려요. 그러면 또다시 힘이 되살아나는 겁니다.

그러니까 필요하면 얼마든지 오랫동안 '멕시코시티'에서 당신의 정중한 인사를 기다리겠어요. 그러나 이 담요를 좀 걷어주세요, 숨을 좀 쉬어야겠어요. 다시 찾아오실 거죠, 네? 그러면 내 테크닉의 세세한 것들까지도 보여드리겠어요. 당신에게는 모종의 애정 같은 걸 느끼니까요. 선생은 내가 저들에게 자신들이 추악하다는 것을 밤을 새워 가르쳐주는 것을 볼 겁니다. 당장 오늘 저녁부터라도 다시 시작하겠어요. 그러지 않고는 배길 수가 없어요. 그들 중 한 녀석이 술기운 탓에 땅바닥에 주저앉아 제 가슴을 두드리는 그런 순간들을 그냥 보고 넘길 수가 없는 거예요. 그런 순간이면 나는 키가 커져요, 선생. 키가 커지면서 자유롭게 호흡해요. 나는 산마루에 올라서있고 눈 아래로는 벌판이 펼쳐져요. 스스로 신이 되어 잘못된 생활과 품행의 결정적인 증명서를 수여하는 도취감이라니! 나는 내 추악한 천사들에 에워싸인 채 네덜란드의 하늘 꼭대기에 올라앉아서 최후의 심판의 무리가 짙은 안개와 물에서 나와 내게로 올라오는 것을 바라봅니다. 그들은 서서히 올라와요. 벌써 그중 첫 번째로 도착한 사람이 보이네요. 한 손으로 절반쯤 가린 그의 얼빠진 얼굴에서는 천한 신분의 슬픔과 거기서 벗어날 수 없는 절망을 읽을 수 있어요. 그런데 나는 가엾이 여기되 죄를 사하지 않고 이해는 하되 용서하지 않는데, 아! 무엇보다, 드디어 마침내 느껴요, 사람들이 나를 열렬히 사랑하는 것을!

그래요, 몸부림이 쳐져요. 어떻게 얌전하게 누워 있겠어요? 나는 당신보다 더 높이 있어야 해요, 내 생각들이 나를 일으켜 세운답니다. 이런 저녁이 되면, 아니, 오히려 이런 새벽이면, 전락은 새벽녘에 이루어지니까요, 나는 밖으로 나가요. 흥분한 발걸음으로 운하를 따라 걷지요. 희멀건 하늘에는 새들의 깃털 구름층이 엷어지면서 비둘기들이 좀 더 높이 올라가고 장밋빛 여명이 지붕들을 쓸면서 내 천지창조의 새로운 하루를 알립니다. 담라크대로에서는 첫 전차가 눅눅한 공기를 가르며 종을 쳐서 이 유럽의 한쪽 끝에 삶이 깨어남을 알리는가 하면 그와 같은 시각 유럽 전체에서 수억의 인간들, 나의 신하들은 재미없는 일터로 출근하려고 쓴 입맛을 다시며 힘겹게 잠자리에서 몸을 빼내죠. 그때, 자신도 모른 채 내게 복종하는 이 대륙 전체를 머리 위에서 굽어보며 상념의 힘으로 활공하며, 압생트 맛으로 솟아오르는 아침 햇빛 마시다가 마침내 이 요상한 입심에 취해버린 나는 행복해요. 행복하다니까요. 내가 행복하다는 걸, 죽도록 행복하다는 걸 당신은 반드시 믿어야 한다 이 말씀이에요! 오! 태양, 해변의 모래사장, 그리고 무역풍에 씻기는 섬들, 추억만으로도 가슴 저린 청춘이여!

다시 좀 눕겠어요. 용서하십시오. 너무 흥분했던 것 같아요. 그렇지만 우는 건 아녜요. 누구나 가끔 혼란스러워지는 때가 있죠. 잘 사는 비결을 발견하고도 뻔한 일에 의혹을 품는 일이 있잖아요. 내 해답이 물론 이상적인 것은 아니죠. 그러나 자기의 삶이 탐탁지 않을 때, 그래서 그걸 바꿔야겠다는 걸 알아차렸을 때는 달리 도리가 없잖아요, 안 그래요? 딴 사람이 되려면 어떻게 해야 하나요? 불가능하죠. 적어도 한 번은, 그 어느누구도 아닌 사람이 되어야 하고, 자기를 잊고 어떤 사람이 되어야겠죠. 하지만 어떻게요? 너무 다그치진 마세요. 나는 마치어느 날 카페 테라스에서 내 손을 붙잡고 놓지 않던 늙은 거지와 흡사해요. 그 거지는 말하더군요. "아아! 선생님, 제가 나쁜놈이라서가 아닙니다. 빛을 잃어서 그럽니다." 그래요. 우리는빛을 잃어버렸어요. 아침을 잃었고 자기 자신을 용서하는 이의 저 성스러운 결백함을 잃었어요.

저것 좀 보세요, 눈이 내리네요! 오, 밖으로 좀 나가봐야겠어요. 백야白夜에 묻혀 잠든 암스테르담, 눈 덮인 작은 다리들밑으로 흐르는 옥색의 운하들, 인기척 없는 거리들, 고즈넉한내 발걸음, 이건 내일 진흙탕이 되기 전에 잠시 찾아든 순결이죠. 창유리를 때리는 저 굵은 눈송이들을 좀 보세요. 저건 분명 비둘기들이에요. 드디어 저 귀여운 것들이 마음먹고 내려오는 거예요. 그래서 운하와 지붕을 두터운 깃털 이불로 덮으면서 모든 창문에서 파닥거리고 있군요. 엄청난 습격이군! 좋은 소식을 가져오기를 기대해봅시다. 모두가 다 구원받겠죠, 안 그래요? 선택받은 이들만이 아니고 말이에요. 부귀도 고통도 골고루 나누어 가지게 될 테지요. 가령, 선생, 예컨대 선생께선 오늘 이 시각부터 매일 밤 나를 위해서 땅바닥에 누워서 잠을 잔다, 이 말입니다. 만인 평등이라니까요! 만약에 하늘에서 수레가 내려와서 나를 실어간다면, 아니면 갑자기 눈에 불이 붙는다면, 솔직히 말해서, 선생은 기가 막히겠지요. 있을 수 없는 일이라고요? 나도 안 믿어요. 그렇긴 해도, 난 밖에 좀 나가봐야겠어요.

네, 알았어요, 얌전하게 있을게요. 염려 마세요! 사실 내가 감상에 젖거나 흥분해서 날뛸 때 그걸 그대로 믿으면 안 되요. 그게 다 계획된 것이라고요. 자, 이젠 선생이 자신의 이야기를 하게 될 테니 나는 곧 내 흥미진진한 고백의 목적들 중 한 가지가 이루어졌는지 알 수 있겠군요. 사실 나는 내 이야기 상대가 형사이기를, 그래서 그가 〈결백한 재판관〉의 절도범으로 나를 체포해주기를 여전히 바라고 있어요. 그 밖에는, 아무도 나를 체포하진 못해요. 그러나 그 도난 사건으로 말하자면, 그건 법에 저촉되는 것이고 나는 내가 그 공범이 되도록 만반의 조치를 해두었어요. 나는 그 그림을 은닉해두고 원하는 사람이면 누구에게나 다 보여주고 있으니까요. 그러니 선생이 나를 체포해봐요. 훌륭한 데뷔작이 될 거예요. 아마 그 뒤의 나머지 일은 알아서 해 줄 겁니다. 가령, 나는 목이 잘리게 되겠죠., 그렇게 되면 나는 더 이상 죽을까 두려워하지 않게 될 테니 구원받는 셈입니다. 그러면 선생은 모여든 사람들 머리 위로 이제막 자른 내 머리를 쳐들어 올릴 테지요. 거기서 그들이 자신의모습을 알아볼 수 있도록 말이죠. 그러면 나는 다시 한번 더 모범이 되어 그들을 지배하게 되지요. 그렇게 되면 모든 것이 다이루어진 것이고,[*] 사막에서 절규하며 밖으로 나오기를 거부하는 사이비 선지자 이력을 나는 쥐도 새도 모르게 완결하게 될겁니다.

그러나, 선생, 당신은 물론 형사가 아니에요. 그랬다면 일이너무 간단하게요? 뭐라고요? 아! 그럴 줄 알았다니까요. 어쩐지 선생에게는 이상하게 호감이 간다 싶더니, 그럼 그럴 만한속뜻이 있었군요. 선생도 파리에서 그 멋진 변호사 업계에 종사하고 계시다! 우리가 같은 족속이라는 정도는 알고 있었죠. 우리는 모두 서로 닮지 않았나요? 미리부터 답을 알고 있으면서 항상 똑같은 의문들과 마주한 채, 아무도 없는데 그 누구에겐가 혼자 끊임없이 지껄이고 있으니 말입니다. 그럼, 제발 부

---

[*] consumatum est: 요한복음 19장 30절 "예수께서 포도주를 받으신 후에이르시되 다 **이루었다** 하시고 머리를 숙이니 영혼이 떠나가시니라." 카뮈의 작품 여러 곳에 이 표현이 반복된다. (《이방인》 마지막 문단. 《시지프신화》의 〈부조리한 자유〉)

탁이니, 이야기해보세요. 어느 날 저녁 센강 강변로에서 당신에게 무슨 일이 있었는지, 그리고 절대로 당신의 목숨이 위태로워지지 않도록 어떻게 대처했는지 말입니다. 여러 해 전부터 내 수많은 밤들 속에서 그치지 않고 울리던 그 말, 그리고 이제 마침내 내가 당신의 입을 통해 하려는 그 말을 당신 자신이 입 밖에 내어 발음해보세요. "오! 아가씨, 다시 한번 물속으로 몸을 던져다오, 내가 우리 둘을 다 함께 구할 기회가 두 번째 찾아오도록!" 두 번째라니, 아니 이 무슨 경솔한 말씀! 그래, 변호사 선생, 남이 우리 말을 곧이듣는다고 가정해보세요? 그럼 말 그대로 실시해야 할 텐데요. 아이구 떨려… 물이 얼마나 차다고요! 그러나 안심하세요! 너무 늦었어요, 이젠. 언제나 너무 늦을 겁니다. 천만다행으로!

해설

고백의 거울에 비친 현대인의 초상

카뮈는 본래 《전락》을 단편집 《적지와 왕국》(1957)의 일곱 작품 중 한 단편으로 집필할 예정이었다. 1955년 봄에 다른 여섯 편의 초고는 이미 완성되어 있었다. 사실 단편집의 제목이 표방하는 '적지(추방)'와 '왕국'이라는 이중의 테마는 그 작품집의 다른 단편들보다 이 작품에 더 잘 어울린다고 할 수 있다. 카뮈가 《작가수첩 3》에 자신의 집필 계획과 관련하여 다음과 같은 기록을 남긴 것은 바로 이 무렵이었다. "제3단계 이전에: '우리 시대의 주인공'*의 단편. '재판과 적지(추방)의 테마' 제3단계는 사랑이다. 최초의 인간, 동 파우스트, 네메시스 신화. 방법은 솔직함이다." 이 언급으로 보아 《전락》은 그 단편집에

---

* 당시 작가가 《전락》의 제목으로 고려했던 표현.

서 아마도 중심적인 자리를 차지할 수 있었을 것이다. 그러나 집필 과정에서 그 테마와 쟁점이 점차 중요하게 발전하고 길이가 늘어나면서 이 작품은 단편집에 포함하기 어렵게 되었다. 결국 다른 단편들보다 나중에 집필한 이 작품이 오히려 앞선 1956년에 출판되었고 단편집 《적지와 왕국》은 이듬해인 1957년 3월에 나오면서 카뮈가 생전에 발표한 마지막 작품이 되었다.

작가 자신의 표현에 따르면 《전락》과 단편집 《적지와 왕국》은 그의 창조작업 과정의 세 가지 단계cycle*중 '부조리'(시지프)와 '반항'(프로메테우스)의 단계에 이어 세 번째(네메시스) 단계로 발전하기 "이전에" 과도적인 단계로 집필한 작품들이다. 세 번째, 즉 작가 생전에 몰두했던 마지막 단계에 해당하는 서사적 작품은 그가 교통사고로 사망함에 따라 미완으로 남은 소설 《최초의 인간》이다. 카뮈가 기획한 각 "단계"의 "연작"은 세 가지 장르(서사적 작품, 즉 소설, 희곡, 그리고 이론적 에세이)의 결합으로 구성되어 있다는 점에서 보면 《전락》은 그 자체가 하

---

* 카뮈가 자신의 작품 집필 기획과 관련하여 사용하고 있는 "cycle"이란 표현은 작품의 내적 논리가 발전해 나가는 '단계', '과정'을 의미하는 동시에 '작품군', '연작', '시리즈물'의 의미를 지니고 있다. 따라서 이 말은 "부조리"에서 "반항", 그리고 "사랑"으로 명명할 수 있는 작품 주제의 발전 단계나 과정을 의미하는 동시에 각 단계의 주제를 구체적으로 형상화한 소설, 희곡, 철학적 에세이라는 세 가지 장르의 '작품군'을 의미하기도 한다.

나의 단계에 해당한다고 할 수도 있다. 1959년에 장클로드 브리스빌이 카뮈에게 다음과 같은 질문을 던졌다. "이야기, 희곡, 에세이라는 서로 다른 형식 중 작자의 입장에서 가장 만족스러운 것은 어느 것입니까?" 카뮈는 마치 《전락》을 염두에 둔 듯 이렇게 대답한다. "동일한 작품에 그 세 가지가 결합된 형식이죠." 카뮈는 "고백"에서 그 결합된 형식을 발견한다. 클라망스는 《전락》의 마지막 페이지에서 자신의 긴 독백은 곧 '고백'이라고 실토한다. 그런데 고백이라는 형식은 문제의 세 가지 표현 양식이 만나는 합류점이라고 할 수 있다. 우선 작품은 겉모습이 서사적인 형식을 갖추면서도 그 속에서 어떤 강박적 기억이 고백의 모습(대화)으로 연극적이 되고, 고백, 즉 고해라는 표현이 소환하는 종교적 실천, 즉 죄의 의식화 작업이라는 점에서 그렇다. 이런 면에서 《전락》은 에세이, 소설, 연극을 한 작품에 결합해보려는 자가의 야심이 구현된 작품이라고 할 수 있다.

부조리의 발견에서 출발하여 반항, 그리고 절도 혹은 사랑의 철학으로 이어지는 카뮈의 사상적 행로에서 2차대전 직후의 독자들은 고통 속에서도 삶의 조건을 받아들이기 위한 사유와 실천의 자양을 발견했다. 그런데 세 번째 단계로 발전하기도 전에 카뮈에게 대체 무슨 일이 일어난 것일까? 어느 의미에서 《전락》은 로제 그르니에의 표현을 빌리건대 이 고통스러운 과도적 시기의 "쓰디쓴 열매"와도 같은 작품이다.

그러므로 여기서 《전락》의 시대가 카뮈에게 구체적으로 어떤 시기였는지를 살펴볼 필요가 있다.

제2차 세계대전 직후의 "서정적 환상"의 시대를 지나자 1950년대 초 《반항하는 인간》의 발표로 야기된 이념적 갈등과 더불어 카뮈에게는 지식인 세계의 현장에서 한발 물러난 고독과 의기소침과 침묵의 시기가 시작되었다. 카뮈는 《작가 수첩 3》에 이렇게 적는다. "1954년 11월 7일* 41세." 《적지와 왕국》의 단편 〈말 없는 사람들〉에서 40세에 접어든 자신을 돌아보며 "마음의 준비를 해야 하는" 나이라는 생각에 잠기는 주인공 이바르처럼 작가 역시 자신의 나이를 의식하는 전환점에 섰다. 거기에 더하여 오랜 세월 동안 그를 괴롭혀온 건강상의 문제로 인해 작가는 젊은 날 자유분방한 육체적 자유에서 맛보았던 환희의 향수를 느끼고 있었고 그의 아내 프랑신은 우울증이 심각한 지경에 이르러 근심을 더했다.

그러나 그에게 결정적인 타격을 가한 것은 이런 개인적인 사정이나 감정 이상으로 외적인 환경의 변화였다. 1954년 11월에 알제리 전쟁이 시작되었다. 그는 자신이 태어난 땅, 자신의 작품과 감수성의 모태가 된 알제리와 자신의 핏줄이 이어진 조국 프랑스 사이에서 찢어진 존재가 되었다. 그는 오랜

* 그의 생일.

침묵을 깨고 1956년 1월 22일 전쟁의 현장으로 달려가 "알제리에서의 시민 휴전"을 호소하는 강연에 나선다. 그는 극우파가 주장하는 '프랑스 영토로서의 알제리', 즉 알제리 폭동의 맹목적인 진압도 용납할 수 없고, "프랑스인을 그들의 고향 알제리에서 축출하고 독립을 쟁취하자"고 주장하는 알제리 민족해방운동 측의 무자비한 테러 행위도 받아들일 수 없었다, "일반시민은 여하한 경우에도 존중 보호한다는 약속"을 요구하는 카뮈의 호소에 대하여 양쪽은 다같이 그를 배신자로 낙인찍었다. 이리하여 《전락》을 집필할 무렵은 카뮈의 생애에서 가장 극단적인 고통의 시기가 되었다.

만년의 카뮈에게 알제리 전쟁 못지않게 충격적인 사건은 《반항하는 인간》의 발표로 야기된 1952년 8월 사르트르 및 그의 추종자들과의 논쟁이었다. 여기서 카뮈의 반反실존주의적, 반스탈린적 태도는 노골화되었고 이에 따라 20세기 중반 서구 지식인 세계를 선도하던 두 친구의 관계는 악화 일로를 걷다가 마침내 절교에 이르렀다. "그들은 원죄는 인정하지만 은총은 거부한다. 순교자적 열망", "실존주의 : 그들이 자기 자신을 고발할 때는 다른 사람들에게 비난을 퍼붓기 위해서 그러는 것이라고 확신해도 좋다. 재판관 겸 참회자들이니까", "실존주의자들, 계급 없는 사회를 예언하는 지식인 못지않은 자신과 확신." 카뮈가 1952년부터 1954년 말까지 《작가수첩 3》에서 보여준 이런 종류의 기록들은 당시 사르트르를 중심으로 한 파리 지식인 집단에 대한 그의 입장과 감정을 여과 없이 드러낼 뿐만 아니라 《전락》의 주인공 겸 화자인 클라망스가 쏟아내는 "고백"의 아이러니와 쓰디쓴 뉘앙스를 부분적으로나마 이해하게 해준다. 그러나 《전락》은 논쟁을 위한 선언이 아니라 문학작품이므로 작가는 사르트르나 파리 좌파 지식인들과 실존주의에 대한 신랄한 풍자와 비판들을 대부분 완화하거나 삭제하여 시사성을 줄이고 현대인의 보편적 이미지를 부각하는 쪽으로 수정해나간다. 상당 기간 자기 시대 사상의 고질적 병폐에 사로잡힌 한 인간의 행태를 비판적 내지는 풍자적 형식으로 소개하겠다는 계획을 성숙시켜온 그는 이 작품에 〈우리 시대의 주인공Un heros de notre temps〉이라는 제목을 붙일 생각도 했다. 이렇게 하여 작가의 개인적인 고통과 절망감에서 자양분을 얻은 작품구상이 점차 "시대의 비극"으로 보편화한다.

카뮈는 이 작품의 제목으로 〈우리 시대의 주인공〉 뿐만 아니라 〈최후의 심판〉, 〈성자 聖者〉 등을 생각했고 1956년 3월 최종적으로 〈외침〉이라는 표제로 출간할 예정이었다. 이 "외침"은 십자가에 못 박힌 그리스도의 반항적인 외침("어찌하여 나를 버리셨나이까?")을 가리키는 것이었다. 결국 '전락'이라는 제목을 찾아낸 것은 카뮈를 아꼈던 소설가 로제마르탱 뒤 가르 Roger-Martin Du Gard였다. 이 제목은 이중의 의미를 지닌다. 다리 위에서 센강에 투신하는 여자의 "추락"과 동시에 근원적 죄에 의한 클라망스의 정신적 "전락", 나아가 성서에 따르면 원죄 그 자체를 의미한다. 원죄 때문에 인간은 낙원에서 추방당하여 시간적인 존재로 변했다. 최후의 심판은 바로 그 원죄의 결과다.

《전락》은 "진실"의 문제와 관련하여 니체를, 인간의 근원적인 죄의식과 "심판"의 문제와 관련하여 카프카를, 말 없는 상대방과의 고독한 대화나 인간의 고뇌에서 초래되는 죄의식, 그리고 고백과 죄의 사면이라는 문제와 관련하여 도스토옙스키를 연상시킨다. 그뿐 아니라 이 작품은 기독교가 말하는 무죄 순결의 상실 및 강생과 속죄를 핵심적인 문제로 다루고 있다는 점에서 주목된다. 특히 그리스도 자신과 관련된 부분이 그렇다. 화자가 자신의 이름을 택할 때 장바티스트는 그리스도의 예고자 세례 요한에서 빌려왔고 클라망스는 "clamans in deserto 나는 광야에서 외치는 자의 소리로라"라고 말하는 요한복음 1장 23절에서 빌려왔다. 그러나 카뮈가 《전락》에서 다루는 죄와 고백의 문제는 종교적 차원보다는 현대인의 의식 저면에 깔린 공통된 문제일 뿐이고 그가 기독교에 대하여 가지는 관심은 인간적인 차원의 그리스도를 벗어나지 않는다. 카뮈는 신에게 버림받은, 혹은 신 없는 그리스도에 대하여 깊은 공감을 드러낸다는 점에서 종래의 태도와 크게 달라진 것이 없다.

카뮈가 1954년 10월 6일에서 7일까지 단 하루 동안 방문했을 뿐인 암스테르담을 무대로 삼아 5막의 고전비극을 연상시키는 다섯 개 장면으로 구성하여 스스로 그 장르를 "이야기re-cit"라고 규정한 《전락》은 그 의미가 매우 다층적인 작품이다. 이제 독자들에게는 이 작품을 거울처럼 펼쳐놓고 자신의 진정한 얼굴을 비춰보는 일이 남아있다. 그때 카뮈 자신이 쓴 다음의 〈서평 의뢰서priere d'inserer〉는 이 기이한 독백 혹은 고백의 이해에 도움을 주는 동시에 독자를 항상 다시 시작되는 질문 앞에 세울 것이다.

"《전락》에서 말을 하고 있는 남자는 계산된 고백에 몰두한다. 운하와 써늘한 빛이 가득한 도시 암스테르담에 물러나 은자 혹은 예언자 노릇을 하며 살아가는 이 전직 변호사는 어느 수상한 바에서 자기의 말에 호의적으로 귀를 기울여 줄 말 상대가 나타나기를 기다린다.

그는 현대적인 마음의 소유자다. 다시 말해서 남에게 심판받는 것을 견디지 못한다. 그래서 그는 서둘러 자기 자신을 비판한다. 그러나 그것은 남들을 더 마음껏 심판할 수 있기 위해서다. 그는 자기의 모습을 비춰보던 거울을 결국 다른 사람들 얼굴 앞으로 내민다.

어디서부터가 고백이고 어디서부터가 고발인가? 이 책에서 화자는 자신의 재판을 벌이는 것인가 자시 시대의 재판을 벌이는 것인가? 그는 예외적 인물인가 아니면 우리 시대의 주인 공인가? 어찌 되었든, 이 용의주도한 거울 놀이에서 단 한 가 지 진실은 다름 아닌 고통, 그리고 그 고통이 약속하는 미래 다."

2023년 10월
김화영

해설: 고백의 거울에 비친 현대인의 초상

해설

《전락》의 구조와 물의 이미지*

1. 언어와 물

> 죽음 속에 담긴 모든 무거움과 완만함에는
> 카롱의 낙인이 찍혀 있다.
> 넋을 가득 실은 나룻배는 언제나 가라앉으려 하고 있는 법.
> 죽음이 죽기를 두려워하고
> 물에 빠진 자가 난파를 두려워하는 것을 느끼게 하는
> 이 놀라운 이미지! 죽음은 절대로
> 끝나지 않는 하나의 여행이다.

* 이 글은 김화영 지음, 《文學 상상력의 연구 — 알베르 카뮈論》(문학동네, 1998)에서 발췌하여 실은 것이다.

그것은 끝없는 위협의 전망이다.

카롱의 배는 언제나 지옥으로 가고 있다.

— 가스통 바슐라르,《물과 꿈》

1) 클라망스의 입

사후에 다른 사람들에 의하여 출간된 《행복한 죽음》과 미완의 소설 《최초의 인간》을 제외한다면 카뮈가 생전에 완성한 장편소설은 《이방인》, 《페스트》, 《전락》 세 작품이다. 이 세 작품은 상호간 매우 선명한 대조를, 나아가서는 대칭구조를 드러낸다. 카뮈는 이 작품들을 발표하면서 각각 '소설roman', '연대기chronique', '이야기récit'로 그 장르를 구분하여 표시했다. 이 세 작품들이 한결같이 알제, 오랑, 암스테르담이라는 '항구도시'를 배경, 혹은 무대로 삼고 있다는 사실은 특별히 유의할 만하다. 항구는 대지가 저 광대한 대양을 향하여 열려 있는 곳이지만 동시에 오랜 항해에 지친 물의 여행자들이 쉬기 위하여 돌아오는 곳이기도 하다. **

** 피에르 응우옌 반 똣,《알베르 카뮈의 행복의 형이상학La métaphysique
du bonheur chez Albert Camus》(La Baconnière, 1962), 52쪽. "P. H. 시몽
은 《연극과 운명》 속에서, 카뮈의 소설이나 연극에 있어서도 시들은, 오

요컨대 항구는 광대한 물의 공간과 광대한 땅의 공간이 서로 만나는 우주적 접점이다. 그러나 이같은 공통성을 갖고 있으면서도 세 작품이 상호 대칭적으로 상반된 풍경을 구성하고 있다는 사실에 주목할 필요가 있다. 밖의 바다를 향하여 활짝 열려 있으면서도 바다 쪽으로 '등을 돌리고 있는' 오랑 그리고 페스트라는 재난에 의하여 폐쇄되었다가 마침내 투쟁에 의하여 다시 개방되는 '연대기'의 지리적 풍경인 오랑은, 다른 두 작품, 즉 '소설' 《이방인》과 '이야기' 《전락》의 중간에 위치하는 열림과 닫힘의 교차를 드러내는 장소다. 그 한쪽에는 '태양의 소설'이라 할 만한 《이방인》의 알제가 빛과 바다를 향하여 활짝 열려 있고(이곳에서는 죽음마저도 빛과 바다로 가득 차 있다), 한편 그 반대쪽에는 물의 드라마라고 불러 마땅한 《전락》의 암스테르담이 액체의 감옥과도 같이 폐쇄된 공간을 보여주고 있다.

　《전락》은 애매한 작품이며 기이한 이야기요 시니컬한 독백이다. 그런데 그 애매성도, 기이함도, 시니시즘도 모두 물에 젖어 있다. 이 작품이 연대적으로 가장 나중에 발표된 것임에도 불구하고 우리가 긴 연구의 출발점에서 분석의 대상으로 삼은 것은 바로 이 '이야기'가 수력학적 운명에 가장 충실하게 복종

랑이나 카디스처럼 '페스트에 걸렸거나 혹은 포위된 도시'이기도 하지만 '바다와 바람과 태양, 즉 자연적이며 우주적인 행복의 상징들'을 향하여 열려진 항구들이기도 하다는 사실을 지적한 바 있다."

하고 있기 때문이다. 물의 이야기《전락》은 태양의 이야기《이방인》못지않게 질료적, 역동적 단일성을 보여준다. 우리는 이 작품을 통하여 이중의 분석적 성과를 동시에 거둘 수 있을 것으로 기대한다. 한편으로 우리는 이 작품이 가지고 있는 형식적 독립성을 초월하는 질료, 즉 물의 이미지를 집중적으로 분석할 수 있는 기회를 얻을 수 있을 것이다. 그런가 하면 다른 한편으로 우리는《전락》을 통하여 물의 이미지와 직접적으로 연관을 유지하면서도 이 작품만이 그 나름으로 지니고 있는 내적 형식의 구조를 분석해낼 수 있는 흔하지 않은 기회를 얻을 수 있을 것이다. 일석이조를 노리다가 모든 새를 다 놓치는 것은 아닐까? 이 질문에는 오직 클라망스만이 대답할 수 있을 것이다.

'이야기'란 말이나 글로 된 진술이다.《전락》처럼 이같은 정의에 적절한 이야기도 드물 것이다. 글로 쓰여진 책 속에서 누군가 이야기를 하고 있다. 아니 잠시도 쉬지 않고 이야기를 하고 있다. 아니 이야기만 하고 있다.

누가 누구에게 이야기를 하는 것일까? 무엇을 어디에서 이야기하는 것일까? 이 이야기의 배경은 적어도 두 가지 각도에서 고려해볼 수 있다. 하나는 가장 협의의 '배경décor', 즉 행동이 전개되는 장소의 구상적인 재현이 그것이다(그러나《전락》속에 클라망스의 저 끝도 없는 이야기 그 자체 말고 따로 무슨 행동이 있겠는가?). 또 한편으로 여기서는 이야기의 형식적 구조 자체, 저 지리멸렬해 보이는 독백에 일종의 질서를 부여하는 틀이 바로 배경이요 무대라 할 수 있다.

언어라는 매체를 통해서만 구현될 수 있는 것이 문학작품이긴 하지만 특히 이 이야기 속에서는 배경과 행동, 형식과 내용, 묘사와 이미지를 분명하게 구별하기가 매우 어렵다. 우리가 확실하게 상대하고 있는 인물은 오직 클라망스라는 존재 하나뿐이다. 그러나 그는 인격체라기보다는, 해학적이고 민첩하며 쾌활한 듯하면서도 비판적이며 분명한 듯하면서도 유동적인 말…. 요컨대 주체할 길 없는 말이 끝없는 물줄기처럼 흘러나오는 하나의 수다스러운 입일 뿐이다. 바로 그 끝없는 말이 여기서는 이야기의 배경, 무대 등으로 불리는 '껍질décor'일 뿐만 아니라 이야기의 '몸corps'이요 살이다.

우리가 목표로 하는 이중의 분석을(물의 이미지와 작품의 형식적 구조─이 두 가지는 분리하기 어려울 만큼 서로 깊숙이 연관되어 있다) 실현하기 위하여 우선 이야기의 형식적 특성을 잠시 살펴보기로 하자. 이것은 우리가 잠정적으로 물의 이미지와는 멀어진다는 것을 뜻한다. 먼저 한 가지 질문. 클라망스는 누구에게 이야기하고 있는가? 그의 이야기 상대방은 분명한 듯하면서도 정체불명이다. 클라망스는 상대방을 '선생monsieur', '당신', '친애하는 친구cher ami', '반가운 고향분'이라고 부른다. 이야기가 진행되어감에 따라 우리는 그가 암스테르담으로 여행 온 파리의 어떤 변호사임을 알게 된다. 이같은 표시는 클라망스의 이야기 상대의 신분을 명백히 해주는 것이기도 하지만 한편 이야기와 독자 사이의 거리감을 유지시켜준다. 독자는 적어도 클라망스가 독자 자신에게 직접 이야기를 하고 있지는 않다는 것을 자각하게 된다. 독자와 클라망스 사이에는 매개인이 가로놓여 있기 때문이다. '능동conative' 기능(호격과 명령형) 및 '친교적phatique' 기능(대화연결기능)을 가진 일련의 진술은* 그 대화 상대가 시간과 공간 속에, 항상 클라망스의 면전에 존재하고 있음을 분명히 시사해주고 있다. 가령, "여유가 있는 사람들이죠. 저 사람들을 잘 보세요."(15쪽), "아름다운 도시지요, 안 그래요? 매혹적이라구요? 그야말로 오랫동안 듣지 못했던 형용사로군요."(14쪽), "뭐라고요? 무슨 저녁요? 그 이야긴 곧 나옵니다. 좀 참고 기다리세요."(42쪽), "우리 동포 선생, 밖으로 나가서 거리를 좀 거닐었으면 하는데 괜찮으실까요? 고맙습니다."(54쪽) 이런 단서들이야말로 독자로 하여금 자기는 이야기의 밖에 위치한 관찰자의 입장이라고 여기게 만드는 신호들이다. 그러나 클라망스의 수다스러운 말이 점점 더 집요

---

* 로만 야콥슨, 《일반언어학 연구Essais de Linguistique Génerale》(Les Edition de Minuit, 1963) 216~217쪽 참조.

해설: 《전락》의 구조와 물의 이미지

하게 계속되어감에 따라 모든 것은 훨씬 더 복잡하고 애매해지고, 독자도 드라마의 '밖'에서 안전한 거리감을 유지하기가 어려워진다. 이야기와 독자 사이의 그 확실하던 경계선은 허물어져간다. 그 완충지대를 계속 지탱시켜줄 수 있는 단서들이 하나씩 제거된다.

질문은 이렇게 바뀐다. 클라망스의 진술은 독백인가 대화인가? 그것이 (클라망스와 상대방 사이의) 참다운 대화가 되려면 그 상대방이 확실한 인격을 형성하면서 그 모습을 드러내야 마땅할 것이며 상대방 자신도 대화에 참가해야 할 것이다. 그 '반가운 고향분'은 자신의 존재를 노출시키는 동시에 자신을 은폐한다. 클라망스가 "아름다운 도시지요, 안 그래요? 매혹적이라구요? 그야말로 오랫동안 듣지 못했던 형용사로군요."라고 했을 때, '매혹적'이라는 말을 그가 '들은' 것이라면 그 말을 한 사람은 상대방일까 아니면 클라망스 자신일까? 보통의 문맥 속에서라면 당연히 클라망스가 그 말을 들었으므로 그 말을 한 사람은 상대방이어야 마땅할 것이다. 그러나 《전락》 속에서는 상대방의 존재를 시사하는 것 역시 클라망스의 말이다. 클라망스의 말은 독자와 그 '상대방' 사이에서 일방적인 필터 혹은 베일의 역할을 담당한다. 말은 '당신'을 노출시키는 동시에 은폐한다. 클라망스의 말이 지닌 명암 혹은 박명이 이 이야기 전체의 관건이다.

클라망스의 상대는 클라망스의 면전에 귀와 눈으로 존재할 뿐 입으로 존재하지는 않는다. 그러나 '클라망스의 면전'이라는 그의 위치는 비어 있는 공간이다. 왜냐하면 이름을 가진 개체 혹은 인격체로서 주관을 가지기보다는 비어 있는 안개와 같은 '장소' 그 자체일 뿐이기 때문이다. '장소'를 클라망스의 면전으로 한정시키되 그 장소에 주체성을 가지고 현존하지 않는 대화의 상대방은 존재인 동시에 부재다. 이 교묘한 반투명성에 의하여 이야기와 독자 사이의 관계는 의도적으로 불안정한 상태로 남게 된다.

그칠 사이 없이 말을 하고 있는 클라망스의 입 앞에서, 그 말이 기록된 책 앞에서, 즉 그의 면전에서, 귀를 기울이며 시선을 집중하고 있는 존재란 사실 그 불투명한 대화의 상대방('반가운 고향분')이라기보다는 독자 자신이 아닐까? 자신의 면전에 비워놓은 장소 속으로 독자를 끌어들이는 클라망스의 조작은 교묘하면서도 점진적이다. 그 조작의 메커니즘은 너무나도 효과적인 것이어서 그 자리로 끌려든 독자가 마지막 순간 그 사실을 깨달았을 때는 이미 모든 것이 돌이킬 수 없는 단계에 도달해버린 뒤다. 최후의 순간, 클라망스는 그 효과적인 조작의 정체까지도 노출시키면서 그것을 '가면'과 '거울'의 메커니즘이라 명명한다.

그렇지만 주의할 게 있어요. 나는 가슴을 쾅쾅 치면서 아무렇게나 자신을 고발하는 게 아니에요. 아니죠, 나는 부드

해설: 《전락》의 구조와 물의 이미지

럽게 노를 저으며 전진하듯 다양한 뉘앙스를 가미하고 여 담도 섞어가며 요컨대 듣는 사람에게 딱 맞추어 말해서 저 쪽이 한술 더 뜨게 하는 겁니다. … 그걸 가지고 나는 만인 의 것인 동시에 그 누구의 것도 아닌 하나의 초상화를 만들 어내요. 카니발 때 볼 수 있는 것들과 아주 흡사한, 실물을 닮았으면서도 단순화된, 간단히 말해서 어떤 가면으로, … 그러나 동시에 내가 나의 동시대인들에게 내밀어 보이는 초상화는 거울로 변합니다.(151쪽)

마침내 처음 보기에는 매우 평범하고 자연스러운 듯했던 클 라망스의 말은 실제에 있어서는 지극히 치밀하게 '계산된' 의 도를 숨기고 있었다는 사실이 드러난다. '초상화', '가면', '거울' 은 모두 현실을 어떤 방법으로 재현하는 장치들이다. 무엇을 재현하느냐, 어떻게 재현하느냐에 따라서 결과는 전혀 예상하 지 않았던 것으로 나타날 수 있다. 현실을 재현하는 교묘한 방 법을 통해서 클라망스는 자신의 초상화를 상대의, 아니 만인 의 거울로 변조시킨다. 여기서 무심히 보아넘겼던 클라망스의 어법은 전혀 다른 각도에서 다시 검토해야 한다. 그의 말은 말 이 아닌 다른 것을 의미하면서 말 자체의 거울이 된다. 클라망 스는 자기의 상대방(파리 출신의 어떤 변호사, 혹은 독자)에게 말 을 하면서 동시에 자기 자신에게 말을 하고 있다. 클라망스는 다른 사람에 대하여 말을 하고 있다. 모든 사람들에 대해서 말하면서 동시에 그 어떤 특정된 사람에 대하여서 말하고 있지는 않은 셈이다. 이같은 동일화는 매우 '유연하게' 짜여진 혼동의 조작이다. 소설 속에서 이같은 어법은 《전락》에서 처음 시도된 것이 아니다. 어쩌면 이것은 문화의 근본적인 한 양상이기도 하다. 장 리카르두가 말하는 '해석학적 반성'이란 바로 이런 양상을 가리키는 것이 아닐까?

허구를 통해서 문학이 현실세계로부터 재료를 빌어오는 목적은 오로지 문학 그 자체를 손가락질해 보이려는 데 있다. 바로 그 반성의 순환성circularité과 그 기이하고 속이 텅 빈 핵과核果의 씨l'étrange vide noyau 주위에서 기호들이 태어나게 되는데 고차원적인 독자는 누구나 그 점을 망각해서는 안 된다. "저 스스로의 모습을 반영하는 언어"(말라르메).*

인격체라기보다는 눈에 보이지 않는 말 혹은 입에 불과한

---

* 장 리카르두, 《누보 로망의 제문제Problèmes du Nouveau Roman》(Seuil, 1967), 206쪽. 여기서 '반성의 순환성'이라 함은 문학이 현실에 대하여 이야기하면서 동시에 문학 자체에 대하여 말하고 있는 글이므로 스스로를 비추는 거울이 되는 것이며 문학언어는 '밖'을 향하고 있는 듯하지만 문학 자체로 되돌아온다는 점에서 원의 궤적을 그린다는 의미이다. '텅 빈 핵과의 씨'란 문학의 기능이 과일의 씨앗처럼 완벽한 폐쇄의 구체球體를 이룸으로써 그 형태가 곧 의미일 수 있도록 된다는 뜻이다. 말라르메의 인용이 시사하는 바와 같이 특히 시의 경우가 그러하다. 말라르메 시의 중요한 테마는 바로 시 자체인 경우가 많다.

클라망스, 그 독백=대화를 통해서 오로지 저 자신을 가리켜 보일 뿐인 클라망스는 과연 '그 기이하고 속이 텅 빈 핵과의 씨'가 아니고 무엇이겠는가? 마지막에 가서 클라망스 자신이 노출시키는 그 말의 메커니즘은 다음과 같다.

> 그때 나는 말을 이어가면서 슬그머니 '나'를 '우리'로 바꿉니다. 그리하여 "이게 바로 우리들의 모습입니다"에 이르면 결판이 난 셈이니 나는 이제 그들에게 그들의 진실을 폭로할 수 있게된 겁니다. 그야 나도 그들과 다름없고 우리는 다 한통속이지요.(152쪽)

여기서 클라망스가 설명하는 말의 메커니즘에는 고의적으로 한 단계가 생략되어 있다. 즉 일인칭 단수 '나'에서 일인칭 복수 '우리'로 옮겨가자면 반드시 '당신'이라는 이인칭의 단계를 거쳐가야 한다.

나	=	당신	=	우리
(클라망스)	→	(상대방)	→	(나, 당신, 독자=인간)

그런데 사실은 이 중계적 단계, 즉 '당신'이야말로 이 조작의 관건이다. 클라망스(나)와 우리(독자, 인간 일반)의 동일화는 이 중간단계인 나와 '당신'과의 동일화 과정을 거침으로써만 가능

전락

해진다. 이 전략적 동일화가 결정적으로 성취되는 대목이 바로 이 소설의 마지막 구절이다. 바로 여기서 '나'가 범세계적 보편화로 도약한다. '나'는 '당신'이 됨으로써 '우리', 즉 인간 모두와 동일한 것이 된다. 지금까지 클라망스('나')가 자신의 모습이라고 그려 보이는 저 수치스러운 초상화는 마침내 '당신'의 초상화로 변함으로써 '나'와 '당신' 모두인 '우리'의 초상화, 즉 인간 저마다의 거울로 둔갑한다.

뭐라고요? 아! 그럴 줄 알았다니까요. 어쩐지 선생에게는 이상하게 호감이 간다 싶더니, 그럼 그럴 만한 속뜻이 있었군요. 선생도 파리에서 그 멋진 변호사 업계에 종사하고 계시다! 우리가 같은 족속이라는 정도는 알고 있었죠. 우리는 모두 서로 닮지 않았나요? 미리부터 답을 알고 있으면서 항상 똑같은 의문들과 마주한 채, 아무도 없는데 그 누구에겐가 혼자 끊임없이 지껄이고 있으니 말입니다. 그럼, 제발 부탁이니, 이야기해보세요. 어느 날 저녁 센강 강변로에서 당신에게 무슨 일이 있었는지, 그리고 절대로 당신의 목숨이 위태로워지지 않도록 어떻게 대처했는지 말입니다. 여러 해 전부터 내 수많은 밤들 속에서 그치지 않고 울리던 그 말, 그리고 이제 마침내 내가 당신의 입을 통해 하려는 그 말을 당신 자신이 입 밖에 내어 발음해보세요. "오! 아가씨, 다시 한번 물속으로 몸을 던져다오, 내가 우리 둘을 다 함

해설: 《전락》의 구조와 물의 이미지

께 구할 기회가 두 번째 찾아오도록!"(158~159쪽)

    Prononcez vous-même <u>les mots</u> qui, depuis des années,
n'ont cessé de retentir dans mes nuits, et que je dirai enfin
par votre bouche :《O jeune fille, jette-toi encore <u>dans l'eau</u>
pour que j'aie une seconde fois la chance de nous sauver
tous les deux!》

  '애정'을 통한 친화력, '파리'라는 같은 고향, 같은 '족속', 같은
직업(변호사), 그리고 두 사람이 공유하는 듯한 '입'… 이런 것
을 통하여 나와 당신의 동일화는 완성된다. 그런데 우리는 이
제 잠정적인 우회를 통하여 멀어졌던 물의 이미지로 돌아가기
위하여 지금 인용한 구절의 마지막 문장의 구문에 주목할 필
요가 있다.

  밑줄 친 문장(프랑스어 원문 참조) 속에서 두 인물, 즉 클라망
스와 그의 대화의 상대방은 각기 '발음하다'와 '말하다'라는 동
사의 주어 '나'와 '당신'이다. 그들은 '입'을 통해서 동일한 주어
가 되면서 동시에 '말les mots'을 동일한 목적어로 갖는다. 다시
말해서 이 동일화 작용의 핵을 이루는 것은 다름 아닌 '말'이다.
그런데 그 말("오오! 아가씨 … 물 속에 몸을 던져주오")의 중심은
다름 아닌 '물'이다.

  그러므로《전락》속에서 물은 말의 몸이며 살이다. 물은 이
야기 구조의 핵이며 이야기의 배경을 이루는 장소며 환경이

다. 조금 비약한다면《전락》속에서 말은 곧 물이며 물은 곧 말이다. 물의 역할을 이해하지 못한다면《전락》을 올바르게 이해할 수 없다.

2) 바다, 운하, 안개

좁은 의미에서 이야기의 무대는 어디인가? 사건은 어디서 일어나는가? 여기서 '사건'이 이중의 구조를 가지고 있는 만큼 그것이 일어나는 장소도 이중이다. 클라망스는 암스테르담에서 이야기를 하지만 그 이야기 내용 속에는 암스테르담과 파리가 교차한다. 이 두 도시는 서로 다른 두 개의 층에 위치한다. 암스테르담은 클라망스가 현재 이야기를 하고 산책하고 살고 눈으로 보는 장소다. 반면 파리는 현재 이야기가 부분적으로 문제삼는 과거의 장소다. 현재 지니고 있는 기억 속에 과거가 포함되듯이 파리는 암스테르담 속에 포함된다. 공간적인 측면에서 이를 달리 표현하자면 파리는 암스테르담 속에 위치한다. 한 이야기 속에 다른 이야기가 들어 있고 한 무대 속에 다른 무대가 들어 있다.

또 다른 공간의 측면, 즉 '높이'라는 관점에서 볼 때 파리는 위에, 암스테르담은 아래에 있다. 이것은 여러 의미에서 그렇다. 시간이 과거에서 현재로 '흘러내려가고 있다'는 의미에서

해설:《전락》의 구조와 물의 이미지

도 그렇고 이야기가 물을 따라서 높은 곳에서 낮은 곳으로 흘러내려 간다는 의미에서도 그렇다. 요컨대 《전락》은 물의 '추락'의 드라마이다. 《전락》은 파리에서 암스테르담으로의 전락과 추락의 이야기이다.* 이같은 상관관계를 염두에 두고 암스테르담이라는 무대를 자세히 분석하다 보면 우리는 자연히 파리라는 무대와 만나기 마련이다.

분석을 용이하게 하기 위하여 이야기의 외면적 골격을 '물'과 관련지으면서 일목요연한 도식으로 옮겨보자. 이야기는 형식상 6개의 장으로 구분되어 있다. 4장과 5장이 하루의 이야기에 해당한다는 점을 예외로 한다면 각 장은 모두 하루씩의 이야기들이다.

---

* 이 작품의 제목인 'La Chute'를 흔히 우리말로는 '전락'이라고 번역하지만 프랑스어의 일차적 의미는 단순히 '추락', '떨어짐'이다. 따라서 '전락'은 비유적, 윤리적인 의미만을 해석하여 번역한 결과다.

장	시간	장소	페이지	암스테르담의 물	파리의 물	상징적 물
1장	제1일	1. '멕시코시티'	11	진		물 = 말
		2. 시내('멕시코시티'에서 다리까지)	19~26	비, 안개, 운하, 바다		항해 — 꿈
2장	제2일	1. '멕시코시티'	22~44	진	센강	거울
3장	제3일	1. '멕시코시티'	45	진	비	추락
		2. 시내('멕시코시티'에서 클라망스의 집까지)	46~72	비, 운하(시작 60~끝 63)	센강	
4장		1. 마르켄섬 (둑 위에 앉아서)	73~96	바다, 운하 구름 — 비 둘기		'부정적 풍경'
5장	제4일	1. 자위데르제이 바다 위(배를 타고)	97	바다, 안개		바다 (대서양) '세례의 물'
		2. 시내(선착장에서 클라망스의 집까지)	111~117	습기 ('안개', '썩은 물', '알코올')		
6장	제5일	1. 클라망스의 방	118~144	'물의 수도' 눈 — 비둘기	강 '차가운 물'	물 = 말

　이야기 속에 나오는 '물'의 종류를 파리와 암스테르담에 따라 구분하고 그 두 장소의 물을 연결해주는 상징적 물을 따로 표시하면 우리는 위와 같은 도표를 만들 수 있다.

　도표에서 확인할 수 있듯이 암스테르담이라는 도시는 '물'이라는 질료가 주축을 이루는 환경이다. 이야기의 마지막 장 속에서 클라망스 자신이 그 사실을 다음과 같이 확인시켜준다.

세상에는 그런 곳이 많지만, 우연과 편의성, 아이러니, 그리고 어떤 고행의 필요성 같은 것 때문에 이 물과 안개의 수도를 택하게 된 겁니다. 운하들이 코르셋처럼 꽉 조이고 있는, 유달리 번잡하며 전 세계에서 사람들이 찾아드는 도시죠.(150쪽)

이같은 배경 지식을 가지고 그 '물과 안개의 수도'를 보다 면밀히 답사해보기로 하자. 우선 질료적이고 지형적인 면에서 물은 이야기와 장소 묘사의 주된 요소로 제시되어 있다. 한편 무대를 구성하는 불변 요소로서의 바다, 운하가 그렇고 다른 한편 가변적 요소(기상적 요소)로서의 안개와 비가 그렇다. 비록 가변적인 요소라 하지만 안개와 비도 이야기 속에서는 암스테르담의 항구적인 풍경의 일부를 이루면서 사라지지를 않는다(그 밖에 눈〔雪〕이 있지만 단 한 번밖에 나타나지 않으며 그것은 또 매우 애매한 상태로 등장한다. 이 문제는 후에 적당한 시기에 다루게 될 것이다).

(1) 바다

바다는 이곳에서 언제나 부정적인 성격을 띤다. 단 한 번의 예외가 있다면 클라망스가 '방심하는' 순간(이 '방심'도 사실은 계획적인 것일 테지만) 활짝 열려진 공간의 몽상으로서 환기되는 남쪽 바다의 모습이 그것일 것이다. "네덜란드가 그냥 상인들이 사는 유럽일 뿐 아니라 바다라는 것을 시팡고로, 그리고 사람들이 미칠 듯한 행복에 취하여 죽는다는 저 섬들로 인도하는 바다라는 것을 상기시켜 주는 겁니다."(23~24쪽) 잠깐 동안이나마 여기서는 카뮈적 인간이 본질적으로 지닌 '향수'가 스치고 지나간다. 네덜란드 사람들도, 클라망스도 그 깊은 본질에 있어서는 카뮈의 피조물임에 틀림이 없을 테니까.* 그러나 이 도시에서는 그 밝은 바다에의 향수마저도 물에 젖어 있다. 클라망스가 예외적으로 그 같은 향수 어린 바다 이야기를 한다 해도 그것은 오로지 그 바다를 축축한 이곳의 물로 적시고 더욱 완벽하게 부정하기 위함이라고 볼 수 있다.

암스테르담에서 바다의 존재는 우선 청각적 신호로써 온다. 왜냐하면 바다는 눈에 보이지 않는 '저쪽' 어딘가에 있기 때문이다. 클라망스와 그의 상대방이 처음 대면하는 장소가 선술집 '멕시코시티' 안이고 보면 바다는 기껏 소리를 통해서 짐작될 뿐인 공간이다.

---

* 《전락》에서 "인도로 떠나는 여행"(25쪽) 및 "그래서 환락에서 환락으로 전전했어요"(40쪽), 그리고 "더군다나 빛이 환할 때 에트나 화산 꼭대기에서 섬과 바다를 굽어볼 때 말입니다"(54쪽), "그리스의 섬에 가려면 우리는 가기 전에 오래도록 몸부터 씻어두어야 할 겁니다. 그곳은 공기가 깨끗하고 바다와 쾌락도 청정하거든요"(109쪽) 등을 참조할 것. 이 모든 예들은 클라망스의 속 깊은 기억 속에는 티파사에서나 목격할 수 있을 향일성 인간의 본질이 잠겨 있다는 것을 말해준다. 그러나 그는 《결혼》이나 《이방인》에서 볼 수 있는 인간의 네거티브로서 카뮈적일 뿐이다.

해설: 《전락》의 구조와 물의 이미지

아! 항구의 사이렌 소리가 들리세요?(19쪽)

이렇게 하여 클라망스는 상대방에게 이곳이 바닷가라는 사
실을 상기시킨다. 그러나 곧 그는 그 뱃고동 소리가 무엇을 의
미하는지를 덧붙여 설명한다. "오늘 밤 자위데르제이엔 안개
가 끼겠군요." 따라서 청각적 신호를 통하여 암시된 그 바다는
《이방인》이나 《행복한 죽음》 속에서 볼 수 있는 밝고 개방된
공간과 거리가 먼 것임을 알 수 있다. 오히려 무겁고 물기 있는
뱃고동 소리는 안개 낀 공간을 의미하면서 동시에 취소된 여
행을 예고한다.

그들은 유럽의 각지로부터 모여들어서 내해의 연안 퇴
색한 모래밭에서 발길을 멈춥니다. 그러고는 사이렌 소리
에 귀를 기울이고, 안개를 뚫고 혹시나 배들의 실루엣이라
도 보일까 하고 부질없이 찾다가는 이윽고 다시 운하들을
지나 비를 맞으며 돌아갑니다.(25쪽)

여행자들이 타고 떠날 배를 끝내 찾지 못한 채 영원히 기다
리기만 하는 곳이 바로 암스테르담이요 '멕시코시티'다. 암스
테르담은 여행의 출발점이 아니라 끝내 떠나지 못한 여행자들
이 되돌아오는 항구이며 그들의 발을 묶어놓는 감옥이다. 전
세계에서 온 뱃사람들(150쪽), "신문 애독자들과 간음 상습자

들", 즉 "유럽의 각지로부터 모여"든 현대인들(25쪽)이 선술집의 고객은 바로 이들이다. 이곳의 바다는 코르셋처럼 죄어들며 사람들이 바글거리는 닫혀진 바다, 즉 내해다. 이 바다의 이미지가 내포하는 값은 그 밖에 여러 가지가 있겠으나 우선 여기서는 단순히 지형적인 해석에 그치겠다.

(2) 운하

첫째날 선술집을 떠나면서 클라망스는 상대방에게 '길'을 가르쳐주기 위하여 '항구'까지 바래다 주겠다고 자청한다. 이리하여 그 두 사람은 운하를 따라 걷게 된다.(20쪽) 이 도시에서는 그 많은 운하들 때문에 사람의 통행은 일정한 길을 따라 가도록 강요되기 마련이다. 즉 길은 물에 의하여 제한된다. 결국 암스테르담에 사는 사람들의 생활 공간은 우선 육지를 폐쇄하는 내해의 바닷물에 의하여, 다음에는 코르셋처럼 죄고 있는 운하에 의하여 이중으로 한정된다. 그렇기 때문에 이 백성들은 집들과 물 사이의 조그마한 공간 사이에 꼭 끼인 채 길바닥에만 우글거린다.(22쪽)

무대 속에서 운하의 역할은 그러나 공간을 축소시키는 데 그치는 것이 아니다. 운하는 동시에 동심원 형상으로 길들의 방향을 유도한다. 클라망스는 이 사실에 대하여 상대방의 주의를 환기시킨다.

해설: 《전락》의 구조와 물의 이미지

혹시 동심원을 그리며 배치된 암스테르담의 운하들이 지옥도의 테두리들과 흡사하다는 사실을 주목해보았는지요? 물론 악몽으로 가득한 부르주아의 지옥이지요. 외부로부터 와서 도심으로 접근할 경우, 이 둥근 테두리들을 하나씩 하나씩 거치면서 삶은, 즉 삶의 죄악들은 더욱 깊고 더욱 어두워집니다. 지금 우리가 있는 곳은 마지막 테두리 속이지요. 이게 무슨 테두리인고 하니…. 아! 선생께서도 그걸 알고 계시던가요? 이거 정말이지, 선생은 점점 분류하기가 어려워지는 분이시군요.(24쪽)

교양 있는 이 두 사람의 변호사들은 물론 단테의 지옥을 알고 있다. 동시에 상징적이면서도 지리적인 그 "마지막 테두리"에 실제로 이르기도 전에 클라망스의 말 자체가 이미 단테의 비유를 통해서 상대방의 관심, '지옥'의 방향으로 인도한 것이다. 동심원의 모양으로 유도되는 것은 운하와 길만이 아니다. 언어 자체가 이미 현실성의 테두리를 넘어 빙글빙글 돌아가고 있다.

즉 마지막 테두리 속으로 들어가기 한 페이지 전부터 클라망스는 걸어가면서 그의 '꿈' 같은 이야기의 분위기 속으로 상대방을 점차로 유도해가기 시작해왔다. 현실과 언어의 마력 사이에 떠도는 기이한 꿈의 분위기는 어떤 조작을 통하여 만들어진 것인가?

1. "선생, 네덜란드는 한갓 꿈이에요."

   "그 꿈속에선 로엔그린이 살고 있어요."

2. "핸들이 높직한 검은 자전거를 타고 꿈꾸듯이 지나가
   는…"

   "그들은 마치 불길한 흑조(黑鳥)떼처럼… 온 나라를
   그칠 줄 모른 채 빙글빙글 도는 거예요."

   "그들은 원을 그리며 빙빙 돌고,…"

3. "그들은 여기에 있는 게 아닙니다. 수천 킬로미터나
   떨어진 (…) 떠나고 없는 겁니다. (…) 그들은 인상을
   찌푸리고 있는 인도네시아 신들을 진열장 마다 진열
   해놓고는 거기에다 대고 기도를 드립니다. 이 신들이
   지금은 우리들 머리 위에서 떠돌고 있지만 머지않아
   사치스러운 원숭이들처럼 간판이나 나선형 계단이 달
   린 지붕에 가서 매달려…"(23쪽)

   자전거, 나선형 계단, 로엔그린[8], 그칠 줄 모른 채 빙글빙글
돌아다니다, 빙빙돌다, 떠돌다… 이와 같은 원형의 이미지들
은 이미 다음 페이지에서 결정적으로 발설될 '원형의 테두리'
를 충분히 예비하고 있는 셈이다. 동심원 모양으로 돌아가고

---

* '로엔그린'을 언급함으로써 클라망스는 자신의 넓은 교양을 과시하기도

있는 운하 옆의 길을 따라 걸어가면서 빙빙 돌아가는 운동과 형상을 이야기 속에 반복하여 삽입하는 클라망스의 수사법은 상대방을 어지러움의 심리상태로 인도하려는 데 그 목표가 있다. 점차 암스테르담은 지리적으로나 심리적인 분위기로나 음산한 '꿈'의 공간이 되려 한다.

그렇다면 이 상상의 지옥에서 벗어나는 탈출구는 없을까? 이 운하들의 동심원을 깨뜨리고 다른 곳으로 뻗는 길은 없을까? 클라망스에 따른다면, 네덜란드 사람들은 오래 전부터 그 지옥에서 탈출하기를 포기해버린 듯하다. 그들은 운하를 건너고 또다시 건너보지만 결국은 제자리에서 맴도는 결과에 이를 뿐이다. 그들은 "몽유병자"처럼 꿈속을 걷고 있다. (23쪽) 동심원 위의 운동이란 가도 가도 결국은 출발점으로 되돌아오는 악순환의 운동이다.

그러나 운하를 건너갈 수 있도록 만들어진 '다리'가 있지 않은가? 동심원과 동심원을 횡적으로 연결하는 다리야말로 그 악순환의 고리를 깨뜨려줄 수 있는 출구가 아닌가? 그러나 여기

하지만 동시에 바그너의 전설적 세계를 암시하기도 한다. 이 바그너적 암시는 나중에 '비둘기'의 이미지에 연결된다. 그러나 이와 동시에 우리는 그 암시를 좀 더 확대하여 바그너의 비극 〈방황하는 네덜란드인〉에 나오는 '유령선 선장'과 처녀의 관계를 클라망스와 익사한 처녀의 관계에 대입시켜 해석해볼 수도 있다.

에서도 클라망스는 물을 준비하는 것을 잊지 않았다. 여기서 언급되는 운하의 '물'이 나중에는 이 이야기 전체 속에서 사건의 핵심을 이루게 될 것이다. 《전락》은 결국 이 악순환의 고리로부터 탈출하려는 기도가 최종적으로 실패하는 이야기이다.

악순환의 고리를 만드는 것도 물이요, 유일한 탈출구도 물이요, 그 실패의 원인도 물이다.

> 이 다리쯤에서 이만 헤어지겠어요. 난 밤엔 절대로 다리를 건너지 않아요. 어떤 맹세를 하고 나서부터 그렇게 하고 있습니다. 어쨌든, 어떤 사람이 물속으로 몸을 던진다고 가정해보세요.(25쪽)

이리하여 다리마저도 건널 수 없게 되어버린다. 길은 도처에 막혀 있다. 단 한 가지 가능한 것이 있다면 그것은 오직 영원히 악순환의 미로를 맴도는 일뿐이다. 이 세계 속에 일단 발을 들여놓은 사람은 밖으로 탈출하려 할 때마다 물을 만나게 될 것이다. 도시의 끝에는 바다요, 길가에는 운하의 물이다. 그러나 사실 물이 바다나 운하처럼 한정된 공간 속에 지리적으로 확실한 위치를 정하고 있기만 하다면 그것은 결국 운명적 위협이 되지는 않을 것이다. 왜냐하면 이 물은 이를테면 일정한 수평적 공간을 차지할 뿐 위치가 변하지 않는 수동적 물이기 때문이다.

해설: 《전락》의 구조와 물의 이미지

그러나 바다와 운하 이외에 여기에는 보다 능동적으로 길을 막는 물이 나타난다. 바로 분위기를 형성하는 물, 공중의 물, 동적인 물, 즉 안개와 비다.

(3) 지옥과 안개

　안개나 비의 이미지와 더불어 우리는 정태적인 위상位相분석에서 역동적 분석으로 옮겨가게 된다. '안개'라는 말을 발음해보라. 그러면 벌써 우리들의 상상력은 가벼우면서도 자욱한 물의 장막에 덮이고 눈에 보일 듯하면서도 보이지 않는 물의 입자들이 영혼 속으로 스며들기 시작할 것이다. 그것이 바로 안개의 동적이며 교활한 힘이다. 안개는 이미 사물이 아니라 그 자체가 이미지다. 공중의 물이요 반투명의 물인 안개는 외계나 인간의 내면 속에서가 아니라 그 양자 '사이'에서 참다운 힘을 행사한다. 우리가 이미 앞에서 보았듯이 안개는 뱃고동 소리와 인간의 청각 사이를 자욱이 가로막는다. 안개는 한편으로는 세계를, 다른 한편으로는 인간을 덮어싼다. 그것은 직접적인 접촉을 방해하고 즉각적인 교류의 혼선을 가져온다.

　바다와 운하로 이미 폐쇄되어 있는 공간 속에서 안개는 길의 앞과 뒤를 가로막을 뿐만 아니라 단 한 군데 열려 있는 허공마저 차단한다. 몸의 이동이 불가능할 때도 가령 시각, 청각, 후각 등은 외계와의 접촉을 가능하게 해준다. 그것은 거리를 유지하면서 외계와 접촉할 수 있는 수단들이다. 그런데 안개는 바로 그 원거리 접촉수단을 교란시킨다. 안개는 감각대상을 변형, 변질시킨다. 시각적 대상 속에 침투하는 안개를 보라.

> 네온과 진과 박하의 저 안개(23쪽)
> 안개를 뚫고 혹시나 배들의 실루엣이라도 보일까 하고 부질없이 찾다가는(25쪽)
> 질펀한 가장자리 쪽이 안개에 덮여 대체 어디가 바다의 시작이고 어디가 끝인지 알 수가 없어요.(108쪽)

카뮈의 다른 텍스트 속에서도 안개는 마찬가지의 역할을 한다.

> 헌 누더기를 입은 채 여전히 꼼짝달싹하지 않고 있는 양치기들의 무리 속에서 손 하나가 불쑥 솟아오르더니 그들 뒤의 안개 속으로 사라졌다.《적지와 왕국》

> 남극 하늘의 드문 별들이 눈에 보이지 않는 안개에 가리어진 채 희미하게 빛나고 있었다.《적지와 왕국》

안개는 청각적 대상도 변질시킨다.

> 나는 일종의 안개 속에서 살았어요. 그 속에서는 웃음소

리가 점차 희미해지더니 마침내 더 이상 들리지 않게 되더군요.(117쪽)

후각과 촉각의 경우도 마찬가지다.

그들은 구릿빛 구름 속에 머리를 묻은 채 ⋯ 안개의 금빛 향(香) 속에서 기도를 드리고 있으니, 그들은 여기에 있는 게 아닙니다. (23쪽)

끔찍한 안개가 도시의 사방에 짙어지기 시작하면서 과일과 장미꽃 냄새를 조금씩 지워가고 있다. 《《정의의 사람들·계엄령》)

요컨대 안개는 우선 풍경의 구성 요소들 속으로 '침투'하고 그것을 '흡수'한다. 그 다음에는 그것을 가장 작은 입자들로 와해시키면서 '용해'한 후 마침내 분산 및 소멸시킴으로써 대상을 비현실적인 이미지로 변형, 변질시킨다. 물이라는 질료와 그 역동성은 이같은 일종의 안개 물리학으로 설명할 수 있다. 안개는 이리하여 '침투하다', '흡수하다', '용해하다'라는 동사의 가장 적절한 주어가 된다. 세계와 영혼에 작용하는 안개의 한가운데에는, 안개 낀 형태의 한가운데에는, 세계를 저 몽롱한 소멸과 깊이로 인도하는 질료인 물이 있다. 그 세계 속에서는 존재란 곧 용해다. "각 원소는 저마다 특수한 용해 방법, 와해 방법을 가지고 있다. 흙은 먼지가 되고 불은 연기가 된다. 물은 그보다도 더 완전하게 와해된다. 물은 우리들로 하여금 완전하게 죽을 수 있도록 해준다"라고 바슐라르는 말했다.* 가볍고 교활하고 효과적인 안개는 해체된 물이다.

그러나 물은 우리들로 하여금 완전하게 죽을 수 있도록 해주기 전에 먼저 죽음을 꿈꾸도록 도와준다. 《전락》 속의 안개는 불길한 꿈의 원소다. 안개는 암스테르담을 '악몽'으로 가득 채워놓는다. (28쪽)

선생, 네덜란드는 한갓 꿈이에요. 황금과 연기로 된 꿈. 낮에는 연기같이 더욱 칙칙하고 밤이면 금빛으로 더욱 빛나지요. 그리고 밤이나 낮이나 그 꿈속에선 로엔그린이 살고 있어요. (23쪽)

사물은 윤곽이 흐릿해진다. 풍경은 현실성을 상실한다. 밤과 낮의 질서는 뒤집히고 서로 혼동된다. 사람들은 전설이나 신화 속의 인물로 변해버린다. 네덜란드 사람들은 여기 땅 위를 걸어다니면서도 이미 딴 곳에 가 있다. 인간은 현실 속에 살

* 가스통 바슐라르, 《물과 꿈》.

해설: 《전락》의 구조와 물의 이미지

면서도 이미 이야기 속으로 들어가버린 것이다. 그 인간은 바로 〈유령선〉 속의 '방황하는 네덜란드인'이나 〈로엔그린〉 속의 '백조기사'가 아닌가? 모든 것이 끝없이, 그러나 천천히, 알아차리기 어려울 만큼 슬며시 제자리에서 맴돌고 있다.

꿈의 분위기를 만드는 데 있어서 안개의 역할은 다양하다. 안개가 현실을 변형시키는 조작이 완료형인 법은 없다. 안개는 항상 지금 현실을 변형시키고 있는 중이다. 안개의 동사는 항상 현재진행형이다. 안개는 현실 속에 조금씩의 현실을 남겨둔다. 바슐라르적 의미에서 안개의 역동성은 바로 이같은 양가성兩價性에 의하여 설명된다. 항상 두 가지 상반된 요소가 하나의 이미지 속에 동시적으로 공존한다. 즉 배와 그 실루엣, 배를 찾아 헤매임과 그 헤매임의 헛됨, 나타남과 사라짐, 존재와 부재, 현실과 비현실—그 양자 사이에 떠도는 것이 안개다. 그것이 바로 어지러움을 유발하기 위하여 세계 속에 깊이를 만드는 안개의 간헐성이다. 안개는 보여주면서 동시에 가린다. 안개는 존재하게 하며 동시에 부재하게 한다. 안개는 나타나는 듯하면서도 사라진다. 깨어 있는 상태와 잠들어 있는 상태 사이를 걷고 있는 몽유병 환자들은 바로 꿈과 안개의 주인공들이다.

'역동적 간헐성'과 직접 관계가 있는 성질이지만 물은 안개에 의하여 또 다른 특징을 드러내 보인다. 역동적인 측면에서 볼 때 안개의 움직임은 완만하다. 질료적 측면에서 볼 때 안개는 무겁다. 움직임이 완만한 것은 모두 다 무겁다. 무거운 것은 모두 다 완만하게 움직인다. 그러나 '가벼운 안개'도 있지 않은가 하고 반박할지도 모른다. 물론 안개가 상상력의 차원에서 강력한 힘을 갖는 것은 가장 작은 물의 입자로 해체되어 침투하기 때문이다. 이리하여 안개는 공중에 뜰 수 있다. 그러나 안개는 봄철의 투명한 시냇물처럼 흐르지 않는다. 아래위로 움직이든 옆으로 움직이든 안개의 움직임은 너무나도 완만하여 허공에 그냥 걸려 있는 듯하다. 안개는 공중에 가만히 떠 있는 물이다. 《페스트》 속에서 만날 약속이 수포로 돌아가자 초조해진 랑베르는 어두운 성당 안으로 들어간다. 은은한 풍금소리가 들리고 그림자와 꺼먼 형상들이 랑베르의 눈에 보인다.

> 무릎을 꿇고 있어서인지 그들은 더한층 오그라들어 보였으며, 회색 배경 속에 번져들어 마치 응고된 그림자의 덩어리처럼, 주위의 안개보다 약간 더 짙을까 말까 싶게 여기저기에 드문드문 떠 있었다.(《페스트》)

안개는 흐르지 않는다. 그러나 존재는 안개 속으로 무너져 내린다. 인간이 소외감을 느끼거나 길을 잃을 듯 느끼는 곳에서는 세계 전체가 안개로 가득 찼다. 〈자라나는 돌〉 속에서 다라스트의 눈에 보이는 세계는 바로 그러한 것이다.

해설: 《전락》의 구조와 물의 이미지

그는 이 고장 전체를, 이 거대한 공간의 슬픔을, 숲속의 푸르스름한 빛을 토해내고만 싶었다. 이 황량한 대하의 어두운 물결을. 이 땅은 너무나 거대하다. 피와 계절들이 서로 분간할 수 없게 되고 시간은 액화한다. 여기서의 생활은 땅바닥에 찰싹 붙어 지내는 생활이다. 이 생활에 끼여들려면 여러 해 동안 이 진창의 땅바닥, 때로는 메마른 땅바닥에 그대로 누워 잠든 듯이 지내야만 했다.《적지와 왕국》

강과 '푸르스름한' 빛, 진창의 땅바닥, '액화된' 시간… 이처럼 물은 이 고장 전체에 가득하다. 그리고 떠도는 안개 역시 "멀리 강의 양쪽 기슭에는 나지막한 안개가 숲 위로 떠 있다."《적지와 왕국》.

아마도 모든 안개에 가장 적당한 형용사는 '나지막한'일 것이다. 그것은 단순히 안개가 떠 있는 공간적 높이만을 지시하지는 않을 것이다. 그것은 무엇보다 먼저 안개가 지닌 '무거움'을 의미한다. 이리하여 옅은 것이건 짙은 것이건 안개는 인간의 가슴과 영혼을 '짓누른다'. 그렇기 때문에 여기서의 생활은 '땅바닥에 찰싹 붙어 지내는' 생활이요 '땅바닥에 그대로 누워서 잠든 듯이' 지내야 하는 생활이다. 구름이 당장이라도 빛 속으로 흡수될 수 있는 수직적인 물이라면 안개는 수평적으로 누워서 떠 있는 물이다. 높이 뜬 안개는 이미 안개가 아니다.

전락

안개는 오로지 그 무거움의 역동성을 느끼게 해줄 만큼만 가볍다. 클라망스는 그 사실을 잘 알고 있다.

> 그런데 오늘 저녁에도 어쩐지 컨디션이 좋지 않네요. 심지어 내가 하는 말도 술술 풀리지 않아요. 말솜씨도 전보다 더 못해진 것 같고요. 아마 날씨 때문이겠지요. 숨이 답답하고 공기가 어찌나 무거운지 가슴을 짓누르는군요.(54쪽)

클라망스는 아마도 이렇게 하여 공기가 가슴뿐만 아니라 그의 말을 짓누르고 있다는 점을 암시하는 것이리라. 습기찬 공기, 즉 눈에 보이지 않는 안개는 언어 속에까지 배어든다. 심지어 '이야기도 시원스럽게 하기' 어렵다니 말이다. 클라망스에게 있어서 말(문장, phrases)이란 이런 것이다.

> 하지만 이건 그야말로 과잉 상태라서. 그저 입만 열면 말이 쏟아져 나오는 거예요. 하긴 이 고장이 부추기는 거에요.(22쪽)

우리는 이 걷어낼 길 없는 안개가 어디서 생겨나는 것인지 알고 있다. 여기서 안개는 때때로 나타났다가 사라지는 가변적 기상현상이 아니라 항구적인 현상이다. 왜냐하면 안개는 "빨래처럼 김이 무럭무럭 나는" 바다(22쪽), "연하게 탄 비눗물 색깔" 내해(84쪽), '죽은' 바다에서 피어오르는 것이기 때문이다. 이제 우리는 이 역동적인 안개 이미지와 관련된 바다를 다시 한 번 새로이 답사해보지 않으면 안 된다.

제3일에 클라망스는 마침내 파리에서의 익사 사건을 이야기하고 난 후 그 '친애하는 고향분'을 자위데르제이 바다 위의 마르켄섬으로 데려가주마고 약속했고(82쪽) 과연 그 이튿날 그곳으로 동행한다. 이리하여 항상 동일한 배경(암스테르담) 속에서 진행되는 이야기 속에 하나의 바다 '여행'이 삽입된다. 이미 본 바와 같이 그토록 이 공간을 가득 채우고 있는 물의 이미지에 너무나 익숙해진 나머지 우리는 이 '항해' 이야기에 유난스럽게 주목하지도 않은 채 읽어넘기기 쉽다. 그만큼 클라망스의 이야기 자체는 안개와도 같다.

세계 전체가 물을 통하여 멸망으로 미끄러져 들어가고 있는 듯하다. 그렇지만 이 작품 전체 중에서 바다 위로 배를 타고 여행하는 제3일만이 유독 두 개의 장을 이루고 있다는 사실에 우리는 유의해야 한다.*

---

* 로제 키요에 따르면 '초고' 속에서 이미 "책의 구조가 분명하게 지적되어 있었다. 다만 4장과 5장이 원래는 한 개의 장으로 되어 있었다는 점만 다르다."(플레야드판 카뮈 전집 제1권, 2005쪽) 이렇게 장의 구성이 변했다는 사실은, 비록 "원래 《적지와 왕국》 속에 삽입할 긴 단편소설을 쓰다가 그만 자기도 모르게 이야기를 길게 쓰게 되고 말았다"(《르몽드》, 1956. 8. 3.)고는 하지만, 카뮈에게 있어서 이 항해의 이야기 부분이 얼

전락

이 물 위에 실려 떠가는 세계의 이미지와 함께 우리는 앞에서 잠시 언급되었던 '로엔그린'을 상기하게 되고 한 걸음 나아가서 바그너의 세계, 특히 〈유령선〉 속에 나오는 젠타의 발라드를 상기하게 된다(바그너는 '대양에 몸을 맡긴 채 그가 겪은 모진 경험' 끝에 오페라를 지었다).

> 검은 돛대에 붉은 돛을 달고 바다 위에 떠 있는 배를 보신 적이 있나요? 배 위의 상갑판에는 창백한 선장이 끊임없이 바다를 노려보고 있답니다. (…) 그러나 어느 날 그가 만일 죽을 때까지 마음 변치 않는 한 처녀를 만나게 된다면 구원될 것입니다. 아, 창백한 뱃사람이여, 그 처녀를 그대는 언제 만나게 되려나?

이 노래에 네덜란드인은 이렇게 화답한다.

> 내 가슴을 불태우는 이 어두운 불길을 사랑이라 부를 것인가? 아아, 아니로다. 그것은 구원을 위한 초조한 기다림일 뿐인 것을.

마나 중요한 것인가를 말해주는 셈이 아닐까?

해설: 《전락》의 구조와 물의 이미지

클라망스의 이야기는 이 '네덜란드'의 바다에 의하여 신화적인 차원으로 확대될 수 있다. 그러나 신화적인 분위기는 클라망스의 말이 지닌 시니컬한 성격으로 인하여 끊임없이 와해된다. 여기서는 바그너의 신화와는 반대로 영원한 항해를 통한 구원의 추구라는 신화가 뒤집힌 모습으로 나타난다. 즉 한 처녀가 나타나서 뱃사람을 구원해주는 것이 아니라 여기서는 거꾸로 클라망스가 한 처녀를 구원했어야 마땅한데 구원하지 못한 것이다. 그는 바로 그 제3일이 끝나갈 무렵에 그 사실을 털어놓게 된다. 이 작품의 마지막에 가서 구원의 포기에 대하여 클라망스는 이렇게 말한다. "그렇지만 안심해도 돼요! 이제는 때가 너무 늦었어요. 언제나 너무 늦은 것일 겝니다. 천만다행이지 뭡니까!"

클라망스의 이야기가 바그너의 비극과 대립적인 것은(즉 사진술에서 쓰는 의미에서 '네거티브'한 것은) '네거티브한 풍경'인 바다의 경우도 마찬가지다. 여기서는 바람이 세차게 몰아치는 가운데 삐걱거리는 밧줄 같은 것도 찾아볼 길 없고 '방황하는 네덜란드인'을 위협하는 저 성난 바다도 없다. 오직 클라망스만이 보여줄 수 있다고 자처하는 "이곳에서 아주 중요한 것"의 풍경은 어떤 모습인가?

자, 어떻습니까? 이야말로 세상에서 가장 아름다운 네거티브 풍경의 극치가 아닙니까! 우리 왼편에 있는 저 잿더미를 좀 보세요. 저걸 여기서는 모래언덕이라고 부르지요. 우리 오른편에는 잿빛 제방, 발아래는 납빛 모래톱, 그리고 우리 앞에는 연하게 탄 비눗물 색깔의 바다와 희끄무레한 물이 반사되는 광막한 하늘. 정말이지 물컹한 지옥이지요! 오직 질펀하게 가로누운 것뿐이죠. 아무 광채도 없고 보니 공간은 무색이고 생명은 죽어있죠. 이게 바로 범우주적인 적멸, 눈에 감지되는 허무가 아닐까요?(83~84쪽)

안개는 세계를 저 우주적인 허무로 탈바꿈시키는 요소지만 동시에 그것은 그 허무를 '가시적'으로 만든다. 이것이 바로 '수 평적'인 사막으로 구체화된 '가벼운' 물의 무거움이다. 위의 인용문 속 네거티브한 풍경에는 또 다른 전도현상이 지적될 수 있다. 즉 바다와 하늘의 위치가 전도되어 있는 것이다. 맑은 바다 속에서는 하늘이 비쳐 보이는 것이 정상이다. 그런데 여기서는 거꾸로 '흐릿한 바닷물'이 하늘 속에 비쳐 보인다. 하늘이 저 공기의 가벼움을 상실하고 안개 때문에 젖고 무거워져서 수평적으로 떨어져 누워버렸다면 투명한 천상의 공간은 어디로 간 것일까?

하늘은 살아 움직인다고요? 옳은 말씀입니다, 친구님. 사실 하늘은 밀도가 짙어졌다가 속이 패이면서 바람의 계단을 열기도 하고 구름의 문을 닫기도 하죠. 저건 비둘기

해설: 《전락》의 구조와 물의 이미지

떼예요. 네덜란드의 하늘은 수백만 마리의 비둘기 떼로 가득 차 있다는 걸 주목해보셨나요? 너무나 높이 떠 있어서 눈에 보이지는 않지만 이놈들은 날개를 치면서 한결같이 똑같은 동작으로 올라갔다 내려갔다 하고, 바람 부는 대로 회색 깃털의 **빽빽한** 물결이 실려갔다 실려왔다 하면서 온 하늘을 가득 메우고 있어요. 비둘기들은 저 위에서 일 년 내내 기다리고 있어요. 땅 위의 저 높은 곳에서 빙빙 돌고 두리번거리면서 내려오고 싶어하지요. 그러나 바다와 운하, 그리고 간판으로 뒤덮인 지붕들뿐이니 딛고 내려앉을 머리통 하나 안 보이는 겁니다.(84쪽)

이 대목에 와서 클라망스의 말은 묘사와 비유 사이를 재빨리 넘나들기 때문에 하늘을 가득 채우는 '눈에 보이지 않는' 비둘기가 무엇을 의미하는지는 확실하지 않다. 그러나 우리가 굵은 글자로 표시한 동사들의 주어를 '안개'로 대치시켜본다면 우리가 앞서 분석한 이미지들의 특징들이 잘 드러나는 것을 볼 수 있을 것이다. 동시에 **빽빽**하고 속이 패여 있으며 무거우면서도 가볍고, 보이면서도 보이지 않고, 가만 있으면서도 움직이고, '똑같은 동작으로' 오르내리고, 바람에 실려 오기도 하고 실려 가기도 하는 이 비둘기들은 하여간 안개와 닮은 데가 많다. 그것은 하늘이며 구름이며 안개며 비둘기다. 가볍고 완만하고 망설이고 기다리고 맴도는 그것은 오직 '무거움'만에 복종하듯이 '내려오고 싶어한다'. 그러나 지금은 허공에 뜬 채 방황한다. 그것은 이 이야기의 끝에 가서야 비로소 '눈雪'이 되어 내려올 것이다. (160쪽)

4장의 끝에 이르자 바닷물은 부풀어오르고 배는 떠나려 한다. 날은 저물어가고 저 '음산한 시간'의 항해는 시작된다.

> 아니, 착각이십니다, 선생. 배는 제 속도로 달리고 있어요. 하지만 자위데르제이는 사해死海, 적어도 거의 사해에 가까운 바다지요. 질펀한 가장자리 쪽이 안개에 덮여 대체 어디가 바다의 시작이고 어디가 끝인지 알 수가 없어요. 그러니 우리는 지표가 될 만한 건 아무것도 없이 나아가고 있어서 속도를 가늠할 수가 없는 겁니다. 앞으로 나아가고는 있지만 달라지는 게 없어요. 이건 항해가 아니라 꿈이지요.(108쪽)

이로써 탈출이 끝내 불가능하다는 것이 증명된 셈이다. 단하나 자유를 향하여 개방되어 있는 공간인 바다가 그 어느 곳으로도 인도해주지 못하는 것이다. 그 바다를 통하여 이르는 곳이 있다면 그것은 기껏해야 방향감각의 상실이요 깨어서 꾸는 악몽일 뿐이다. 배는《페스트》의 오랑이나 '미노타우로스'의 절벽에서처럼 '태양의 섬을 향해 떠날 준비도'(《결혼·여름》) 하지 않고, '그리스의 에게해에서'처럼 빛을 찾아 떠나는 것도

해설:《전락》의 구조와 물의 이미지

아니다. 그것은 '죽은' 바다, 죽음의 바다로 가는 항해인 것 같다. 그 배는 아마도 최초로, 그리고 최후로 인간을 죽음의 여행 길로 인도하는 물의 교통기관인 듯하다. 영원히 완료되지 않는 진행형의 죽음 여기가 바로 물컹한 지옥이다. '유령선'도, 자위데르제이 바다 위에 떠 있는 배도 모두 눈에 보이는 죽음이요 영원한 '죽어감'이다. "죽음이야말로 최초의 항해사가 아니었던가?"라고 바슐라르는 말했다.[*] 그는 항해의 진정한 문제성을 이렇게 설명한다. "진정하고 힘찬 관심사는 악몽의 관심사다. 그것은 우화적인 관심사다."[**] 클라망스는 그것을 잘 알고 있다. 양적으로 헤아릴 수 있는 관심사는('꽤 빨리 달린다', '속도를 측정하다') '꿈꾸는' 관심사, 즉 악몽으로 바뀐다.

이것이 물 이미지의 참다운 값이다. 물은 악몽의 원소인 것이다. '물컹물컹한 지옥'은 이리하여 알제의 '높은 곳'에 위치한 뫼르소의 단단하고 분명한 감옥과 대칭을 이룬다. 암스테르담의 풍경을 구성하는 세 가지 요소, 즉 바다, 운하, 안개에 다 같이 공통된 값은 '감금'으로서의 기능이다. 그러나 이 공통된 값의 내부에서 각 구성 요소들은 저마다 서로 다른 방법으로 '감

---

[*] 가스통 바슐라르, 《물과 꿈》.
[**] 위의 책. 물과 죽음의 관계에 대해서는 이 책의 〈카롱 콤플렉스〉장 전체를 참조할 것. 그 밖에 질베르 뒤랑의 《상상계의 인류학적 구조들》 및 샤를 모롱의 《물의 지혜Sagesse de l'eau》(Robert Lafon, 1945), 135쪽 참조.

금'의 기능을 다한다. 내해는 우선 육지의 공간을 크게 한정한다. 운하는 바다에 의하여 한정되고 폐쇄된 공간 내부에서 길의 방향을 동심원의 방향으로 유도한다. 마침내 안개는 암스테르담 내부의 길들의 방향 자체에 혼란을 가져온다. 이리하여 방향감각을 상실한 인간의 액체 감옥, 장님의 감옥이 만들어진다. 각 요소들에서 다음 요소로 옮아갈 때마다 물의 역할은 보다 더 포괄적이게 된다. 바다는 오직 지형적, 위상적 구속의 값을 지닌다. 운하는 그같이 정태적 값을 초월하면서도 지옥의 둥근 테두리라는 감금의 상대적 값을 어느 정도 갖고 있다. 안개는 앞의 두 요소가 지닌 정태적 감금의 값을 초월하여 능동적인 감금의 기능을 가진다. 안개로 인하여 암스테르담은 가장자리가 없는 감옥, '밖'을 전제로 하지 않는 보편적인 감옥이 된다. '물컹물컹한 지옥'은 보편화된 감금 상태를 초래한다. 안개는 단순히 탈출을 막는 벽이 아니다. 안개는 탈출, 혹은 출발이라는 의미 자체를 말소시킨다. 물의 감옥은 한계가 없는 감금의 공간이다. 안개의 지옥은 천국을 전제로 하지 않는다. 밖으로 나간다는 말은 무의미하다. '밖'이란 것을 무화시키는 것이 안개이기 때문이다.

해설:《전락》의 구조와 물의 이미지

2. 현실에서 허구속으로 내리는 비

1) 멸망으로 가고 있는 끝없는 항행

'감금'의 테마는 카뮈의 작품 전체에 걸쳐 집요하게 반복된다. 감옥은 《이방인》의 2부 전체의 무대다. 《페스트》는 감금과 유폐의 드라마다. 《오해》와 《계엄령》의 주제도 마찬가지다. 〈배교자〉도, 〈손님〉의 아랍인도, 《정의의 사람들》의 칼리아예프도 수인이지만 '수직의 수족관'(《적지와 왕국》)에 들어앉아 있는 예술가 요나 역시 일종의 갇혀진 인간이다. 로제 키요는 그의 유명한 카뮈 연구서에 '바다와 감옥'이라는 의미심장한 제목을 붙였다.* 이제 이 주제를 강조한다는 것은 새삼스러운 바 없지 않다.

그러나 '감금'이라는 동일한 테마 속에 두 종류의 감옥, 두 종류의 감금 방식이 구별되어 내재한다는 사실을 지적하는 것은 의미 있는 일이다. 카뮈의 세계 속에는 물컹물컹한 지옥,

---

* 로제 키요, 《바다와 감옥La Mer et les prisons》(Gallimard, 1970). 이 책은 카뮈가 아직 생존해 있던 1960년에 출판된 이후, 저자가 카뮈 사후에 여러 군데를 수정하여 1970년에 재판을 냈지만 '바다와 감옥'이라는 제목만은 그대로 사용했다.

혹은 수렁 같은 감옥이 있는가 하면 건조하고 단단하고 빛 밝은 감옥이 있다. 도시의 꼭대기에 위치하고 있으며, 작은 창문이 나 있어서 그것을 통하여 바다를 볼 수 있는가 하면 가만히 누워서 하늘을 바라볼 수 있는 《이방인》의 감옥은 좀 과장되게 말한다면 오히려 관광호텔 같은 인상을 준다. 그러나 그 반대편에는 사물의 중심이요 깊은 물의 심연같이 경계도 바닥도 없는 감옥, 즉 《전락》의 공간도 있다. 이리하여 《이방인》과 《전락》은 《페스트》를 사이에 두고 정면으로 대립관계를 보여주는 두 개의 감옥이다. 공중에 떠 있는 듯한 감옥에서 최후의 시간을 기다리는 뫼르소가 자기는 항상 '행복했으며 지금도 행복하다'고 술회하는 것은 진심의 토로라고 볼 수 있다. 반면 물컹물컹한 물의 지옥 속에서 저 그칠 줄 모르는 이야기를 끝내면서 클라망스가 암시하는 행복은 냉소적인 것이다. "너무 늦었어요, 이젠. 언제나 너무 늦을 겁니다. 천만다행으로!heureusement!"(159쪽)

물에 의한 감금은 역동적 감금이요 뫼르소의 감금은 정태적 감금이다. 암스테르담은 눈에 보이지 않는 감옥이지만 알제의 감옥은 돌벽과 창문과 천장 등으로 분명하게 구획된 감옥이다.

클라망스의 감옥에는 벽이 보이지 않는다. 물의 감옥에는 정해진 테두리가 없지만 '감금 상태'는 어딜 가나 어김없이 느껴진다. 여기서의 물은 방향 감각 자체를 말소시키므로 모든 동작, 모든 탈출의 기도는 결국 완만하고 끝없는 '추락'으로 인도될 뿐이다. 물속의 꿈, 물속의 몽상은 오직 물의 영원한 동력을 따라 밑으로 밑으로 내려갈 뿐이다.

자위데르제이 바다 위로 항해하기 위하여 배에 오르기 전에 클라망스는 단테의 연옥에 대하여 이렇게 말한다.

> 아이고 놀랐습니다. 그렇다면 선생은 단테가 신과 악마의 싸움에서 중립적인 천들의 존재를 인정하고 있다는 것을 아시겠군요. 그래서 그는 그 천사들이 있는 곳이 가장자리, 그가 말하는 지옥의 현관쯤이라고 했잖아요. 그러니까, 친구님, 우리는 지금 그 현관에 있는 거예요.(95쪽)

이 "현관"이야말로 물의 감옥이 지닌 추락의 역동성을 잘 설명해준다. 천국과 지옥 사이에 있되 아직 지옥에 이르지 않은, 그러나 끝없이 지옥에 가까워가고 있는 동적 지대가 바로 연옥이요 대기실이다. 죽음 그 자체는 아마 불행마저도 아닐지 모른다. 왜냐하면 그것은 단순히 모든 것의 끝이기 때문이다. 참으로 견딜 수 없는 불행은 죽어가고 있는 이 완만한 추락의 진행형이다. 메르소에게 있어서 죽음은 '행복의 뜻하지 않은 사고'에 지나지 않는다(《행복한 죽음》). 〈제밀라의 바람〉 속에서는 죽음이란 빠르고 돌연히 떨어지는 해요 송두리째 죽어버리게 마련이라는 확신이다(《결혼·여름》). 카뮈 자신에게 있어서 죽음은 절대적 소멸이요 계속성 없는 끝이다.

번개처럼 빨리, 단 한 번, 무시무시하게 찌르는 단검, 투우의 돌격―이것이야말로 순결한 것이다. 그것은 신의 돌격이다. 쾌락이 아니라 열화, 신성한 소멸. 《작가수첩 2》*

반면 시니컬하고 교활한 물의 인물인 클라망스에게 있어서 죽음은 끝도 없이 계속되는 저 완만하기만 한 단말마의 고통이요 연옥의 끝없는 항해를 의미한다. 우리는 이 작품의 표지에 찍힌 제목 '추락La Chute'이라는 단어를 그 끝없는 바다 여행의 장에서 처음으로 만나게 된다. (123쪽)

---

* 앓아 누운 청년 카뮈에게 의사가 "당신은 강한 사람이니 솔직히 말하지요. 당신은 곧 죽게 됩니다"라고 말한 이후에 카뮈에게 있어서 죽음은 그를 영원히 떠나지 않는 이미지요 테마요 고정관념이요 '개인적 신화'였다. 그의 최초의 소설은 《행복한 죽음》이었다. 특히 세월이 지남에 따라 저 '피비린내나는 수학'(《시지프 신화》)과 1949년 10월 말 병의 재발과 더불어 죽음은 《작가수첩》 속에 지울 수 없는 자취들을 남기게 된다. "나는 때때로 격렬한 죽음을 바란다. 영혼을 빼앗기는 것에 항거하여 외치는 것이 용인되는 죽음 말이다. 또 어떤 때는 내가 자신도 모르는 사이에 당했다고 여겨지지 않도록, 알고 죽음을 맞기 위하여, 의식이 또록또록한 오랫동안의 최후를 맞고 싶어지기도 한다. 그러나 땅 속에 묻히면 숨이 막힌다."(《작가수첩 2》) 격렬한 죽음이건 완만한 죽음이건 카뮈는 하여간 죽음의 운명을 거역하고자 했다. 그리하여 1960년 1월 4일 월요일 13시 55분 상스에서 파리로 가는 노상에서… "어떤 끔찍한 소리가…."

해설: 《전락》의 구조와 물의 이미지

2) 비 혹은 떨어지는 물

하늘에서 떨어지는 물인 비만큼 확실하게 물의 운동을 느끼게 하는 요소는 없을 것이다. 카뮈의 세계 속에서 독자들은 죽음을 초래할 정도로 강렬하게 내려쬐는 햇빛에 너무나 깊은 인상을 받은 나머지 거기에서 비가 내리기도 한다는 사실을 간과하기 쉽다. 그러나 눈여겨 보면 프라하, 모라비아, 브라질 등 많은 곳에서 '가느다란 이슬비'가 안개처럼 그칠 줄 모르고 내린다는 것을 알 수 있다.

아니 심지어 태양만이 지배하는 듯한 《이방인》의 알제에서도 장례식 다음날 구름이 끼면서 '비가 올 것 같은 조짐'이 보인다. 〈티파사에 돌아오다〉를 세심하게 읽어본 독자는 알제에 닷새 동안이나 그치지 않고 비가 내려 마침내는 바다까지도 적셔버리는 것을 기억할 것이다. 그리하여 "물을 숨쉬는 것 같아서 마침내는 공기가 물같이 마셔지는 것"이라고 내레이터는 말한다(《결혼·여름》). 또 전쟁이 계속되는 동안 내레이터가 찾아간 티파사에는 "아마 우연이겠지만 그날 아침 폐허 전역에 비가 내리고 있었다"(《결혼·여름》). 《페스트》의 도시 오랑에서도 비는 온다. 파늘루 신부의 첫번째 설교가 있던 여름철, "그 전날부터 하늘이 컴컴해지더니 비가 억수로 쏟아졌다." "밖에서는 비가 더 심하게 퍼부어댔고, 절대적인 침묵 가운데에서 던져진 그 마지막 한마디는 유리창을 두드리는 빗소리 때문에 더 한층 심해지면서 강하게 메아리치는지라 그 서슬에 몇몇 청중들은 잠시 머뭇거리다가 의자에서 미끄러져 내려와서 기도대 위에 무릎을 꿇는 것이었다."(《페스트》). 가을철이 되어 두 번째 설교 때는 비 대신에 '거센 바람'이 불지만 그 바람 역시 "비 냄새와 축축한 포도 냄새를 실어다가 성당 안에 불어넣었다."(《페스트》). 11월 하순의 '억수 같은 비'가 지나자(《페스트》) 긴긴 겨울, 병든 타루 곁에서 뜬눈으로 지새는 고독의 밤이 온다. "한순간 거리에서 급히 뛰어가는 발소리들이 들려왔다. 발소리는 멀리서 으르렁거리는 천둥소리에 쫓기는 것 같더니, 이번에는 그 천둥소리가 차츰 가까워지면서 마침내 거리는 빗줄기가 좍좍 뿌리는 소리로 가득 찼다. 비가 또다시 오기 시작한 것이다. 그 비에 우박이 섞여서 도로를 후려쳤다."(《페스트》).

《적지와 왕국》에서는 어떠한가? 비유적으로 나타나는 '모래비'는 그만두고라도 '소금의 도시'에서는 '심지어 태양과 모래도 적시는 저 순식간의 미친 듯한 비'를 만날 수 있다(〈배교자〉).* 그런데 북부지방의 비와 남부지방의 비를 비교해본다면

---

* 《결혼·여름》: "더군다나 나는 알제의 비가, 마치 단 두 시간 만에 범람하여 여러 헥타르의 땅을 쑥밭으로 만들어놓다가도 돌연 물이 말라버리는 내 고장의 그 시내들과 마찬가지로, 절대로 그치지 않을 것만 같이 보이다가도 어느 한순간에 툭 그쳐버린다는 것을 알고 있지 않았던가?"

해설: 《전락》의 구조와 물의 이미지

이것 역시 흥미로운 대조를 이룬다는 것을 알 수 있다. 남쪽의 비는 항상 '순식간에' '예고 없이' '미친 듯이' '치열하게' 쏟아져 대홍수를 이루지만 또 순식간에 그친다. 반면 북쪽의 비는 암스테르담의 그것처럼 '천천히' '가늘게' '쉬지 않고' 내리는 안개 비들이다. 기이하게도 전자의 비는 불꽃에 가깝다. 반면 후자의 비는 완만하게 영혼 속을 파고드는 교활한 물, 그러나 끝도 없고 바닥도 없는 물이다.

첫날부터 이미 클라망스는 암스테르담의 비를 주목하게 한다. "사람들이 이렇게 많다니, 이런 밤늦은 시간에. 여러 날 동안 그치지 않고 비가 내리고 있는데!"(21쪽) 그러나 이 암시 이후 오랫동안 그는 비에 대하여 언급하지 않는다. 바다와 운하와 안개가 비를 대신해주었던 것이다. 그러나 클라망스의 말 속에 비에 대한 암시가 이처럼 중단되어 있었던 것 역시 어떤 계산된 의도 때문인 듯하다.

제3일이 되어 '친애하는 고향분'을 '멕시코시티'에서 다시 만나자 그는 곧 공기가 너무 무거워서 가슴을 짓누른다는 구실로 밖으로 나가 거리를 좀 거닐자고 유인한다.(54쪽) 이것은 이미 그의 긴긴 이야기의 전략적 순간에 출현시킬 비를 사전에 예고하는 단서라고 볼 수 있다. 술집을 나서자마자 클라망스가 주목하는 것은 무엇인가? "밤에는 운하들이 퍽 아름답군요! 오래 고여있던 물에서 피어오르는 냄새, 운하에 떨어져 썩는 낙엽 냄새, 꽃을 가득 실은 거룻배에서 올라오는 좀 음산한 냄새가

난 좋거든요."(54쪽) 잎이 떨어져 물에 잠기니 비가 곧 떨어질 듯도 하다. 모든 것이 추락의 방향을 가리킨다.

산보가 계속되는 동안 클라망스는 마음속의 깊은 공간, 즉 깊이 파묻힌 과거의 기억 속으로 화제를 유도한다. "차츰차츰 내게 기억이 되돌아왔어요. 아니 오히려 내가 기억으로 되돌아가서 거기서 나를 기다리고 있는 추억을 찾아냈다고 해야겠지요."(62쪽) 이렇게 이야기 속의 공간, 즉 기억의 심층적 공간이 떨어지는 비를 예비하듯 깊어진다. 클라망스가 탐색하던 추억의 에피소드를 막 끝내자마자 마치 우연이기나 한 듯 비가 오기 시작한다. "아이고, 이거 또 비가 오는군요. 저 현관 밑에 좀 멈췄다 갈까요? 됐어요. 어디까지 이야기했었지요?"(65쪽) 이리하여 산책은 비에 의하여 잠시 중단된다. 다시 말해서 두 사람의 수평적 이동은 비의 수직적 추락에 의해서 중지된 것이다. 그러나 클라망스는 비오는 분위기에 힘입어 상대방을 몽롱한 꿈의 세계로 유인한다. 비가 온다는 표현 다음에 바로 이어진 문단 속에 꿈의 의미를 띤 어휘들이 쏟아져 나오기 시작하는 것은 우연일까? "요컨대 나의 꿈이···." "나는··· 꿈을 꾸고 있었던 거예요." "사실은, 선생도 잘 아시다시피, 지적인 사람은 누구나 갱스터가 되기를 꿈꾸고···." "나는 남들을 억압하고 싶은 감미로운 꿈들을 나의 내면에서 발견했어요."(65~67쪽) 등···. '두 배로 거세어진' 비는 마침내 기억의 심층에 잠긴 꿈의 깊이를 '두 배로 깊게 한다'.

빗줄기가 점점 더 거세지고, 시간도 있으니, 내가 얼마 후 기억 속에서 새로이 발견한 것을 하나 말씀드릴까 하는데, 어떠세요? 비도 피할 겸 저 벤치에 앉읍시다. 수 세기 동안 사람들은 여기서 파이프 담배를 피우면서 지금과 똑같은 비가 똑같은 운하에 내리는 것을 바라봅니다. 이제 말씀드리려는 것은 좀 더 어려운 이야기예요.(67쪽)

나중에 클라망스 자신이 지적하겠지만 이쯤 되면 속임수는 완벽하게 성공한 것이다. 과연 여기서 '비'의 기능은 이중적이다. 비는 이야기의 배경을 이루는 장식적 요소이면서 동시에 이야기의 메커니즘을 연결하고 차단하는 연동장치의 구실을 한다. 이야기의 짜임새를 해명하자면 특히 후자의 기능에 주목해야 한다. 비는 흔히 서로 분리되어 생각되기 마련인 두 개의 극, 즉 '위'에 있는 하늘과 '밑'에 있는 물(운하, 바다, 강)을 수직으로 이어준다. 또 시간적인 각도에서 볼 때 비는 현재와 과거를 이어준다. 즉 똑같은 비가 현재의 클라망스와 수 세기 전에 살았던 파이프 담배 피우는 사람을 연결해주기 때문이다. 클라망스 자신의 과거와 현재가 기억에 의하여 연결될 때 비가 내리는 것은 우연이 아닐 것이다. 또 비는 공간적인 측면에서 볼 때 암스테르담과 파리를 연결지어준다. 이 점은 이후 더 구체적으로 설명할 것이다.

그러면 연동장치와도 같은 기능을 가진 비가 이야기의 내적 구조 전체의 어느 지점에 위치하는가를 좀 더 구체적으로 점검해보자. 우선《전락》전체의 형식적 구조로 볼 때 비는 그 중심에 위치한다는 것을 지적할 수 있다. 다음의 도표는 전체 작품 속에 다른 구성요소와 관련지어본 '비'의 위치를 나타낸다.

일(日)	제1일	제2일	제3일	제4일	제5일
장(章)	1장	2장	3장	4, 5장	6장
비			비		
암스테르담의 장소	'멕시코시티' 거리	'멕시코시티' 거리	'멕시코시티' 거리	마르켄섬 자위데르제이 거리	클라망스의 집
파리의 에피소드		웃음소리	익사 사건		

즉 전체 5일, 6장으로 구성된 이야기 속에서 비는 제3일, 3장에 나타나는 것이다. 그런데 그 제3일, 3장 내부에서도 비가 나타나는 대목은 그 '중심' 지점이다.

장소	'멕시코시티'		→		클라망스의 집	
페이지	53	54	64	66	80	81
움직임	── 산책 수평 →		정지 ─ 수직 추락 →		── 산책 수평 →	
비	전		떨어지다 거세어지다 멈추다		후	
서술된 이야기	기억		꿈	사랑 (여자들)	익사사건 어떤 젊은 여자	

그러면 사람의 수평이동이 비의 수직 추락에 의하여 정지되어 있는 동안 클라망스의 이야기는 무엇을 준비하는 것일까? 그 '좀 힘든 이야기'란 무엇일까? 여기에 대한 해답은 이야기의 배경(무대장치)과 이야기의 내용이 얼마나 교묘한 메커니즘에 의하여 서로 관련되어 있는지를 모범적으로 드러내 보여줄 것이다.

> 이번에는 어떤 여자에 대한 것입니다. 우선 내가 여자들 문제에는 별 힘 안 들이고도 언제나 성공해왔다는 것을 알아둘 필요가 있어요.(67쪽)

따라서 클라망스의 프로그램은 우선 '여자들'에 관해서 이야기함으로써 그 결과 '어떤 한 여자'의 사건을 이해시키자는 것이다. 비가 점점 더 거세게 내리다가 마침내 그칠 때까지, 즉 대피소의 벤치(이것은 대피소라기보다는 물로 만든 소형의 잠정적 감옥이라 할 만하다. 어차피 비가 그칠 때까지 그들은 그 속에 갇혀 있어야 하니까) 위에 앉아 있는 동안 이야기의 주제는 '여자들'이다. 장장 6페이지에 걸친 클라망스의 여자관계는 요컨대 관능과 유희(혹은 매춘), 그리고 한 걸음 더 나아가면 궁극적으로 소유라는 의미로 요약될 수 있다("나는 오직 쾌락과 정복의 대상만을 찾았습니다." "필요할 때는 언제든지 내 수중에 가지고 쓸 수 있게끔…").

이 '여자들'의 이야기는 마침내 '어려운 이야기'인 '어떤 한 여자'의 사건을 발설하기 위한 사전 작업이라 할 수 있다. 정복의 대상인 '여자들'의 추억을 걷어내면 기억의 심층에 묻힌 '한 여자'의 기억에 이르게 된다는 말이다. 기억의 구조 역시 수직으로 깊이깊이 하강하는 운동과 관련되어 있는 것이다.

> 하여간 그 감정은 내가 기억의 한복판에서 발견한 그 사건이 있은 후 한 번도 지워진 적이 없는 것 같아요. 딴 데로 말을 돌려보려고 애쓰기도 하고 또 선생께서 옳다고 믿어주실만한 이야기들을 지어내려고 애를 쓰기도 했지만, 이젠 더 이상 그 사건의 이야기를 미루고만 있을 수는 없게 되었군요.(80쪽)

이리하여 암스테르담에 비가 오는 동안 클라망스는 '여자들'의 이야기를 헤치고 마침내 기억의 심층에 잠겨 있는 '어떤 한 여자'의 사건에까지 깊이깊이 내려간다. 그 사건 이야기를 드디어 털어놓으려는 바로 그 순간에 비가 문득 그치는 것은 과연 우연일까?

해설: 《전락》의 구조와 물의 이미지

3) 익사의 시학

　　이런, 비가 그쳤네요! 부디 저의 집까지 좀 바래다주셨
으면 합니다. 이상하게 피곤해져서요. 말을 많이 해서 그런
게 아니라 아직 더 이야기를 계속해야 한다고 생각하니까
그래요. 자, 힘을 내야죠! 그저 몇 마디면 내 근본적인 발견
의 내용을 충분히 설명할 수 있겠지요. 사실, 그 이상 말해
서 뭐 하겠어요? 막을 걷고 동상의 모습을 드러내려면 번지
르한 연설은 집어치워야 하는 법. 이야기인즉 이렇습니다.
11월의 그날 밤,….(80쪽)

비가 그쳤으니 이제 사람의 수평 이동은 다시 이어진다. 그
러나 이번에는 앞에서처럼 한가한 산책이 아니라 클라망스의
집이라는 정해진 목적지를 향하여 '유도된' 운동이다. 그 구실
은 피곤이지만 '이상한 피곤'이다. 육체적인 피곤이라기보다는
심리적, 혹은 책략적 피곤이기 때문에 이상한 것이 아닐까? '근
본적인 발견', '발가벗은 조상', 즉 '그 여자'에 대한 궁금증은 클
라망스에 의하여 그 이야기가 암시만 된 채 지연될 만큼 지연
되어왔으므로 마침내 열렬한 관심의 초점에 올려놓는다. 그 이
야기는 마침내 '그저 몇 마디' 속에 그리고 공간적으로 한정된
거리(대피소에서 클라망스의 집까지) 텍스트에서는 불과 한 페
이지 속에 담겨질 것이다. 이야기는 마치 동화처럼 시작한다.

"11월달의 그날 밤, 그러니까 등 뒤에서 웃음소리를 들은 것 같은 그날 저녁보다 2, 3년 전의 일이었죠." 이같은 시간적 배경이 소개되고 나자 같은 문장 속에 공간적 배경이 이어진다.

> 나는 퐁루아얄을 건너 센강 좌안에 있는 집으로 돌아가는 길이었어요. 자정이 지나 한 시였는데 가랑비보다 차라리 이슬비에 가까운 비가 내리고 있어서 드문 인기척마저 흩어져버렸습니다. 나는 어떤 여자 친구와 막 헤어져 돌아오고 있었는데, 필시 그 여자는 벌써 잠이 들었을 겁니다. 나는 약간 감각이 둔해진 채 그렇게 걷는 것이 좋았습니다. 몸은 진정되고, 부슬부슬 내리는 비처럼 감미로운 피가 전신을 돌고 있었지요.(80~81쪽)

마치 우연인 것처럼 현재의 암스테르담에서 그친 비가 이야기 속의 파리, 즉 '기억의 중심' 속으로 계속하여 떨어지고 있다는 점을 우리는 주목할 필요가 있다. 다시 계속된 수평이동은 이렇게 이야기 속의 비에 의하여 다시 한번 수직 추락으로 유도된다. 이리하여 모든 운동은 물의 숙명적 방향을 따라 밑으로 밑으로 떨어진다.

이리하여 우리는 다시 한 번 왜 '비'가 '그 여자'의 사건과 함께 제3일, 즉 이야기의 심장부에 할애되어 있는지 알게 되었다. 우리는 특히 어떻게 하여 '비'가 이야기의 메커니즘 속에서 연동장치의 기능을 가지는 것인가를 이해할 수 있게 되었다. 이처럼 클라망스의 언어조작은 여러 차원에서 동시적으로 그 효과를 발휘한다. 여기서 그는 문자 그대로 실천을 통하여 '걸어가면서 걷는 방법을 증명하고 있다'. 이 이중적 의미의 '비' 속에서 우리는 여기가 암스테르담인지 파리인지, 현실의 시공간인지 언어의 현실인지, 생시인지 꿈인지를 자문해보게 된다. 비는 바로 그 경계선을 허물어버리는 물의 연동장치다.

암스테르담과 파리의 시간적, 공간적 배경은 거의 동일하다. 이곳에는 운하요, 이야기 속에는 퐁루아얄(제왕교) 아래로 흐르는 센강. 이곳에서 그친 비가 파리에서 이슬비로 내린다. 파리에서는 밤이요, 암스테르담에서는 저녁이다. 조금 전에 비를 피하여 두 사람이 걸음을 멈추었던 파리에서도 이슬비 때문에 인적이 드물다.

그러나 클라망스 자신은 이야기 속에서 이슬비를 맞으면서 멈추지 않고 걷는다. 길과 강의 좌안과 다리의 수평적 공간은 '서서' 걷는 클라망스의 몸의 수직성과 대비된다. 그것은 끊임없이 위에 있고 늘 지배하고자 하는 그의 정상 콤플렉스를 만족시키므로 '기분이 좋은' 일이다. 강물이 다리 '아래'로 흐르고 그의 여자 친구가 필경 '누워서' 자고 있을 때 다리 위로 서서 걷는 것이야말로 남의 '위에' 군림하는 일이 아니겠는가! '비가 내리는' 것에도 불구하고 서서 '걷는 것이 기분 좋다'는 것은 클라망스다운 발상이다.

그러나 그의 만족감은 덧없는 것이다. 그는 물의 운명에 복종하기 마련인 인물인 것이다. 그는 이미 '다소 무감각해진 채' 걸음이 활발하지 못하다. 그의 몸 속을 순환하는 피는 이미 내리는 비처럼 천천히 추락하는 액체다.

그때 결정적인 장애물이 나타난다. '몸이 호리호리한 어떤 젊은 여자'의 출현! 목덜미가 눈길을 끄는 것을 보건대 유혹적 대상이긴 하지만 꼼짝달싹하지 않고 '몸을 구부린 채' 그 여자의 시선은 저 '아래'에 있는 강물을 바라보고 있다. 요컨대 여자는 비가 '떨어지는' 방향을 가리키고 있다. 이 모든 요소는 앞을 향하여, 정상을 향하여(여자를 이제 막 '정복'하고 돌아오는 길이니까)가고 있는 클라망스의 의젓한 운동을 감속시키면서 암암리에 '추락' 쪽으로 유도한다.

그러나 그는 '잠시 주저하다가' 걸음을 계속한다. 그가 약 50미터 가량 걸어갔을 때….

벌써 한 50미터쯤 갔는데 무슨 소리가 들렸어요. 거리가 떨어져 있었는데도 밤의 정적 속에서 내 귀에는 놀랍다 싶은, 어떤 몸이 물에 철썩 떨어지는 소리였어요. 나는 그 자리에 우뚝 서버렸지만 뒤돌아보지는 않았어요. 거의 동시에 여러 번 되풀이되는 비명이 들려왔는데 그 역시 강물을 따라 내려가다가 돌연 뚝 끊어져버리더군요. 갑자기 얼어붙은 듯한 어둠 속에서 그 뒤를 이은 침묵이 내겐 한없이 길

해설: 《전락》의 구조와 물의 이미지

게 느껴졌어요. 달려가고 싶으면서도 나는 몸을 움직일 수가 없었어요. 추위와 충격으로 떨고 있었던 것 같아요. 어서 어떻게 좀 해야겠다고 마음으로 생각은 하면서도 어쩔 수 없이 전신에 힘이 쭉 빠져나가는 느낌이었어요. 그때 내가 무슨 생각을 했는지는 잊었지만, 아마 "너무 늦었어, 너무 멀어…" 혹은 그 비슷한 어떤 생각이었을 거예요. 나는 꼼짝않고 서서 여전히 귀를 기울였어요. 이윽고 비를 맞으며 나는 종종걸음으로 그곳을 떠났어요. 나는 아무에게도 알리지 않았습니다.(81~82쪽)

우리는 지금 《전락》이라는 이야기의 심장부에 와 있다. 다시 말하자면 전체 148쪽으로 된 소설의 82쪽을 인용한 것이다. 여기가 '물'의 중심이요 드라마의 중심이다. 《전락》의 모든 구성요소(그것이 상징적 요소이건 사건적 요소이건)는 바로 이 전략적인 중심에 와서 그 궁극적인 의미를 획득하게 된다. 이 추락 사건(물 속에 몸을 던지는 여자와 그것을 목격하고 방치한 클라망스)을 중심으로 클라망스의 일생은 크게 두 갈래로 나누어진다. 이 전환점을 계기로 하여 지금까지 상승일로에 있던 클라망스의 삶은 하락의 방향으로 급선회한다. 이 추락은 완만하지만 거역할 수 없는 운명의 성격을 띠고 있다. 《전락》은 이리하여 문자 그대로 익사, 완만한 익사의 비극이 된다.

퐁루아얄(제왕교)에서 일어난 사건을 진술한 이 짤막한 이야기 속에서, 그리고 밤 늦은 거리를 빗속에 걷던 클라망스의 저느긋한 산책 속에서, '딱 멈춘 발걸음'은 모든 운동을 결정적인 추락의 방향으로 전환시키는 신호의 역할을 한다(《전락》이라는 이야기 전체, 즉 클라망스의 진술 전체 속에서도 암스테르담에 내리는 비에 의하여 산책이 중지되었던 사실은 수평 운동이 수직 추락으로의 방향 전환을 의미했다는 점을 우리는 다시 한 번 상기할 필요가 있다).

이렇게 발걸음을 딱 멈추고 밤의 어둠 속에서 얼어붙은 듯서 있다가 '빗속을 천천히 걸어서' 멀어져간 그 변호사는 이미 흐뭇한 기분으로 다리를 건너가던 잠시 전의 클라망스가 아니다. 그는 이미 물 위의 풍덩 하는 소리를 내며 떨어진 몸, '강을 따라 흘러 내려가는' 저 비명과 운명을 같이하지 않을 수 없게 된 것이다. 그의 몸 전체를 사로잡은 것은 다름 아닌 '수력학적水力學的 추락'의 운명인 것이다. 그 결정적 순간 이후 클라망스는 밑으로 밑으로만 떨어지는 '물'의 운명 속에 실려 가게 되었다.

물을 대하는 방법은 두 가지다. 하나는 떨어지는 물의 힘을 거슬러 헤엄치는 반항의 방법이요, 다른 하나는 떨어지는 물을 따라 함께 추락하는 방법이다. 클라망스는 처음에는 용기의 결핍 때문에, 다음에는 기꺼이, 후자를 택했다.

물에 떨어진 여자의 '비명'이란 무엇이었던가? 그것은 불꽃처럼 위로 치솟아오르는 생명의 마지막 표현이다. 물이 '밑으

해설: 《전락》의 구조와 물의 이미지

로 떨어지는' 힘이라면 비명이나 외침은 '위로 솟구치는' 불꽃
이다. 카뮈는 스탕달에게서 그 불꽃의 참다운 가치를 배웠다.
진정한 언어는 불꽃이어야 한다.

　　예술에서는 모두가 동시에 오든지 그렇지 않으면 아무
　　것도 오지 않든지 할 뿐이다. 불꽃이 없이는 빛도 있을 수
　　없는 법이다. 어느 날 스탕달은 외쳤다. "그러나 나의 넋은
　　타지 않으면 견디지 못하여 고통스러워하는 불이다." 그 점
　　에서 스탕달과 닮은 사람들은 그러한 불길 속에서가 아니
　　면 창조할 수 없을 것이다. 불길 꼭대기에서 절규가 곧바로
　　솟아올라 말을 창조하면, 이번에는 그 말이 다시 그 절규를
　　반향하게 되는 것이다.《안과 겉》서문)

　카뮈에게 있어서 '외침'과 '언어'는 바로 수직 상승의 곧은 생
명력을 표현하는 불꽃이다. 그런데 클라망스는 물에 빠진 여
자의 마지막 외침에 대답하는 대신에 그 외침이 '꺼져버리고'
'강물을 따라 내려가는 것'을 들으면서 가만히 서 있었다. 11월
달의 얼어붙은 듯한 어둠 속에 깃들였던 그 '끝없는 침묵'은 클
라망스의 운명을 불꽃이 아니라 물의 방향으로 인도하는 신호
다. 이제부터 그의 입을 통하여 흘러나오는 말은 저 외침의 생
명력과 불꽃의 수직상승력을 상실한 채 물처럼 밑으로 흐르면
서 의미의 익사를 초래할 것이다. '배우'요 '재판관 겸 참회자'

라고 자처하는 클라망스는 예술가와는 정면으로 반대되는 인물이다. 강물 속에서 마지막으로 꺼져버린 저 외침과 더불어 그의 언어와 그의 존재 속에서 불꽃은 영원히 꺼져버렸다. 물에 빠진 여자의 비명을 들으면서 그는 "너무 늦었어"라고 혼자 되뇌었었다. 그러나 소설의 마지막에 가서는 "너무 늦었어요. 천만다행이지 뭡니까!"라고 말한다. 클라망스가 물의 운명 속에 결정적으로 안주하기 시작했다는 표시가 아닌가!

이러고 보면 말의 홍수 속에 빠진 이 '애벌레 양서류'의 끝없고 완만한 모험이란 바로 물의 운명이라는 것을 알 수 있다. 클라망스는 자신의 유희 속에 감금된 희생자다.

"아니 내가 너무 정신없이 떠들어대고 있네요"(24쪽), "이야기의 실마리를 잃어버리네요"(84쪽), "그때부터 그리스 그 자체가 내 가슴속 어딘가, 내 기억의 한 기슭에, 지칠 줄 모르고 표류하는데… 아이고, 이거 나 역시 표류하고 있네요! 시적 흥취에 젖어서 그만! 나 좀 붙잡아주세요, 선생, 제발 좀"(109쪽), "다시 좀 눕겠어요. 용서하십시오. 너무 흥분했던 것 같아요. 그렇지만 우는 건 아네요. 누구나 가끔 혼란스러워지는 때가 있죠"(156쪽), "네, 알았어요, 얌전하게 있을게요. 염려 마세요! 사실 내가 감상에 젖거나 흥분해서 날뛸 때 그걸 그대로 믿으면 안 돼요. 그게 다 계획된 것이라고요"(157쪽), "아이구 떨려… 물이 얼마나 차다고요!"(159쪽) 등의 표현들은 단적으로 현기증 나는 클라망스의 말이 얼마나 의미의 혼란과 깊이 관련되

해설: 《전락》의 구조와 물의 이미지

어 있는가를 보여준다. 이같은 그의 말을 듣고 있는 상대방이나 독자는, 과연 클라망스가 실제로 자기의 과거를 이야기하고 있는 것인지 아니면 거꾸로 몽롱한 언어의 힘과 떨어지는 물의 힘이 클라망스라는 인물과 그의 이야기를 만들어내고 있는 것인지 확실히 알 수 없게 된다.

4) 자의식의 웃음소리

그러면 이 익사 사건이 발생한 이후 클라망스의 인생에는 어떤 변화가 일어났는가? 이 위선자에게 실제적인 변화가 생기자면 다시 2, 3년을 기다려야 했다. 왜냐하면 그는 이 수치스러운 사건을 기억의 깊숙한 곳에 깊이깊이 은폐해두었기 때문이다.

그로부터 2, 3년 후, 다시 말해서 퐁루아얄 사건이 언급된 바로 앞 장(2장)에, 비슷한 무대장치 속에서 또 다른 '웃음소리'가 들린다.(53쪽) 이번에는 11월의 자정이 지난 밤이 아니라 '어떤 가을 저녁'의 해질녘이다. 또 장소는 퐁루아얄이 아니라 퐁데자르(예술교)다. 그러나 밤의 이슬비는 내리지 않았지만 센강 위의 공기는 마찬가지로 축축했다. 클라망스는 퐁루아얄을 건너고 있을 때 기분이 좋았던 것과 마찬가지로 '인적이 없는' 퐁데자르를 건널 때도 기분이 흐뭇했다. 이때도 여자

를 정복하고 돌아올 때와 마찬가지로 '정상 콤플렉스'에 취해
있었다.

베르 갈랑을 마주 향한 채 강 속의 섬을 내려다보았지요.
나는 내면에서 어떤 방대한 힘의 감정이, 뭐랄까요, 어떤
성취감 같은 것이 솟구쳐 오르면서 가슴이 뿌듯해지는 것
을 느꼈어요. 나는 몸을 일으키고, 담배 한 대를, 만족의 담
배 한 대를 붙여 물려고 했어요.(49~50쪽)

순간 등 뒤에 서 웃음소리가 터졌어요. 깜짝 놀라 획 돌
아섰어요. 그런데 아 무도 없는 거예요. 가드레일에까지 다
가갔지만 거룻배 하나 보트 하나 없었어요. 나는 다시 섬
쪽으로 돌아섰어요. 그러자 또다시 등 뒤에서 웃음소리가,
이번에는 마치 강을 따라 내려 가고 있는 듯 좀 더 멀리서
들려왔어요. 나는 그 자리에 우두커 니 서 있었습니다. 웃
음소리는 점점 약해졌지만 여전히 내 등 뒤에서 똑똑히 들
려오고 있었어요. 물속에서라면 몰라도, 어 디서 오는 소리
인지 알 수가 없었어요. 그와 동시에 나는 심장 이 마구 뛰
는 것을 느꼈어요. 그러나 오해는 마십시오. 그 웃 음소리
에 신비스러운 점이 있었던 건 결코 아니었으니까요. 그저
밝고 자연스러운, 거의 마음을 풀어줄 만큼 친근한 웃음 이
었어요. 그리고 곧 아무 소리도 더 이상 들리지 않았어요.

나는 다시 강변길로 나와서 도핀가로 접어들어 아무 필요
도 없는 담배를 샀습니다. 어리둥절하여 숨조차 제대로 쉴
수 없었어요.(50쪽)

소설《전락》속에 삽입되어 있는 두 개의 에피소드, 즉 우리
가 차례로 인용한 익사와 웃음소리의 서술을 구체적으로 비교
해보면 흥미 있는 사실을 발견할 수 있다. 우선 두 가지 사건의
서술을 구성하는 형식적 요소는 거의 동일하다. 반면 그 구성
요소의 내용과 의미는 매우 다르거나 정반대다.

익사도 웃음소리도 센강의 어느 다리 위에서, 즉 '물 위에서'
생긴 사건이고 또 클라망스의 등 뒤에서 일어난 일이다. 그리
고 그 두 가지가 다 청각적 방식(떨어지는 소리, 웃음소리)으로만
전달되었다. 따라서 클라망스는 두 경우 다 직접적으로 목격
한 것은 없다. 다만 익사 사건의 경우 다리 위에서 여자를 보았
었으므로 그 여자가 물 속에 투신한 것을 짐작은 할 수 있지만
웃음소리는 끝내 출처가 묘연하다. 이런 차이 때문에 클라망
스의 반응도 판이해진다. 두 경우 모두 소리가 나는 즉시 클라
망스는 발걸음을 멈추지만, 익사 사건의 경우에는 뒤를 돌아
보지 않았고 웃음소리의 경우에는 몸을 돌려 살펴보고 난간에
까지 다가가서 그 출처를 확인하려 한다. 이 두 가지 반응이야
말로 서로 뒤바뀌어진 반응이다. 익사자의 경우에는 뒤를 돌
아보고 달려가야 마땅했고 웃음소리야 무시해도 좋았을 것이

지만 클라망스는 그 반대로 행동한 것이다.

그 출처를 확인하기 위하여 다시 한번 듣고 싶었던 웃음소리는 점차적으로 약해지는가 하면 귀를 막고, 듣지 않았으면 싶었을 비명은 여러 번 반복된다. 클라망스의 '마음' 속에 불안한 메아리를 남길 가능성이 있는 웃음소리가 서서히 약해지는 것은 그의 '몸'을 사로잡는 듯한 비명이 돌연 뚝 그치고 망각 속으로 사라지는 것과 정반대된다.

익사 사건 이후 그는 빗속으로 천천히 멀어져간 후 아무에게도 기별하지 않았다. 반면 웃음소리를 듣고 난 뒤에는 담배를 사고 집에 있지 않은 친구에게 전화를 걸고 밖으로 다시 나갈 생각까지 한다.

두 가지 에피소드에 공통된 가장 중요한 요소는 웃음소리와 비명소리를 다 같이 싣고 '밑으로 흘러가는 센 강물'이다. 이 동일성은 텍스트 속에서 '그것 역시'라는 표현을 통해서 강조되어 있다. 다만 사건이 일어난 다리, 즉 퐁루아얄과 퐁데자르가 서로 다를 뿐이다.

특히 마음을 편안치 못하게 만드는 그 익사 사건이 2, 3년 뒤에야 의식 속에 떠오르게 만든 그 자의식의 웃음소리가 '예술교' 위에서 일어난 것은 그 에피소드에 결부된 '거울'의 이미지와 더불어 예술가적 의식분열의 알레고리를 담고 있을 가능성이 짙다. 3년 전 퐁루아얄 밑에서 문득 꺼져버린 비명의 불꽃이 저 만족의 '담뱃불을 붙이려는 순간' 파열함으로써 나타난 것이 웃음소리일지도 모른다. 솟아오르던 '거대한 권력감정'이 웃음소리에 의하여 파열된 후 클라망스의 삶은 내리막길로 접어든다. 불꽃은 영원히 강물 속에 익사하여 끝없이 밑으로 밑으로 떠내려갈 것이다.

처음 물에 빠진 여자의 비명소리가 퐁루아얄 밑의 '강을 따라 밑으로 내려가다'가 마침내 퐁데자르 밑의 강물에 이르러 난데없는 웃음소리로 변하기까지 3년이 걸린 셈이다. 현실 속의 강물보다는 의식 속의 강물은 이따금씩 너무나 천천히 흐르는 모양이다. 물의 운명은 시간의 운명처럼 눈에 보이지 않을 만큼 완만하게 추락하는, 그러나 틀림없이 추락하는 동력이다.

그러면 비명과 웃음소리를 싣고서 밑으로 밑으로 흐르는 강물은 어디로 가는 것일까? 강을 따라 흐르는 운명은 어디로 가는 것일까? 그 대답은 너무나 간단하고 너무나 분명한 나머지 비평가들은 한 번도 이 문제에 유의해보지 못한 듯하다. 그러나 클라망스 자신은 이 문제에 대한 분명하고 긴 대답을 마련해두고 있다. 그 대답은 사실 지나치게 분명해서 너무 인공적이라는 느낌까지도 든다.

제4일(5장)에 와서 자위데르제이 바다 위를 항해하고 있을 때 클라망스는 다음과 같이 옛날에 자기가 해본 적이 있는 어떤 다른 항해의 경험을 이야기한다.

그렇지만 내가 치유되어 건강해진 기념이라고 귀뜸하지 않은 채 나는 어떤 여자 친구를 데리고 떠난 여행 중 어느날 대서양 횡단선에 오르게 되었습니다. 물론 상갑판 선실이었지요. 그런데 넓은 바다에서 갑자기 쇠붙이 색깔이 도는 대양의 수면에 까만 점 하나가 보였어요. 나는 곧 외면했지만 가슴이 두근두근 뛰기 시작했어요. 다시 억지로 눈길을 돌려 바라보니 그 까만 점은 사라지고 없었어요. 나는 비명을 내지르며 바보처럼 구원을 청할 참이었는데, 문득 그게 다시 보였어요. 그건 배들이 지나가고 나면 그 뒤에 남아 떠다니는 그런 쓰레기들 중 하나였습니다. 그렇지만 나는 그걸 태연히 보고 있을 수가 없었어요. 순간적으로 익사자 같다는 생각을 했던 거예요. 그때, 나는 오래전부터 그 실상을 알고 있는 어떤 생각을 체념하고 받아들이듯, 아무 저항 없이 깨달았어요. 즉 여러 해 전에 내 등 뒤로 센강 수면에 진동하던 그 비명소리가 강물에 실려 영불해협의 바다 쪽으로 흘러가서 대서양의 끝없는 물길을 거쳐 온 세상을 쉬지 않고 떠돌다가 내가 그것과 마주치게 된 그날까지 그곳에서 나를 기다리고 있었다는 사실을 말입니 다. 그리고 그것은 바다에서건 강에서건, 요컨대 내가 받을 세례의 쓰디쓴 물이 있는 곳이라면 어디에서나 계속 나를 기다릴 것임을 나는 또한 깨달았습니다. 하긴 우리는 지금도 물위에 있는 것 아니겠어요? 질펀하고 단조롭고 끝이 없는, 육지와

해설: 《전락》의 구조와 물의 이미지

의 경계도 몽롱하기만 한 물위가 아니겠어요? 우리가 암스
테르담에 도착하게 될 거라고 과연 어떻게 믿을 수 있나요?
우리는 이 거대한 성수반聖水盤에서 영원히 빠져나가지 못
하게 될겁니다. 귀를 기울여보세요! 눈에 보이지 않는 갈매
기들의 울음소리가 들리지 않습니까? 저놈들이 우리를 향
해 외치고 있는 거라면 대체 우리보고 뭘 어쩌라는 외침일
까요?(118~120쪽)

5) 추락의 지도

이제 우리는 퐁루아얄에서 있었던 저 결정적인 추락La Chute
의 비명소리가 어떤 물의 경로를 따라 밑으로 밑으로 흘러왔
는지, 따라서 클라망스의 운명이 물의 추락하는 힘을 따라 어
떤 경로를 거쳐 암스테르담에 이르게 되었는지 다음과 같이
지도상에서 자세히 추적해볼 수 있게 되었다.
  ① 퐁루아얄 밑의 센강(여자의 비명) ② 퐁데자르 밑의 센강
(웃음소리) ③ 영불해협 ― 대서양('까만 점') ④ '지금 여기의' 자
위데르제이 바다(內海) ⑤ '멕시코시티'(암스테르담―물의 수도).
  이 경로는 클라망스의 말에 의거하여 알 수 있게 된 수력학
적 추락의 도정을 표시한 것이지만 영불해협에서 네덜란드의
바다에 이르는 과정은 반드시 필연적인 것이라고 할 수 없다.

영불해협에 이른 센강물이 지중해, 빛 밝은 지중해로 흘러가지 않고 하필이면 대서양으로부터 암스테르담 쪽으로 흘러가기 위해서는 적어도 어떤 지리적, 상징적 필연성이 첨가되지 않으면 안 될 것이다.

바로 이 경로를 정당화하기 위하여 저 합리적이고 영리한 클라망스는 네거티브한 물의 값을 잊지 않고 암시해두었다. 즉 순화시켜주는 세례수가 '쓰디쓴' 이유는 바로 여기에 있는 것이다. 이 '거대한 성수반'의 물은 정신과 영혼을 정화시키는 것이 아니라 반대로 영혼을 더럽히고(까만 점) 무겁게 하며 감금하는 물의 감옥을 이룬다. 영불해협과 암스테르담 사이에 가로놓여 있는 '끝없이 넓은 대양'은 바로 그 거대한 성수반과도 같다. 여기서 지리학과 상상력은 무겁고 더러운 물이라는 동일한 원칙 속에서 합류한다. 또 영불해협에서 암스테르담에 이르는 동안 비명이 '대양의 끝없는 공간을 거쳐 온 세상을 쉬지 않고 떠돌았다'는 것은 클라망스가 변호사 사무실의 문을 닫아버리고 파리를 떠난 후 암스테르담에 정착하기 전까지 세상을 두루 '여행한' 것과 일치한다. 그는 어쩌면 지리적 차원와 상징적 차원 사이를 두루 여행한 것인지도 모른다.

물이 그 중력에 복종하면서 흘러가게 된 이같은 경로에 주목한다면 클라망스가 그의 '재판관-참회자'의 직업을 위하여 왜 하필이면 암스테르담을 선택하게 되었는지는 쉽사리 설명할 수 있게 된다. 암스테르담을 선택하게 된 데는 그 나름의 이유가 있다.

우리가 앞에서 확인했듯이 암스테르담은 '물과 안개의 수도'이기 때문이다. 다시 말해서 그곳은 이름 자체가 지적해주듯이 Pays-Bas 땅의 높이가 바다보다 낮은 나라, 물 속에 잠긴 듯한 '네덜란드'의 수도인 것이다. 암스테르담은 물의 운명이 선택한 장소다. "우연이라든가 편의라든가 아이러니, 그리고 또 일종의 고행에 대한 필요성 같은 것이 작용해서 물과 안개의 수도 (…)를 선택하게 된 것입니다"라고 클라망스는 설명한다. 이것이 바로 우연과 필연에 의하여, 아이러니컬하고 시니컬한 운명에 의하여 유도된 한 인생의 방향이다. 모든 물은 끝내 가장 낮은 곳, 더 낮은 곳으로 흘러들기 마련이다. 이것이 물리적 추락이며 운명적 전략이다. 암스테르담은 마침내 실패한 사람들이 흘러드는 곳이다. 세계의 구석구석에서 찾아드는 뱃사람들 자신이 암스테르담을 선택한 것이 아니라 그들은 필연적으로 이곳에 흘러들도록 운명지어진 것이다. 물이 그들을 물보다 낮은 이 나라의 가장 깊은 곳으로 인도한 것이다.

물의 흐름이라는 각도에서 본다면 암스테르담 중에서도 클라망스가 자기의 '사무실'을 차려놓은 '멕시코시티'는 물 '위'에 있다기보다는 물 '속'에 잠겨 있다고 해야 옳을 것이다. 수력학적 운명에 실려 가는 클라망스의 해저 사무실과도 같은 곳이 이 선술집이 아닐까? 클라망스는 이곳에서 끝없이 말을 한다. 왜냐하면 말이 그의 입 속에 '너무나 넘칠 듯 가득 차서' 입을 벌리기만 하면 말이 '쏟아져 나오기' 때문이다. (26쪽) 그의 상대방은 바로 말의 홍수 속에 잠긴 이 장소에 등장한 것이다. 여기서 마침내 기나긴 말과 여행과 항해가 시작된다.

암스테르담 안에서 클라망스가 상대방을 만나고 그를 유인하여 마침내 도달하는 장소는 어디인가? 그 경로는 어떠한가? 그것을 순서대로 표시해보면 다음과 같다.

① 1장 : '멕시코시티'에서 다리까지 ② 2장 : '멕시코시티' ③ 3장 : '멕시코시티'에서 클라망스의 집까지 ④ 4장 : '멕시코시티'에서 마르켄섬까지, 다시 그곳에서 배를 타고 바다를 지나 선착장을 거쳐 클라망스의 집까지 ⑤ 5장 : 클라망스의 집.

이렇게 일목요연하게 장소를 표시해놓고 보면 상대방을 '멕시코시티'로부터 결국은 자신의 집으로까지 알아차리지 못하는 사이에 유인해 가려는 것이 클라망스의 본래 의도라는 사실은 분명해진다. 매번 그들은 '멕시코시티'에서 만났고, 클라망스는 피곤하다는 이유로 상대방에게 자기를 집까지 데려다 달라고 요청했으며(제3일), 제4일, 제5일에는 아득한 바다 여행을 거쳐 두 번째로 상대방을 자기 집까지 유인해 왔다가 드디어 제6일에는 아예 처음부터(예외적으로) 클라망스의 집에서 만난다. 결국 전락 속의 모든 길은 '멕시코시티'에서 시작하여 클라망스의 집으로 향하고 있으며 그 집에서 끝난다.

그렇다면 센강 위의 퐁루아얄에서 시작한 이 추락의 드라마가 마침내 도달하는 '클라망스의 집'은 도대체 어떤 곳이며 어떤 상징적 의미를 지니는 것일까? 물의 추락이라는 측면에서 볼 때 이곳은 이 드라마 전체의 모든 장소들 중에서 가장 '낮은' 지점이라고 추측된다.

'아무 장식도 없이 비어 있지만 말쑥한' 방인 클라망스의 거처는 다름이 아니라 물 속의 '관'이다. "사실 이처럼 딱딱한 네덜란드 침대에 순백의 시트를 깔아놓았으니 사람들은 거기서 순결함으로 방부처리된 채 이미 수의에 감싸여 죽는 거예요"(132~133쪽)라고 클라망스는 말하지 않는가? 마침내 이 기나긴 여로를 지나 도달하는 최후의 대피소("벌써 다 왔군요. 여기가 내 집, 내 피난처지요!"(82쪽))는 우리가 앞서 제3장에서 해석한 바 있는 빗속의 '대피소'와 마찬가지로 물 속에 잠긴 감옥, 물 속에 뜬 관이요, 죽음의 항로를 떠가는 '카롱의 배'와 같은 것이다. 클라망스가 집안에까지 상대방을 유인해 들였다는 것은 바야흐로 영원한 죽음의 항행이 시작한다는 것을 의미한다.* 이 죽음의 배, 죽음의 관 속에서 사람은 "자기 방 맨바닥에

---

* 생턴은 이렇게 전한다. "1560년경 자위데르제이의 퇴적토를 파내던 네덜란드의 노동자들은 매우 깊은 땅 속에서 오랜 세월 동안 기적적으로 잘 보존된 여러 개의 나무토막들을 발견했다. 이 나무토막 하나하나 속에는 아주 옛날에 사람의 시체가 담겨 있었다는 것을 그 속에 남은 부스러기들로 보아 짐작할 수 있었다. 이 사람의 죽음을 실은 통나무배Todtenbaum는 독일의 갠지즈 강인 라인 강에 실려서 거기까지 흘러온 것이었다."(가스통 바슐라르, 《물과 꿈》에서 재인용).

서 잠을" 잤다. (43쪽) 과연 클라망스는 5장의 처음부터 끝까지 '누워서' 이야기한다. '이토록 깨끗한 시트를 덮은 단단한 네덜란드 침대 위에서' 거의 시체와 같은 모습으로 누운 클라망스는 상대방에게 앉기를 권한 다음 이렇게 말한다.

> 아 참! 문을 잘 잠궜나요? 그래요? 제발 좀 확인해주세요. 미안합니다. 빗장 콤플렉스가 있어서요. 잠자리에 들어 잠이 들려고 하면 빗장을 잠궜는지 도무지 생각이 나질 않는다니까요. 밤마다 그걸 확인하려고 일어나야 해요.(139쪽)

밀폐되고 정결하고 딱딱한 방안에 갇혀 누운 채 이제 두 사람은 머나먼 죽음의 물길을 떠나려 한다. 바로 이때서야 그 여행의 동반자에게 클라망스는 마침내 상대방의 입을 통하여 그 '말'을 발설해보라고 요구한다. "오! 아가씨,… 한 번 더 물 속에 몸을 던져주오…." 항상 더 낮은 곳, 더 깊은 죽음을 향하여 같은 물, 같은 말, 같은 관에 몸을 싣고 떠나는 사람들을 위하여 카뮈의 친구였던 시인 프랑시스 퐁주의 시 〈물에 대하여〉를 인용해보자.

> 나보다 아래, 항상 나보다 아래, 물은 있다. 나는 언제나 시선을 떨어뜨리고서 물을 바라본다. 땅바닥처럼, 한 조각

의 땅바닥처럼, 땅바닥의 한 변형처럼. 물은 하얗고 반짝거리며 형상이 없고 서늘하고 수동적이지만 중력이라는 단한 가지 그의 악습에 있어서는 무엇보다도 고집스럽다. 그악습을 만족시키려고 갖가지 유별난 방법들을 동원하여 싸고 돌고 뚫고 들어가고, 침식하고 침투한다. 그 자체 속에서도 그 악습은 여전하다. 물은 끊임없이 허물어지면서 매순간 그 어떤 형태도 인정하지 않으며 오로지 비굴하게 대지의 배 위에 거의 시체처럼 넙죽이 엎드릴 뿐. 어떤 교단의 수도승처럼.[*]

한계, 감금, 무화無化, 완만한 진행형의 죽음, 그리고 추락…. 지금까지 우리가 《전락》을 통하여 분석해온 물의 질료적, 역동적 가치는 이와 같은 것이다. 결국 이같은 해석을 통하여 우리는 물과 말이 허공 속에서 혼동되는 언어의 심층에까지 이르게 되었다. 물의 운명에 실린 말은 모든 의미를 상실한다. 물은 말의 의미를 해체한다. 프랑스 사람들이 의미 없어진 말을 '물 속에 떨어진 말parole tombée à l'eau'이라고 표현하는 까닭은 바로 여기에 있을 터이다. 다만 여기서 다시 한 번 강조할 일은 상상의 물, 즉 물의 이미지를 지각 세계 속의 물과 혼동

---

[*] 프랑시스 퐁주, 《사물의 고집Le Parti pris des chose》(1942).

해서는 안 된다는 사실이다. 이 물의 추락은 언어가 우리들 현실세계 속 깊은 곳에 파놓은 허무의 창조에 지나지 않는다. 클라망스가 끝없이 추락하는 것은 물이 세상에 존재하기 때문이 아니라 그 자신이 '말의 물'을, 끝없는 공허를 만들어내기 때문인 것이다.

궁극적으로, 이처럼 낮은 곳에서 더 낮은 곳으로 흘러가는 물, 무의미에서 더욱 큰 무의미로 추락하는 말의 기본적인 속성은 무엇일까? 그것은 다름이 아니라 우리들의 삶에 대하여 그 교묘한 파괴력을 행사하는 '시간', 바로 그것이다. 《전락》은 헤라클레이토스의 저 해묵은 강에서 물을 마신 우리들 시대의 한 우화라고 볼 수 있다. "인간은 같은 강물 속에 두 번 멱감을 수 없으며 멸망하기 마련인 본체의 동일한 상태와 두 번 접촉해볼 수 없다."** 흘러가는 물은, 더 깊은 곳으로 떨어져가는 물은, 흘러가는 시간을, 무너지는 세계를 우리들의 육체에게 말해준다. 우리가 멱감았던 강가에 다시 이를 때 이미 그 강물은 옛날의 강물이 아니다. 그러나 우리들 자신도 이미 처음 멱감았을 때의 우리가 아니다. 시간도 물도 영원히 흘러가버리는 일회적 운동의 주어다.

** 헤라클레이토스, 〈원전 단편〉, 《세 사람의 동시대인Trois Contemporains》
(Gallimard, 1955), 36쪽.

해설: 《전락》의 구조와 물의 이미지

강물 속에 몸을 던진 처녀야말로 바로 클라망스가 저 시간과 언어의 강물 속에서 영원히 구해주지 못하고 만 '멸망하기 마련인 본체'가 아닌가? 두 번 다시 구해낼 수 없는 생명은 시간과 물의 중력을 따라 필연적으로 추락한다. 우리는 모두 영원히 방향을 바꾸지 않을 시간과 물의 강 속에 실려 가고 있다. 물의 흐름은 인간의 조건이다. 물은 눈에 보이는 시간의 살이요 힘이다.

그러나 바로 중력의 원칙에만 복종하는 시간과 물의 강 속에서 우리는 저마다 자신의 운명을 선택하지 않으면 안 된다. 익사하는 사람과 헤엄치는 사람이 다른 운명을 찾아 서로 헤어지는 장소가 바로 여기다. 어느 쪽을 선택하느냐에 따라 저마다 자신의 운명을 보여줄 것이다.

그러나 그것은 시간 문제다. 먼저 익사하건 나중에 익사하건 결국은 익사하기 마련이다. 따라서 차라리 밑으로 밑으로 흘러가는 물의 운명에 스스로를 맡겨두자. 이것이 클라망스의 관점이다.* 그의 마지막 말, "언제나 너무 늦은 것일 겝니다. 천만다행이지 뭡니까!"는 이런 허무주의적 관점으로 해석될 수 있다.

---

* "아무것도 달라지는 것은 없다. 그건 결국 마찬가지다. 약간 먼저, 약간 나중… 그 정도뿐이다."(《칼리굴라·오해》).

그러나 다 같이 시간의 물 속에 몸담고 있으면서도 어떤 사람들은 다른 운명을 선택하고자 한다. 그들은 물의 흐름을 거슬러 헤엄치고자 한다. 먼저건 나중에건 결국은 시간의 물 속에 빠져 익사하기 마련이라는 논리는 여전히 그 시간의 관점에서 본 논리다. 헤엄치는 사람들의 '반항'은 바로 그 '시간의 관점' 자체에 대한 반항이다. 모든 예술가는, 모든 참다운 창조자는 시간의 흐름에 항거함으로써 언어의 성을 짓는다. 물길을 거슬러, 가라앉지 않으려고 헤엄치는, 모든 인간은 반항인이며 모든 반항인은 조금씩은 예술가이다. 카뮈의 예술은 물 속에 잠긴 인간의 아름답고 비극적인 몸부림의 기록이다.

물의 드라마, 물의 운명, 물에 젖은 언어의 홍수 속에 빠진 클라망스를 창조한 카뮈 자신은 기이하게도 물의 추락과 언어의 무의미를 거슬러 아름다운 언어의 성, 《전락》을 세웠다. 그는 '가장 훌륭한 영혼'인 메마른 가슴을 지닌 헤엄치는 사람들 중의 하나이다. "물기 없는 영혼이야말로 가장 훌륭한 영혼이다"라는 헤라클레이토스의 교훈을 그들은 굳게 믿는다. 이들의 운명만이 참으로 '비극적'이다.[**]

김화영

[**] 헤라클레이토스, 앞의 책, 34쪽.

해설: 《전락》의 구조와 물의 이미지

작가 연보

1913년

- 11월 7일, 알제에서 동쪽으로 195킬로미터 떨어진 몽도비에서 포도원 관리로 일하는 아버지 뤼시앵 카뮈와 그의 아내 카트란 사이에서 출생한다.

1914년

- 독일이 프랑스에 선전 포고(제1차 세계대전)를 하고 아버지 카뮈는 알제리 원주민 보병으로 징집당해 프랑스 본토에 투입된다. 어머니는 남편이 입대하자 두 아들과 함께 알제의 동쪽 연병장 거리에 있는 리옹가 17번지 친정으로 이주한다. 카뮈 부인은 친정 어머니 생테스 부인 밑에서 동생 에티엔 및 조제프와 함께 가난한 생활을 한다.
- 10월 마른 전투에서 부상당한 아버지 뤼시앵 카뮈가 사망한

다. 문맹인 어머니는 빈약한 종신 연금을 받으며 가정부로 일
해 집안 살림을 꾸려나간다.

1921년

-카트린 카뮈와 그의 가족은 리옹가 17번지에서 93번지로 이
사한다(시내에서 떨어져 있어 집세가 저렴하기 때문이다). 권위적
이면서 희극적인 외할머니가 생테스가 회초리를 들고 집안의
질서를 잡는다. 그녀의 딸이자 카뮈의 어머니인 카트린은 말
수가 적고 사고 능력이 온전치 못하다. 카뮈는 산문집《안과
겉》에서 오직 말 없는 눈길로 애정을 표시할 뿐인 어머니의
침묵을 감동적으로 증언한다.

1923년

-동네 공립학교에서 카뮈는 2학년 담임인 교사 루이 제르맹의
눈에 들어 무료 개인 교습을 받으며 중고등부 장학생 시험을
준비한다. 그는 일생 동안 이 스승에 대한 감사의 마음을 잊
지 않았고, 1957년 12월 노벨문학상 수상 기념 연설인 〈스웨
덴 연설〉을 스승에게 헌정했다.

1924년

-카뮈의 첫 영성체. 장학생으로 선발된 그는 알제의 그랑 리세
에 입학한다.

1925년 ~ 1928년

-고등학교 친구들과 어울리면서 그는 자기 집의 가난을 더욱 뚜렷하게 의식한다. 훗날 그는 이 점을 수치스럽게 생각했다고 고백한다. 학생 대부분이 백인으로 아랍인은 드물었다. 그러나 축구 덕분에 아랍인 친구들과 어울리면서 같은 팀의 우정을 맛 볼 기회를 얻었다. 여름이면 그는 알제 중심가 철물점의 점원, 해변 대로변 선박회사의 사원으로 일하며 생활비를 보탠다.

1929년

-알제의 번화가인 미슐레 거리 근처에 사는 이모부 귀스타브 아코(앙투아네트 이모의 남편)는 놀라울 정도로 훌륭한 책들을 소장한 서재를 갖고 있었다. 카뮈는 그의 서재에서 처음으로 앙드레 지드를 발견한다.

1930년

-바칼로레아 시험 제1부에 합격하여 가을 학기에 철학반으로 진급한다. 철학 교사 장 그르니에가 그에게 결정적인 영향을 끼치게 된다.

1932년

-3월에 《쉬드》에 〈새로운 베를렌〉을, 5월에 〈제앙 릭튀스―

전락

가난의 시인〉을, 6월에 〈세기의 철학〉(베르그송론)과 〈음악에 대한 시론〉을 발표한다. 바칼로레아 제2부에 합격한다. 장 그르니에의 권유로 앙드레 드 리쇼의 소설 《고통》을 읽는다. 《일기》를 읽고 지드를 더 잘 이해하게 된 그는 그 어떤 작가보다 지드를 높이 평가한다. 장 그르니에 덕분에 프루스트를 발견하고 프루스트는 그에게 '예술가'의 표상이 된다.

- 10월, 그랑제콜 입시 준비반에 들어간다.

1933년

- 독일에서 히틀러가 권력을 장악하자 카뮈는 반파시스트 운동 조직인 암스테르담-플레엘에서 활동을 시작한다.

- 4월, 《안과 겉》에 수록될 산문 〈아이러니〉의 초고인 〈용기〉를 쓴다.

- 5월, 장 그르니에가 짧은 에세이집 《섬》을 출판한다. 카뮈는 1959년 이 책의 신판에 서문을 쓴다.

- 10월, 〈지중해〉와 〈사랑하는 존재의 상실〉을 쓴다. 〈죽은 여자 앞에서(보라! 그 여자는 죽었다…)〉, 〈신과 그의 영혼의 대화〉, 〈모순들(삶을 받아들이고…)〉, 〈가난한 동네의 병원(무스타파 병원에 입원했던 때의 기억)〉 등의 글도 이 무렵에 쓴 것으로 추정된다. 건강상의 이유로 고등사범학교 입시 준비, 즉 대학교수가 되는 꿈을 접고 알제 문과대학에서 수학하며 장 그르니에와 르네 푸아리에 교수의 강의를 수강한다.

작가 연보

1934년

-1~5월, 여러 미술 전시회 평을 《알제 에튀디앙》에 발표한다. 다시 폐가 감염된다.

-6월 16일, 스무 살의 매력적이고 바람기 있는 모르핀 중독자 시몬 이에와 결혼한다.

1935년

-《안과 겉》을 집필하면서 철학 학사 과정을 마친다.

-5월, 《작가수첩》을 쓰기 시작한다.

-6월, 철학 학사 학위를 취득한다.

-8월, 화물선을 타고 튀니지까지 가려고 했으나 건강 문제로 여행을 중단하고 돌아온 뒤 알제 서쪽으로 68킬로미터 떨어진 로마 유적지 티파사에서 사나흘을 보낸다. 이 장소를 기리는 글이 《결혼》의 첫 번째 산문 〈티파사에서의 결혼〉이다.

-8월 혹은 9월, 프레맹빌과 장 그르니에의 설득에 따라 공산당에 입당하여 이슬람교도 계층을 파고드는 선무 공작을 담당한다. 가을에는 친구들과 '노동극단'을 창단한다.

1936년

-5월, 논문 〈기독교적 형이상학과 신플라톤 철학: 플로티노스와 성아우구스티누스〉로 철학 고등 디플롬을 받는다.

-7월 17일, 스페인 내전 시작. 아내와 친구 이브 부르주아와

더불어 중부 유럽으로 여행을 떠나 인스브루크, 잘츠부르크에 이른다. 그곳에 우체국 유치 우편으로 도착한 편지를 열어보면서 아내 시몬에게 마약을 공급해주는 의사가 그녀의 정부라는 사실을 알게 된 카뮈는 그녀와 헤어지기로 결심한다. 여름 동안은 교직이나 언론계에서 새 일자리를 구할 계획을 세운다. 시몬과 헤어지는 것은 기정사실화되었으나 법적인 이혼은 1940년 2월에야 확정된다.

- 11월, 라디오 알제 극단의 배우로 발탁된다.

1937년

- 1월, 《작가수첩》에 '칼리굴라 혹은 죽음의 의미, 4막극'이라고 적는다.
- 2월 8일, 카뮈가 주동하여 세운 알제 문화원에서 〈원주민 문화, 새로운 지중해 문화〉를 강연한다. '노동극단'이 3월에 아이스킬로스의 〈사슬에 묶인 프로메테우스〉와 벤 존슨의 〈에피코이네〉, 푸슈킨의 〈돈 후안〉을, 4월에 쿠르틀린의 〈아치 330〉을 무대에 올린다.
- 4월, 군중집회에서 카뮈는 일정한 수의 알제리 이슬람교도들에게 프랑스 시민권을 부여하는 것을 골자로 하는 블룸-비올레트 법안을 지지한다.
- 5월 10일, 《안과 겉》을 출간한다.
- 8월, 《행복한 죽음》을 위한 구상 계획을 세운다.

- 8~9월, 재발한 폐결핵 치료와 요양을 위해 알제를 떠난다. 파리, 마르세유를 거쳐 사부아, 오트잘프 지방, 뒤랑스강을 굽어보는 고산지대인 앙브렁에 체류한다. 그 후 이탈리아의 피사, 피렌체, 제노바, 피에솔레 등을 여행하고 알제리로 돌아와 《행복한 죽음》 집필을 계속한다.
- 10월, 오랑현에서 교사직을 제안받았으나 거절한다. 한편 공산당이 국제적 전략상 반식민주의 운동을 우선순위에서 제외하기 시작하자 카뮈는 공산당에서 탈당한다. 가을에 오랑 출신의 여성 프랑신 포르를 처음 만난다. '노동극단'을 해체하고 '에키프극단'을 조직한다.

1938년
- 산문집 《결혼》을 완성하고 희곡 〈칼리굴라〉를 위한 메모를 하는 한편 《행복한 죽음》을 포기하지 않은 채 장차 《이방인》에 활용될 단편적인 텍스트들을 작가수첩에 메모한다. 철학적 에세이를 집필할 계획으로 니체, 키르케고르, 멜빌의 작품들을 읽는다.
- 5월, '에키프극단'이 도스토옙스키의 《카라마조프가의 형제들》을 각색 상연하고 카뮈는 이반 카라마조프 역을 맡는다. 《작가수첩》에 메모해둔 한 대목("양로원에서 노파가 죽다")이 훗날의 《이방인》을 예고한다.
- 10월, 폐결핵 후유증으로 인한 공직 부적격이라는 신체 검사

결과로 철학 교수 자격 시험에 응시하려던 계획이 좌절된다. 새로운 일간지 《알제 레퓌블리캥》의 편집기자로 활동하는 동시에 '독서살롱' 난에 문학 작품에 대한 일련의 서평들을 싣는다.

1939년
- 3월, 알제를 방문한 앙드레 말로와 첫 만남을 갖는다.
- 4월, 오랑을 여행하고, 1938년에 소량 한정판으로 출판한 《결혼》을 5월 알제 샤를로 출판사에서 정식 출간한다.
- 7월 25일, 크리스티안 갈랭도에게 이제 막 〈칼리굴라〉를 탈고했고 《이방인》 집필을 시작할 것이라는 내용의 편지를 보낸다.
- 9월 3일, 당국의 검열로 인해 《알제 레퓌블리캥》 발행을 중지하고 15일 자로 《수아르 레퓌블리캥》으로 제명을 바꾼다. 카뮈는 이 신문에 알제리의 정의와 스페인 공화파를 옹호하는 글들을 싣는다.

1940년
- 1월, 《수아르 레퓌블리캥》이 발행 금지 처분을 받자 카뮈는 다시 오랑에 체류하며 철학 가정 교사로 생활한다.
- 3월 14일, 알제리를 떠나 파리로 가서 파스칼 피아의 추천으로 《파리 수아르》 편집부에서 일한다.

- 4월 5일, 〈모리스 바레스와 '후계자들'의 다툼〉을 《라 뤼미에르》에 발표한다.
- 5월 1일, "이제 막 내 소설을 끝냈소…. 아마도 내 일은 다 끝난 것 같지 않소."(프랑신 포르에게 보낸 4월 30일 자 편지)는 아마도 《이방인》을 두고 한 말인 듯하다.
- 6월 초, 독일군의 파리 점령이 임박하자 카뮈는 《파리 수아르》 편집부 사람들과 함께 클레르몽페랑으로, 보르도로, 다시 클레르몽페랑으로 피난을 간다. 12월 3일, 리옹에서 프랑신과 결혼, 《파리 수아르》의 감원에 따라 카뮈는 해고당한다.

1941년
- 카뮈 부부는 오랑의 아르제브가에 있는, 포르 집안에서 빌려준 아파트에서 생활하며 물질적 어려움에 직면한다.
- 2월 21일, 《시지프 신화》를 탈고 후 다음과 같이 메모한다. "세 가지 '부조리'를 끝내다."(《작가수첩》) 《이방인》의 원고를 읽은 장 그르니에가 그에게 미온적인 칭찬의 말을 전한다. 카뮈는 건강상의 이유조 기차 여행이 어려워 주저하지만 결국 알제로 간다. 파스칼 피아와 앙드레 말로는 《이방인》의 원고를 읽고 열광적인 반응을 보인다. 그들과 나중에는 장 폴랑 덕분에, 이 소설과 《시지프 신화》가 갈리마르 출판사 편집위원회의 손으로 넘어간다.
- 7월, 전염병 장티푸스가 알제리, 특히 오랑 지역에 창궐하여

소설 《페스트》의 창작에 부분적인 영향을 끼친다.

- 11월 15일, 말로에게 《이방인》을 읽어준 것에 대한 감사의 편지를 보낸다.
- 11월, 갈리마르 출판사 편집위원회가 드디어 《이방인》의 출판을 결정한다.

1942년

- 《페스트》를 염두에 두고 멜빌의 《모비 딕》을 다시 읽는다.
- 1~2월, 《작가수첩》에 "반항에 대한 에세이"를 쓰려는 계획이 등장하나, 2월에 폐결핵이 재발된다.
- 5월 19일, 《이방인》이 갈리마르 출판사에서 출간된다(인쇄는 4월 21일). 당시에는 '수인들' 혹은 '추방당한 사람들'이라는 제목이었던 소설 《페스트》를 위해 메모를 한다.
- 9~10월, 《작가수첩》에 '가난한 어린 시절'에 대한 메모가 등장하는 이는 《최초의 인간》의 몇몇 주제들을 예고한다.
- 10월, 《시지프 신화》가 갈리마르 출판사에서 출간된다(인쇄는 9월 22일). 검열을 염려하여 카뮈는 카프카와 관련된 장을 삭제하는데 이 부분은 1943년 여름 리옹에서 비밀로 출간된 잡지 《아르발레트》에 별도로 발표되었다가 1945년판 《시지프 신화》에 '보유'편으로 편입되었다.

1943년

- 6월, 〈파리 떼〉 리허설 때 장폴 사르트르와 시몬 드 보부아르를 만난다.

- 7월, 〈칼리굴라〉를 개작한다.

- 10월, 갈리마르 출판사에 〈오해〉와 〈칼리굴라〉 원고를 보낸다. 비밀 지하 조직 '콩바combat'와 접촉한다.

- 11월, 갈리마르 출판사의 출판편집위원에 임명된다. 카뮈는 전국 레지스탕스 위원회 책임자 클로드 부르데를 만나 비밀 지하 신문 《콩바》의 활동에 가담하게 되고 이듬해 초 신문 편집국의 주된 책임을 담당한다.

1945년

- 9월 5일, 알베르와 프랑신 카뮈 사이에서 쌍둥이 남매인 딸 카트린과 아들 장이 태어난다.

1946년

- 8월, 방데 지방에 가서 미셸 갈리마르의 어머니 집에 머물며 소설 《페스트》를 탈고한다.

- 12월 1일, 부조리와 반항에 관계에 대한 성찰을 글로 쓴다. 이것은 《반항하는 인간》의 1장 초안이 된다. 카뮈 부부와 자녀들은 마침내 파리 제6구 세기에가 18번지 아파트의 세입자가 된다. 그러나 카뮈의 건강 때문에 1947년 초까지 가족은

이탈리아 국경 지방의 브리앙송에 체류한다.

1947년

-3월 17일, 파스칼 피아가 《콩바》에서 사임하면서 카뮈가 신
 문의 운영을 맡는다.

-6월 10일, 갈리마르 출판사에서 《페스트》를 출간한다(인쇄는
 5월 24일). 이 책은 카뮈의 저서들 중 상업적으로 성공한 최초
 의 작품(7월에서 9월까지 9만 6000부 판매)으로 비평가상을 수
 상했다.

1948년

-2월 28일, 다비드 루세와 알트만이 주도해 민주혁명연합
 RDR.을 창설한다.

-3월 초, 알제리 오랑에 머무는 가족과 합류한다.

1949년

-1월, 사르트르와 마찬가지로 카뮈 역시 RDR과 거리를 둔다.

-6월 30일, 마르세유에서 남아메리카로 출발하는 여객선에 승
 선하여 여러날 동안 순회 강연을 하게 된다. 남아메리카에서
 체류하는 내내 카뮈는 신체적으로 고통스러운 나날을 보냈
 다. 그는 그것이 감기라고 여겼으나 프랑스에 돌아오자 자신
 의 폐가 심각하게 손상된 것을 확인하고 두 달 동안의 휴식과

치료를 강요받는다. 이 여행 동안 《정의의 사람들》을 마지막
으로 수정한다.

1950년

-1월, 고산 요양을 위하여 알프마리팀 지방의 그라스 근처 카
브리에 체류 후 서서히 건강이 호전된다.

-2월, 갈리마르 출판사에서 《정의의 사람들》이 출간된다.

1951년

-10월 18일, 갈리마르 출판사에서 《반항하는 인간》이 출간
된다.

1952년

-5월, 가스통 라발이 《반항하는 인간》에 대해 쓴 글에 대한 회
답을 《리베르테》에 발표한다. 사르트르로부터 카뮈의 《반항
하는 인간》에 대한 서평을 의뢰받은 프랑시스 장송이 《레탕
모데른》에 격렬하고 모욕적인 글을 발표한다.

-8월, 이에 카뮈는 《레탕모데른》에 프랑시스 장송이 아니라
이 잡지의 '발행인' 장폴 사르트르 앞으로 보내는 6월 30일 자
카뮈의 반론 편지를 발표한다. 사르트르가 그 편지에 회답함
으로써 두 사람의 우정은 깨진다.

1953년

-갈리마르 출판사에서 《시사평론 2, 1948~1953년 연대기》를 출간한다. 이 해에 그는 도스토옙스키에 대한 메모를 계속하며 《악령》의 각색을 계획한다.

1955년

-1월 11일, 《페스트》를 분석한 글에 대해 롤랑 바르트에게 답하는 편지를 쓴다. 카뮈의 서문을 붙인 로제 마르탱 뒤 가르의 전집이 갈리마르 출판사의 플레이아드판으로 출간된다.

1956년

-5월, 갈리마르 출판사에서 《전락》이 출간된다.

1957년

-10월 16일, "오늘날 우리 인간 의식에 제기되는 여러 문제를 조명하는 중요한 문학 작품"이라는 선정 이유와 함께 노벨문학상 수상 소식을 접한다. 프랑스 작가로는 아홉 번째이며 최연소(마흔네 살)였다.

-12월, 연말과 그 이듬해 초에 걸쳐 심각한 불안 증세를 보인다.

1958년

- 1월, 1957년 12월 10일의 연설과 14일의 강연을 한데 모은
《스웨덴 연설》(갈리마르)이 출간된다. '프랑스령 알제리'를 고
수하는 사람들과 알제리 독립을 주장하는 사람들을 다 같이
멀리하면서 카뮈는 이제부터 일체의 공식적 입장 표명을 자
제하고 알제리를 구성하는 두 공동체의 권리를 다 함께 보호
하는 연방국가적 해결책의 희망에 매달린다.

1959년

- 1월 30일, 도스토옙스키 원작, 카뮈 각색의 〈악령〉이 앙투안
극장에서 상연된다.
- 11월 15일, 카뮈는 다시 루르마랭에 체류하며 《최초의 인간》
의 집필에 열중한다.

1960년

- 1월 3일, 미셸 갈리마르가 운전하는 자동차에 편승하여 루르
마랭의 시골 집에서 파리로 출발. 미셸의 아내 자닌과 그녀의
딸 안이 동승했다. 프랑신 카뮈는 그 전날 기차를 타고 파리
로 돌아갔다. 도중에 1박을 하고 1월 4일, 욘 지방 몽트로 근
처 빌블르뱅에서 자동차 사고로 카뮈는 즉사하고 미셸 갈리
마르는 닷새 뒤 사망한다.
- 9월, 어머니 카트린 카뮈가 알제의 벨쿠르에 있는 자택에서

사망한다. 알베르 카뮈는 남프랑스 루르마랭 마을의 공동 묘지에 묻혔다. 후일 아내 프랑신 카뮈 역시 같은 묘지에 묻혔다.

옮긴이의 말(2023년판)

1989년에 처음으로 〈알베르 카뮈 전집〉(책세상)의 기획에 따라 번역한 《전락》을 34년이라는 긴 세월이 지나 처음부터 다시 번역했다. 특별히 오역이나 누락된 부분이 있어서가 아니라 그 사이에 현저하게 변한 언어생활의 단면을 반영하여 새로운 독자에게 더 가까이 다가가려는 생각에서였다. 겉으로는 두 사람 사이의 대화 형식이지만 실제로는 유식하고 달변인 변호사 클라망스 혼자만의 독백으로 이루어진 이 소설의 특이한 구어체 번역은 난제가 아닐 수 없다. 새 번역은 가능한 한 어휘 수를 줄여 보다 신속한 의미 전달에 중점을 두었고 불필요한 존칭을 제거하여 두 인물의 관계를 친근하고 동일한 높이에 맞추려고 노력했다.

새 번역에서는 이 작품의 모태가 된 1950년대 파리 지식인 사회, 특히 《레탕모데른》을 중심으로 한 사르트르 및 그의 동료들과 카뮈 사이의 논쟁적 관계, 그리고 성서적 암시에 대한 이해를 돕기 위하여 다수의 주석을 추가했다. 새 번역과 주석을 위해서 2008년에 갈리마르 출판사가 전체 4권으로 새롭게 기획하여 간행한 〈플레야드 전집〉 4권을 참조했다.

2023년 5월
김화영

옮긴이의 말(1989년판)

　알베르 카뮈의 작품 중에서 가장 난해한 작품으로 알려져 있고 동시에 가장 우리말로 옮기기 어려운《전락》을 힘겹게 번역하여 펴내게 되었다. 물론 번역의 과정에서 이미 소개되어 있는 박광선, 이휘영, 김현곤 여러 선생님들의 번역본을 참고하여 많은 도움을 받았고 영어 번역본도 부분적으로 참조했다. 특히 수다스럽고 교양 있고 유식하며 시니컬한 전직 변호사 클라망스의 끝없는 달변을 회화체의 생생한 현장감과 아울러 그 수사적 기교에 손상을 입히지 않고 옮긴다는 것이 가장 큰 어려움이었는데, 여러 대목들에서 만족스럽지 못한 채로 그냥 옮길 수밖에 없었음을 안타까워한다.

　번역의 대본으로는 Albert Camus,《Theatre, Recits, Nouvelles》, Bib. de La Pléiade, Gallimard, 1962에 수록된《La Chute》(pp. 1473~1554) 및 Livre de Poche판과 Folio판을 사

용했다. 지나치게 윤리적, 사회적 차원의 의미 해석이 함축된 제목 '전락' 대신에, 보다 더 물리적이고 객관적인 의미를 담고 있어서 프랑스말 제목에 더 가까울 듯하여 '떨어지기'와 '추락'을 마음에 두고 오래 망설였으나 그것은 그것대로 오늘날 특유의 음성적 유추 작용으로 인한 취약점을 보이는 것 같아 포기하고 말았다. 그래서 또다시 우리는 클라망스의 '전락'으로 돌아왔다.

난해한 이 소설의 해석과 그 배경에 대한 이해를 돕기 위하여 Pierre-Louis Rey의 저서 《La Chute·Camus》(Hatier, Collection Profil d'une Oeuvre, 1970)를 '카뮈와 그의 시대'에 관련된 연표 및 '텍스트'(스토리 요약) 부분만을 제외하고는 모두 옮겨서 함께 수록하였다. 난해한 작품을 읽는 독자에게 도움이 되기를 바란다.

1989년 봄

김화영

전락

초판 1쇄 발행 1989년 7월 10일
개정1판 1쇄 발행 1998년 2월 28일
개정2판 1쇄 발행 2023년 11월 7일

지은이 알베르 카뮈
옮긴이 김화영

펴낸이 김현태
펴낸곳 책세상

디자인 THISCOVER
표지 그림 @illdohhoon

등록 1975년 5월 21일 제2017-000226호
주소 서울시 마포구 잔다리로 62-1, 3층(04031)
전화 02-704-1251
팩스 02-719-1258
이메일 editor@chaeksesang.com
광고·제휴 문의 creator@chaeksesang.com
홈페이지 chaeksesang.com
페이스북 /chaeksesang   **트위터** @chaeksesang
인스타그램 @chaeksesang   **네이버포스트** bkworldpub

ISBN 979-11-5931-916-7 04860
        979-11-5931-936-5 (세트)

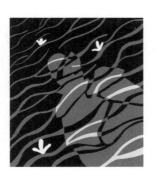